PARSIFALS
Verführung

Laurence Dreyfus

PARSIFALS *Verführung*

Aus dem Englischen
von Wolfgang Schlüter

Roman

Faber & Faber

Lied des Hyperion

Ihr wandelt droben im Licht
Auf weichem Boden, selige Genien!
Glänzende Götterlüfte
Rühren Euch leicht,
Wie die Finger der Künstlerin
Heilige Saiten.

Schicksallos, wie der schlafende
Säugling, atmen die Himmlischen;
Keusch bewahrt
In bescheidener Knospe
Blühet ewig
Ihnen der Geist,
Und die seligen Augen
Blicken in stiller,
Ewiger Klarheit.

Doch uns ist gegeben,
Auf keiner Stätte zu ruhn;
Es schwinden, es fallen
Die leidenden Menschen
Blindlings von einer
Stunde zur andern,
Wie Wasser von Klippe
Zu Klippe geworfen,
Jahrlang ins Ungewisse hinab.

Friedrich Hölderlin (1799)

1881

Zum Essen in Wahnfried wäre er rechtzeitig gekommen, hätte Vater nicht Wert darauf gelegt, dass er Rabbi Dr. Kusznitzki *manu propria* ein Schriftstück aushändige. Das war lästig, weil es ihm Zeit raubte, die er für seine Arbeit am *Parsifal* brauchte, und Leuten Achtung zollte, die mit dem Meister nicht auf bestem Fuße standen. Doch Vaters Wunsch war ihm Befehl – und Hermann wurde die Zeit nicht lang. Der Rabbi erging sich in Erinnerungen an ein Ereignis anno '72, als Richard Wagner bei ihm auf der Schwelle stand mit der Bitte, ob er sich von der Synagoge die Lampen ausborgen dürfe für eine von ihm geleitete Aufführung der Neunten im Markgräflichen Hoftheater. Die beiden Gebäude standen an zwei separaten Straßen, aber indem diese parallel verliefen, wollte es der Zufall, dass die Synagoge, offiziell die Israelitische Kultusgemeinde, mit jenem barocken Opernhaus, das Wagner überhaupt nach Bayreuth gelockt, eine gemeinsame Mauer hatte.

Es wäre überaus entgegenkommend, hatte Wagner zu verstehen gegeben, wenn der Herr Rabbiner erlaubte, dass man die großen, aber gerade noch tragbaren Gaslampen ins Theater brächte, wo die Beleuchtung für ein Orchesterkonzert unzulänglich sei.

Anlass der Aufführung war die Grundsteinlegung für das Festtheater nach dem letzten Spatenstich zum Fundament auf der üppig bebuschten Kuppe des Grünen Hügels über der Stadt. Dieses Festspielhaus, nach einem radikal neuen Bauplan entworfen, war speziell für den *Ring des Nibelungen* konzipiert, den der Meister im kommenden Sommer zur Aufführung bringen wollte. Rabbi Dr. Kusznitzki fühlte sich vom Besuch des großen Tonsetzers geehrt – von seinem Ersuchen jedoch, offen gesagt, befremdet. War das nicht derselbe Richard Wagner, der sich erst vor wenigen Jahren in so gehässigem *Risches* gesuhlt hatte, indem er sich als Verfasser einer perfiden Schmähschrift zu erkennen gab, die für die Juden nur wieder neues Ungemach beschwor? So abwegig die Bitte schien – der Rabbi, der lediglich vermuten konnte, Herr Wagner rechne bei Juden eigentlich nicht mit Gastfreundschaft, lud ihn ins Haus, um die Modalitäten zu erörtern.

Dass man die Lampen entfernte, wenn die Aufführung an einem Sabbath stattfände, komme natürlich nicht infrage. »An einem Mittwoch, sagt der Herr? Nu, damit sollte es keine Schwierigkeit haben.« Insgeheim freute sich Rabbi Dr. Kusznitzki, der Aufführung jener Beethoven-Symphonie seine helfende Hand zu reichen, in der Schillers berühmte Zeile *Alle Menschen werden Brüder* mit so frenetischem Jubel verkündet wird. Vielleicht, so ging ihm durch den Kopf, gelang es der Aufführung, selbst einen Wagner dazu zu bringen, seine extremen Anschauungen zu mäßigen.

Hermann lauschte dem Rabbi aufmerksam, dankte ihm für die außergewöhnliche Geschichte – die in Haus Wahnfried nie zu hören gewesen war – und merkte, dass er zum Essen bei den Wagners ein paar Minuten zu spät kommen würde. Um die Familie nicht warten zu lassen, musste er sich sputen. Kaum etwas setzte Hermann so unter Druck wie Verspätung jedweder Art. Seit Jahr und Tag rühmte er sich seiner gewissenhaften Pünktlichkeit.

Ihm kam der Gedanke, dass sein Besuch beim Rabbiner im Auftrag des Vaters womöglich die einzige Entschuldigung sei, die er gegenüber Wagner guten Gewissens nicht vorbringen könne.

Erst unlängst hatte sich die Judenfrage zu einem Reizstoff entwickelt, zumal als ein weitverbreitetes Unbehagen über einen Juden namens Hermann Levi, der die Uraufführung des *Parsifal* leiten sollte, durch die national gesinnte Presse noch angefacht wurde.

Wagner selber war als Christ alles andere als doktrinär, und Hermann konnte die paar Male, da die Familie zur Kirche gegangen war, an den Fingern abzählen. Und doch hatte sich der Meister in den Gedanken verbissen, dass das Mysterium des *Parsifal* unergründlich bleiben müsse für jemanden, der den christlichen Kategorien von Sünde, Reue und Erlösung fernstehe. Insofern gehe ein ungetaufter, beschnittener Levi das Risiko ein, wesentliche Elemente, die für die Deutung des III. Aufzugs nötig seien, zu verfehlen. Wie könne ein Jude je Gurnemanz' *Ihn selbst am Kreuze kann sie nicht erschauen* angemessen zum Ausdruck bringen? Ganz zu schweigen von der Karfreitags-Aue, die in starkem Kontrast zur artifiziellen Schönheit der Blumenmädchen im II. Aufzug kommen müsse.

Der Meister machte zwingende Argumente für eine Konversion geltend, doch sein Versuch der Nötigung – wie gut er auch gemeint sein mochte – in der privaten Frage des Glaubens war Hermann unangenehm. Auch wenn er einen Weg finden könnte, einige Elemente des christlichen Glaubens zu übernehmen, kam ein formelles Ritual, wie immer es beschaffen sein mochte, nicht infrage.

Und selbst wenn Wagner imstande wäre, irgendeine private Zeremonie unter Auslassung jedweder Liturgie zu ersinnen, wie er und Frau Cosima es als möglich hinstellten, würde sich das herumsprechen. Hermanns Glaubensübertritt würde als politisches Kalkül gelten, als ein weiteres Beispiel für Heines zynisches *Entréebillett zur europäischen Kultur,* ein Diktum, das so verheerend auf den Dichter selbst zurückgefallen war.

Erst vor kurzem, prahlte Wagner, sei er mit einer Mrs. Rabinowitz, einer amerikanischen Dame jüdischer Abstammung, in die Kirche gegangen. Zusammen mit ihrem Sohn hätten sie alle gemeinsam gebetet und sich die Lehrsätze des christlichen Glaubensbekenntnisses zu eigen gemacht. Doch als der Meister eingehend berichtete, wie gerührt er von dem Erlebnis gewesen – beim Erzählen traten ihm die Tränen in die Augen –, krümmte sich Hermann innerlich beim Gedanken an solche Würdelosigkeit. Er musste sich die vielen Male ins Gedächtnis rufen, da derselbe Wagner behauptet hatte, die Juden seien, wenn auch ohne eigenes Verschulden, einfach zu früh zugewandert, als die Deutschen noch gar nicht bereit gewesen, sie zu assimilieren. Im Prinzip, gab er zu verstehen, habe er nichts gegen sie, und riet von jüdischen Massenübertritten zum Christentum ab. Hermann seinerseits war bereit und willens, mit ganzem Herzen sich auf das christliche Gedankengut des *Parsifal* einzulassen – nun ja, soweit ein mitempfindender Außenstehender solchen Ideen nahetreten konnte –, und hielt sich an die Schriften des Augustinus, die er, wo er auch ging und stand, bei sich trug. Aufmerksam vertiefte er sich in den Text, trotz gewisser Vorbehalte seitens Frau Wagners, die das wiederholte Lob des Kirchenvaters auf den Schöpfergott mit Geringschätzung bedachte, weil es, wie sie behauptete, dem Wesenskern des christlichen Mysteriums äußerlich bliebe.

Davon abgesehen – wäre Hermann ganz ehrlich, müsste er zugeben, dass der Wunsch, dem Meister um jeden Preis zu gefallen, im Widerspruch stand zu einer unerwarteten Offenbarung, die ihm im vergangenen Monat zuteil geworden war.

Nach München heimgekehrt, hatte er einen Brief von der städtischen Israelitischen Kultusgemeinde erhalten, die ihn fragte, ob er ihr als inoffizieller musikalischer Berater dienlich sein könne. An der Hauptsynagoge sei der Posten des *Chasan* vakant geworden; man habe die Stelle neu ausgeschrieben und beehre sich zu fragen, ob der Herr Hofkapellmeister von seinen Dienstpflichten sich um ein weniges beurlauben könne, um die Kandidaten zum Probevortrag zu empfangen? Eigentlich wollte Hermann mit der örtlichen jüdischen Gemeinde ja nichts zu tun haben. Das war einfach nicht sein Fall. Er zahlte seine jährliche Kultussteuer, und das war, recht bedacht, mehr als genug. Indes wurde ihm doch klar, wie viel sein symbolisches Engagement für die Gemeinde dem Vater bedeuten würde, insbesondere dann, wenn sich vor der *Parsifal*-Uraufführung Fragen erhöben nach Hermanns möglichem Glaubensübertritt.

Und so willigte Hermann ein, der Synagogenleitung behilflich zu sein – doch nach dem Besuch zweier Kandidaten in seiner Wohnung befiel ihn tiefe Niedergeschlagenheit. Schon ein schlichtes Schubert-Lied konnten sie nur mit Mühe vom Blatt singen. Auch ließen sie nicht ab, die geschmacklose Liturgie von Lewandowski mit voller Bruststimme herauszubrüllen, und mit elender Intonation obendrein. Schlemihl und Schlamassel nannte er sie. Es schauderte Hermann beim Gedanken daran, dass er selber, hätte nicht die Vorsehung eingegriffen, ein Gefangener dieser provinziellen Synagogenwelt hätte werden können, die sich mit anspruchsloser Effekthascherei und dürftigen Maßstäben zufriedengab. Beiden gefallsüchtigen Bewerbern wurde die Tür gewiesen – und Hermann, angewidert von dem pompös gurgelnden Schwall, der sich über ihn ergossen hatte, entrang sich ein Stoßseufzer der Erleichterung.

Und dann trat Emanuel Kirschner über die Schwelle.

Der war ein gutaussehender Mann, mit stattlicher Haltung, munteren Augen und einem gewinnenden Lächeln, gerade mal fünfundzwanzig Jahre alt, und aufs sorgsamste gekleidet in einen feinen Maßanzug, für den er zweifellos seine letzten Groschen ausgegeben hatte.

Aus den liebenswürdigen Worten, mit denen er sich vorstellte, ging hervor, dass er in Berlin das Amt eines zweiten Kantors an der Neuen Synagoge versah, eine Position, die für einen so jungen Mann eine beachtliche soziale Stellung bedeutete. Sein Dialekt war zwar leider wenig verheißungsvoll insofern, als hinter mauligen Bröckchen von Berliner Mundart die Vokalfärbung des Schlesischen hervorlugte. Indes konnte Hermann hören, dass Kirschners Aussprache sich um bestes Hochdeutsch zumindest bemühte, indem es jeden Anflug von Genuschel oder Jargon zu meiden trachtete. Irgendetwas an dem dicht gewellten schwarzen Haar, den blitzweißen Zähnen und der noblen Stirn, die von einem spitz zulaufenden Haaransatz gekrönt wurde, nahm Hermann für ihn ein. Er hatte das, was Vater, mit der komischen Wirkung der ostjüdischen Aussprache, »ein edles Antlitz« nannte, wobei er das »Antlitz« sogar noch durch das jüdische Wort *Ponem* ersetzte.

»Also, was möchten Sie mir vorsingen?«, fragte Hermann.

»Was immer Sie wünschen, Herr Hofkapellmeister«, erwiderte Kirschner.

Hermann gefiel diese draufgängerische Selbstsicherheit, die bei einem jungen Sänger stets anziehend wirkt.

Eine angenehme Abwechslung im Sinn, zog er einen Band Brahms aus dem Regal und bat den jungen Mann ans Klavier, um mit ihm einige Lieder durchzugehen. Sie begannen mit den finsteren Grübeleien von Graf August von Platens *Wie rafft' ich mich auf in der Nacht*, einem Lieblingslied Hermanns seit Langem. Dann gingen sie zu der ebenso schwermütigen Vertonung des *Du sprichst, dass ich mich täusche* über, mit ihrem herzzerreißenden Refrain:

Gesteh nur, dass du liebtest,
und liebe mich nicht mehr!

»Ich hatte noch nicht viel Gelegenheit, Brahmslieder zu singen«, sagte Kirschner. »Da schmilzt einem das Herz. Bei diesem hier auf jeden Fall.«

»Aber Sie müssen mehr Lieder singen, Herr Kirschner. Auch Oper. Ich versichere Sie, das Stimmaterial haben Sie!«

Kirschners Bariton war dunkel-voluminös, geschmeidig, und verfügte über eine frappierende tonale Fokussierung. Seine Deklamation war – na ja, fast – makellos und wies keine Schwächen auf, die sich nicht mit ein paar einfühlsamen Übungsstunden beheben ließen. Und was das Beste war: Kirschner hatte einen hervorragenden Sinn für Intonationssauberkeit und verfiel nie der Unleidlichkeit kantoralen Geheules. Eine Wärme, ein tiefes Verständnis entströmte diesem jungen Mann – kurz, er war ein Künstler! Was gäbe Hermann nicht darum, eine solche Stimme zu einem Wolfram von Eschenbach zu schulen. Von ihm das Lied an den Abendstern: Das wäre perfekt! Für den Telramund gebräche es ihm wohl an dramatischem Atem. Gunther?

So weit war er noch lange nicht. Aber für einen Papageno oder Guglielmo wäre er ideal, kein Zweifel. Vielleicht könnte man sich eines Tages sogar an den Sachs wagen. Die natürliche Musikalität des Kantors war so ausgeprägt, dass er im Brahms die kleinsten Rubati vorwegnahm, noch bevor Hermann die Schultern hob, um ein sachtes Innehalten oder eine leichte Beschleunigung des musikalischen Pulses anzuzeigen.

Andere Liedbände wurden hervorgeholt: Schumanns *Dichterliebe*, die Emanuel auswendig kannte, und dann von Schubert *Ganymed* und die *Gruppe aus dem Tartarus*, die dem jungen Mann Anspruchsvolleres abverlangten. Was für eine angenehme Weise, einen Nachmittag im voll erblühenden Spätfrühling zu verbringen! Kirschner sonnte sich in den Komplimenten, die ihm zuteil wurden, und mit jedem Lied, das sie durchgingen, wuchs sein Selbstvertrauen. Instinktiv wusste er, wie man deutlich phrasiert und wie man mit wechselnden Vokalfärbungen das Clairobscur der Empfindungen nuanciert.

Hermann verbarg seine Begeisterung, dieses besondere Gefühl, das entsteht, wenn man einer verwandten musikalischen Seele begegnet. »Sie sollen wissen, Herr Kirschner, dass ich Ihnen alles Gute wünsche, und dies nicht nur für Ihren Vortrag am Freitagabend in der Synagoge. Für mich als hartgesottenen Häretiker ist es zwar gegen alle meine Grundsätze«, scherzte Hermann, »aber ich werde am Freitag ebenfalls zum Gottesdienst antreten. Sie werden in mir einen Juden erkennen, für den es im Leben eines der größten Opfer bedeutet, zur *Schul* zu gehen – ein Opfer, das ich nur in extremis darbringe.«

Emanuel gluckste leise vor Vergnügen, und sein Benehmen ähnelte jetzt dem eines Knaben, der in einem hart umkämpften Wettbewerb einen Preis gewonnen hat. »Herr Levi, Herr Hofkapellmeister, es wird nicht möglich sein, ein so unerwartetes Erscheinen vor auch nur einem Menschen in der ganzen jüdischen Welt geheim zu halten. Selbst Notar Dr. Ortenau wird nun meine Kandidatur unterstützen müssen.«

Die jüdische Welt, hört-hört! Es war Emanuels erster Schlenker in die mosaische Mundart. Ja, Hermann konnte sich gut vorstellen, wie sogar der hochmütige Vorsitzende des Münchner Synagogen-Comités, dem die Breslauer Herkunft des jungen Mannes nicht ganz koscher war, in die allgemeine Begeisterung einstimmte darüber, dass er, Hermann, ihm seinen Segen gab. Seiner Berufung in das angesehene Amt würde nichts im Wege stehen.

Bei nächster Gelegenheit würde dann sein Vater einen Besuch abstatten wollen und sich am *Naches* von Hermanns Festgeschenk für seine Mitgläubigen beteiligen.

»Herr Hofkapellmeister, diesen Freitag werde ich psalmodieren wie ein Schutzengel.« Sich verneigend, griff Emanuel spontan nach Hermanns Hand und hob sie sich, als wäre es zum Kusse, an die Lippen. »Bis Freitag also.«

»Bis Schabbes«, sagte Hermann.

Emanuel entfernte sich rückwärts zur Tür, so als retirierte er sich nach einer Audienz bei einem rabbinischen Heiligen. Die Freude an der Begegnung mit ihm, ganz zu schweigen von der Ehrfurcht, die er ihm entgegengebracht, durchstrahlte Hermanns Leib mit glühender Kraft. Wie konnte es anders sein, als dass er sich gänzlich betört fühlte.

An jenem Freitagabend ging Hermann in die Große Synagoge, wo er, um den vorausgehenden Nachmittagsgebeten auszuweichen, erst zum *Ma'ariv* eintraf. Zu Beginn stellte er sich hinter die letzten Bänke für die Männer und verzichtete auf die Kopfbedeckung, die ihm der Schammes anbot, bis er schließlich gewahrte, dass er sich geräuschlos auf einen Platz in der letzten Bankreihe würde setzen können. Der Zeitpunkt war ideal gewählt. Nach einem kurzen Orgelpräludium stimmte Emanuel das *L'cho Daudi* an, mit dem die Juden die *Braut Sabbath* willkommen heißen.

Ohne Vorwarnung stieg Hermann jählings ein Schluchzen in die Kehle.

Die Empfindung kam von allein – ihr Bezwingendes von anderswo. Es war die Musik seiner Kindheit – die Klänge mit dem Anhauch von seines Vaters warmem Atem an seiner Wange – eine Melodie, die an den schweren, ihm um die Schulter geschlungenen väterlichen Arm gemahnte, an die Wärme, die aus dem Leibe eines Erwachsenen durch Schichten wollener Rabbinergewänder drang. Es war eine Art intensives Licht, das die voll besetzte Synagoge an diesem Freitagabend in den Mittelpunkt der Welt verwandelte.

Komm, mein Freund, der Braut entgegen, hieß es in den Versen, und als Knabe hatte sich Hermann immer seine Mutter – möge sie in Frieden ruhen – als vollkommene Inkarnation der Braut Sabbath vorgestellt. Welche andere Hohe Frau hätte mit diesem Gesang sonst gemeint sein können?

Kehre ein in Frieden,
Krone des Mannes,
ja in Freude und Frohlocken,
bei des geliebten Volkes Treuen,
kehre ein, Braut, kehre ein, Königin des Sabbaths!

Lautlos sprach er das stille Gebet nach: »Kehre ein, Braut, kehre ein, Königin des Sabbaths!«

Wer sonst aus seinen weltbürgerlichen Kreisen wäre mit diesem liturgischen Geheimwissen vertraut? Nicht einer!

Hermann ließ den Blick über alles schweifen, was an diesem Abend sich ihm präsentierte: der prachtvolle Saal der alten Münchner Synagoge, in dem ein Meer von Homburgern wogte, die, frisch aus der

Dampfreinigung, den verheirateten Männern stolz auf dem Kopf saßen – und am Steuerruder in diesem Gewoge: Kirschner, der Bewerber um das Kantorat, der an diesem Abend ganz wunderbar sang, selbst dann, wenn er an seiner gestärkten linnenweißen Gebets-Stola fingerte, die er sich nonchalant über die Schultern geschwungen hatte.

Neben dem Altar, auf einem kleineren Tisch, brannten zwei hohe, schlanke Sabbathkerzen in silbern glimmenden Leuchtern, die der schimmernde Kiddusch-Kelch in ihrer Mitte zierte.

»In gewisser Weise,« dachte Hermann, »sind meine Glaubensbrüder zu beneiden, dass sie am Frieden und an der Einfalt einer solchen Gemeinschaft teilhaben.«

Er blickte auf zur Frauen-Empore. Bestürzt nahm er wahr, dass jedes Auge auf ihn gerichtet war – als wäre seine Meinung über den Kantor die einzige, die zählte. Emanuel sang so, dass man die hebräische Dichtung hörte, als wäre sie von der Melodik des Synagogalgesangs gleichsam vergoldet. Wie hatte er je vergessen können, wie schön so eine Sabbath-Abendfeier war? Vor allem, wenn man sie nur in homöopathischen Dosen zu sich nahm, alle paar Jahrzehnte einmal.

Widerstreitende Gefühle kreuzten sich ihm in der Brust. Wie unpassend es auch schien – er kam nicht umhin, an den großartigen Auszug der Gralsritter mit seinem gewichtigen, ominösen Glockenmotiv im ersten *Parsifal*-Aufzug zu denken. Im Geiste entwarf Hermann bereits einen Brief an den Vater, der sich noch das kleinste Krümelchen der Beschreibung von seines Sohnes Rückkehr in die Synagoge im Munde zergehen lassen würde.

Kaum war die Feier zu Ende, erhob sich Hermann und sprang zum Altar hinüber, wodurch er unter den übrigen Besuchern, die in heitergeselligem Austausche einander ihre Sabbathgrüße entboten, Tumult auslöste. Alle wandten sich um und starrten dem Herrn Hofkapellmeister Levi nach, der eilig den Mittelgang ihrer Halle durchschritt. Fast wie auf einen Ruf gaben sie einen Durchweg frei, so wie das Rote Meer sich einst vor den Israeliten geteilt hatte.

Emanuel stieg die paar Stufen vom Altar herab und ergriff die Hand, die Hermann ihm entgegenstreckte, als hätte man ihn zum Gralskönig inthronisiert.

Das ernstliche Ersuchen des Rabbiners, er möge noch zum Kiddusch bleiben, beschied Hermann abschlägig – drang in den Kantor, ihn bald einmal zu besuchen – und beeilte sich, fortzukommen, aus Furcht vor Nachfragen des Auswahlkomitees, die ihm womöglich die Erinnerung an dieses Erlebnis trüben würden.

Besser wars, diesen glücklichen Augenblick auszukosten: wenn die Konstellationen des Vergangenen und des Gegenwärtigen zu vollkommener Harmonie sich fügen – wenn man sich mit der Welt verbunden, oder gar, kühner gesagt, in ihr sich heimisch fühlt.

Um das Wichtigste nicht zu vergessen: Der Besuch bei Rabbi Dr. Kusznitzki durfte vor den Wagners auf keinen Fall erwähnt und die Geschichte mit Kirschner in der Synagoge keineswegs ausgeplaudert werden.

Obwohl der Meister, falls Hermann sich angemessen erklären konnte, vielleicht seine Versuche aufgäbe, ihn zum christlichen Glauben zu bekehren. Gewichtige Andeutungen im Hinblick auf diese Lösung ihres gemeinsamen Problems waren schon lautgeworden.

»Lassen Sie uns eine Formel finden, mit der Sie Ihren Frieden machen können, wenn Sie einer von uns werden«, hatte der Meister gesagt.

Hermann wahrte ein diplomatisches Schweigen – ein Schweigen, welches, wie ihm klar wurde, allerdings auch als unmittelbar bevorstehendes Sichfügen gedeutet werden konnte. Tatsächlich hatte der Meister seit Kurzem sein Sperrfeuer aus Bemerkungen über die Juden, das während der letzten paar Wochen in Hermanns Hörweite getrommelt hatte, noch verstärkt. Neu war es nicht – aber es war doch nervenaufreibend, ständig von dem Unglück zu hören, das die Juden über Deutschland gebracht hätten. Diese seien »wie ein Fliegenschwarm, der um die schwärende Wunde eines armen Pferdes schwirrt«, hatte Wagner gesagt.

In solchen Momenten verweilte Hermanns Geist bei der Erinnerung an Emanuel Kirschners offenes Antlitz, und dabei, wie sein warmer Bariton den Frieden gepriesen hatte, den der Tag der Ruhe gewährte. Es war ein inneres Bild, das alle Verletzungen ungeschehen machte, die Wagners Litanei ihm zuzufügen trachtete. Immerhin kam Hermann gern fast jeder Bitte nach, die der Meister an ihn richtete – mit Ausnahme derjenigen, deren Erfüllung Wagner die größte Genugtuung verschafft hätte. Für Hermann war es eine Sache der persönlichen Ehre und der geistigen Gesundheit, keinem Begehren stattzugeben, welches sich in eine Sphäre drängen würde, die zu persönlich war, als dass sie selbst dem Bayreuther Meister zugänglich sein durfte. Zum Christentum würde er nicht konvertieren. Unter keinen Umständen.

Gleichwohl war's beunruhigend, ganze zehn Minuten zu spät zu kommen.

Hermanns schlimmste Befürchtungen bestätigten sich, als er Wagners ansichtig wurde, der auf Wahnfrieds Schwelle Posto bezogen hatte, um auf ihn zu warten, und nun fragte, warum Hermann sich verspätet habe. Wie konnte ihm das passieren? Der Meister tat so, als wäre er ganz gelassen, war aber tatsächlich kaum imstande, seinen aufwallenden Zorn im Zaum zu halten. Stammelnd suchte Hermann nach Worten, um einen Schwall von Entschuldigungen vorzubringen, des Inhalts, er sei anderswo aufgehalten worden.

Als schelte er ein ungezogenes Kind, starrte ihm der Meister kalt ins Angesicht.

»Unpünktlichkeit ist halbe Untreue: Wer andere auf sich warten lässt, ist ein Egoist.«

Wagner kehrte ihm den Rücken und rief, indem er seiner Stimme einen beiläufigen Ton zu geben suchte: »So – nun gehn wir zum Essen –, doch nein, lesen Sie zuvor den Brief, den ich auf Ihren Tisch gelegt habe.«

Nie zuvor war man mit Hermann so verächtlich umgesprungen. Wagners herablassende Manier war zutiefst kränkend. Was da im Obergeschoss auf dem Tisch lag, war fürs erste unmöglich zu ermessen.

Es war ein anonymer Brief aus München an Wagner, in dem Hermanns Charakter und seine Beziehungen zu Wahnfried in der schmählichsten Weise verdächtigt waren. Der Meister wurde beschworen, sein Werk rein zu erhalten, es nicht von einem Juden dirigieren zu lassen. Schlimmer noch: Der Brief insinuierte, Hermann sei sogar, hinter dem Rücken des Meisters, eine intime Beziehung eingegangen mit Cosima. Lust auf Christenweiber war zweifellos eine Versuchung, der kein Jude widerstehen konnte.

Es war monströs, dieses Schreiben, und unerträglich, dass Wagner ihn auf solche Weise demütigte, indem er ihn auf sein Zimmer hinaufschickte, um diesen Unflat zu lesen. Hermann brachte es nicht über sich, den Brief ein zweites Mal zu überfliegen, aber er zerbrach sich den Kopf darüber, wer von seinen Feinden zu solcher Infamie fähig wäre.

Doch wer den Brief verfasst hatte, war unwichtig. Mit dem persönlichen Angriff auf seine Abstammung konnte er zurechtkommen. Was ihn wirklich bestürzte, war der Gedanke, dass irgendwer, und sei es ein anonymer Verrückter aus München, die Unverschämtheit besaß, Gerüchte zu streuen über unsittliche Avancen, die man der Dame des Hauses gemacht, oder gar über eine geheime Affäre mit ihr, die auf nichts weniger als Ehebruch hinausliefe. Es war nur ein geringer Trost, dass jeder, der Cosima Wagner kannte, diese Verdächtigung als kompletten Unfug zurückweisen würde. Auch konnte Wagner selber unmöglich glauben, dass diese absurde Beschuldigung irgendeinen Wahrheitskern habe. Nein, was an seinem Herzen nagte, war, dass Wagner ihn nicht genug achtete, um mit ihm offen und umstandslos über den Brief zu sprechen – dass er es für passend ansah, sein Erscheinen mit einem billigen Bühnentrick zu adeln, was jeden beschämen musste, den es betraf.

Eine verletzende Briefzeile Clara Schumanns, die er im vergangenen Jahr erhalten hatte, kam ihm schmerzlich wieder in den Sinn. »Diese Wagnerei«, schrieb sie, »kommt mir vor wie eine schwere Krankheit, der Sie mit Leib und Seele verfallen sind.« Frau Schumann, seit langem eine Gegnerin des Wagnerschen Projekts, würde die Entblößung der menschlichen Seele, wie man sie im *Tristan* oder im *Ring* fand, nie wertschätzen. Doch in Momenten der Prüfung wie dem jetzigen fragte sich Hermann, ob die Ehrfurcht, die er dem Meister entgegenbrachte, nicht wirklich eine Art Krankheit sei. Von keinem außer Wagner würde er sich eine so außerordentliche Unhöflichkeit gefallen lassen.

Hermann kämpfte mit aufsteigender Panik. Er musste sich zusammenreißen.

Ihm wurde bewusst, dass Wagner wahrscheinlich noch nicht fertig war mit ihm. Dass weitere Demütigungen auf ihn warteten.

Sie würden das Problem wie Gentlemen besprechen müssen, unter beidseitigen Entschuldigungen. Was war die Alternative? Es gab offenkundig keine. Aber hatte der Meister den Brief schon seiner Gattin gezeigt? Der Gedanke, dies träfe zu, war unleidlich, und er konnte sich ausmalen, wie schockiert Frau Wagner wäre, so beschämend beim Namen genannt zu werden, und ausgerechnet in Verbindung mit Hermann. Es war *eine* Sache, wenn der Meister selber sich auf amouröse Schwärmereien einließ – jüngstes Ziel war einem Ondit zufolge die begabte Judith Gautier, deren Familie mütterlicherseits, wie er so oder ähnlich gehört hatte, von italienischen Juden aus Istrien abstammte –, aber eine ganz andere Sache, wenn es Hermann in eine Gerüchteküche dieser Art verschlüge. Noch nie war auch nur der Hauch einer vergleichbaren Beschuldigung vorgebracht worden, und der Gedanke war intolerabel, dass, selbst im aufgeheizten Milieu der

Wagnerianer, solche Verleumdung je sollte die Runde gemacht haben können.

Die Situation war, wie jedem ersichtlich sein musste, unerträglich. Der Konflikt würde sich rasch zuspitzen.

Doch da saßen die Kinder am Esstisch, wie auch Joseph Rubinstein, den Wagner nie in eine so schändliche Sache würde hineinziehen wollen. Die ganze Affäre war empörend. Daran gab es keinen Zweifel. Hermann war am Boden zerstört und fragte sich, ob er die Kraft habe, seine Gefühle, und sei es nur für eine kurze Weile, unter Kontrolle zu halten.

Zitternd stieg er die Treppe hinab und betrat, von einem brennenden Stechen in der Magengrube gemartert, das Speisezimmer. Alle anderen hatten bereits Platz genommen und erwarteten sein Kommen. Unerklärlicherweise war die Stimmung an der Tafel so gelöst, so heiter, als hätte man ihm nur einen kleinen Streich gespielt. Frau Wagner, vollkommen beherrscht, unterdrückte unübersehbar ein süffisantes Lächeln, das sich ihr ins Gesicht stehlen wollte.

Hermann hielt es für das Beste, ein würdevolles Schweigen und bis zum Ende des Mahls eine geradezu soldatische Contenance zu wahren.

Wagners Stimmung war provozierend. »Mein lieber Herr Levi, Ihr Benehmen ist sonderbar. Sagen Sie uns bitte, warum sind Sie so still?«

Hermann blickte den Meister scharf an, um den Grad von Sarkasmus zu ermessen, welcher in seine Richtung abgefeuert worden war.

»Offen gestanden bin ich etwas befremdet, dass so ein Brief für mich in meinem Arbeitszimmer deponiert wurde. Vielleicht können Sie erläutern, weshalb Sie wollten, dass ich ihn läse. Ich begreife nicht, warum Sie den Brief nicht einfach zerrissen, wieso Sie ihn mir zum Lesen gegeben haben? Mit Verlaub, diese ganze Geschichte ist für mich unfassbar.« Zumindest, so fühlte Hermann, hatte er seinem berechtigten Verdruss Ausdruck gegeben und gleichzeitig in seiner Reaktion die nötige Zurückhaltung walten lassen.

Wagner schaute hinüber zu Cosima, die Hermann mit intensivem Blick musterte.

»Lieber Freund«, hub Wagner an, »das will ich Ihnen sagen. Hätte ich den Brief niemandem gezeigt, ihn vernichtet, so wäre vielleicht etwas von seinem Inhalt in mir haften geblieben. So aber kann ich

Sie versichern, dass auch nicht die leiseste Erinnerung an ihn mir bleiben wird.«

Die Antwort war tückisch bis zum Gehtnichtmehr, aber da Hermann den Meister kannte, hielt er sie auch für typisch. Wagner bereitete anderen gern Ungemach, um sich den eigenen Seelenfrieden zu wahren. Damit hatte Hermann schon mehr als nur eine Erfahrung gemacht.

»Wirklich, Herr Levi«, warf die Gnädigste ein, »ist es möglich, dass Ihnen solche Unwürdigkeiten so fremd sind? Ein Mann in Ihrer Stellung muss doch mit dergleichen Dingen jederzeit rechnen. Ich würde darauf nicht einen Augenblick verschwenden.«

Also hatte man auch ihr den Brief gezeigt.

Hermann stockte der Atem. Ihm drehte sich alles im Kopf. In schwindelerregendem Wahnwitz kreiste um ihn seine Welt. Er sah sich selbst im Odeon stehen, auf dem Podium vor dem Orchester, dessen Mitglieder ihr kicherndes Getuschel nicht verbergen konnten, sah die Musiker im Bayreuther Orchestergraben, wie sie seine Anweisungen verspotteten, den Chor, wie er chaotisch im Probesaal herumschwärmte, die Solisten in den Fluren, wie ihr Getratsch jäh verstummte, als er eintrat. Das Esszimmer der Wagners verzerrte sich in seinen Umrissen mehr und mehr zur bizarren Karikatur der Perspektiven eines Gemäldes, und seine rechtwinklige Form verschob sich vor seinem inneren Auge ins Schräge und Schiefe – derselbe Raum, in dem so viele geistvolle Gespräche stattgefunden, so viele Artigkeiten ausgetauscht, so viel Vertrauen geherrscht. Selbst die Bediensteten schienen höhnisch zu zischeln und sich in einem sonderbaren Ritual der Verachtung verschworen zu haben.

Augenscheinlich merkten die Wagners nicht im mindesten, wie entwürdigend sich ihr Spielchen ausnahm.

Sollte dies Wagners neueste Anstrengung gewesen sein, Hermann zur Annahme des Kreuzes zu bewegen, dann war der Schuss nach hinten losgegangen. Oder wäre es möglich, dass Wagner versuchte, ihm das Leben so unerträglich zu machen, dass es ihn vom *Parsifal*-Projekt vertriebe – somit das Problem des »unreinen Juden« auf einen Schlag, ein für alle Mal, gelöst wäre? Auf jeden Fall dürfte es fernerhin nicht mehr zu rechtfertigen sein, diese Befürchtung aus seinen Gedanken zu verbannen. Er würde gehen müssen, sofort.

»Gnädige Frau, Meister – wenn Sie mich bitte entschuldigen wollen. Mir ist gar nicht gut.«

Seine üblicherweise tadellosen Manieren verleugnend, schraubte sich Hermann schwankend aus seinem Stuhl und stolperte beim Hinausgehen über den Teppich, womit er einem ohnehin schon lächerlichen Auftritt die Narrenkrone aufsetzte.

Am Treppengeländer Halt suchend, schloss er für kurze Zeit die Augen und gelangte zu einem raschen Entschluss. Alles in allem blieb ihm keine andere Wahl.

Zurück in seinem Zimmer, packte er seine Siebensachen, und ohne die gute Laune der Wagners bei Tische noch weiter zu inkommodieren, nahm er eine Mietdroschke zum Bahnhof, wo er in den erstbesten Zug stieg, der Bayreuth verließ.

Es war ein Eilzug nach Bamberg, das nicht mehr als eine Stunde Fahrt entfernt lag. Dieses Ziel mit seinem reizenden Klein-Venedig war ihm gerade recht. Er musste eine Weile allein sein. Der Gedanke, bei einem Freund Zuflucht zu suchen, war viel zu peinlich. Und wem überhaupt konnte er sich anvertrauen? Seinen Münchner Kameraden? Schwerlich. Selbst wenn man die Geschichte mit einiger Objektivität darstellte, würde sie sowohl den Meister wie ihn selbst kompromittieren. Nein – hinter den starken mittelalterlichen Mauern der friedlichen Stadt Bamberg wollte er sich in seiner Lieblingspension, dem Gasthof *Zum weißen Roß*, einquartieren – den vertrauten mittelalterlichen Dom wieder einmal besuchen – und über das schicksalsschwere Schreiben nachdenken, mit dem er Wagner seine Demission mitteilen wollte. Wagners Handlungsweise, auch wenn er es nicht *expressis verbis* gesagt, sprach für sich selbst, indem sie seinen Wunsch durchscheinen ließ, dass ein anderer die Premiere des *Parsifal* leiten sollte – es sei denn, Hermann würde seine unmittelbar bevorstehende Taufe ankündigen. Schlimmer noch: Die schiere Andeutung eines Unsäglichen – nämlich der unsittlichen Schändung eines christlichen Weibes durch einen Juden – ließ einen untilgbaren Schmutzfleck zurück, der jeden künftigen Kontakt mit den Wagners unmöglich machte. Pflicht und Ehre heischten seinen sofortigen Rücktritt.

Das Schreiben, sorgsam mit der Feder aufs geprägte Briefpapier seines altehrwürdigen Gasthofes gekratzt, war umstandslos und ohne Dramatik formuliert. In ihm gab er seiner Überzeugung Ausdruck, dass er nach reiflichem Erwägen nicht der Mann sei, der den *Parsifal* dirigieren sollte, und bat Wagner, ihn seiner Verpflichtung zu entheben.

Der anonyme Brief oder dessen Konsequenzen für das Haus Wahnfried blieben unerwähnt.

Hermann gab Siegelwachs aufs Couvert, drückte sein Petschaft darauf und versandte den Brief per Extra-Post, auf dass der Meister ihn morgen früh schon bekäme. Wogen der Erleichterung überströmten ihn, und einige Minuten lang fühlte er sich all seiner Schwierigkeiten ledig und in der Lage, die frische Luft dieses Sommertages zu atmen.

Die vier erhabenen Türme des Bamberger Domes bezeugten ihre Majestät, ihre kraftvolle Glaubenszuversicht. Hermann genoss den Rundgang um den Monumentalbau mit seinem romanischen Georgenchor an der Ostfassade und seiner nach Westen weisenden Frühgotik. Er erneuerte seine Bekanntschaft mit dem berühmten Lachenden Engel und dem eindrucksvollen Bamberger Reiter.

Doch vor allem waren es die gemeißelten Skulpturen in der Laibung des Fürstenportals, die seine Aufmerksamkeit auf sich zogen.

Da stand links, in edler Würde, den Abendmahlskelch in den Händen, die siegreich gekrönte Ecclesia, und rechts gegenüber, barhäuptig, mit gebrochenem Stab, den Händen entgleitenden Gesetzestafeln und einer Binde um die Augen, die Synagoge. In einem verführerischen Bogen reckte sich, ausbalanciert von einem wie beiläufig vorgewölbten Knie, ihr Rücken von der Mauer ab, so dass sie eine anmutige, ja bezaubernde Figur abgab. Doch sollte sie die Wollust eines sündigen Verlangens darstellen, dann hatte der Steinmetz versagt – denn dafür mutete sie viel zu liebreizend an. Mit ihrem Lockenfall und scheuen Willkommenslächeln schien sie weit entfernt zu sein von den eher lamentativen Bildnissen, wie sie anderswo zu sehen waren. Und doch war sie dazu ausersehen, auf ewig blicklos zu bleiben, blind für die Segensmacht der Ecclesia triumphans.

Das war schon eine seltsame Gotteslehre, mit der das Christentum sich abplagte, dachte Hermann. Nie konnte es sich, parasitär wie ein Schmarotzer, seiner jüdischen Ursprünge entwinden. Als brauchte es den Alten Bund, um dem Neuen Bund Leben einzuhauchen. Und doch – welche kolossalen Denkmäler aus Stein, Farbe und Tönen hatte dieser Neue Bund inspiriert! Das war nicht einen Moment zu leugnen.

Die suggestive Kraft der christlichen Kunst war letzten Endes nichts, dem Hermann hätte entsagen wollen – so machtvoll war ihr Lockreiz. Ihre Überlegenheit abzustreiten wäre ihm ebenso wenig gegeben, wie jeden Morgen zu überlegen, ob er sich Gebetsmantel und Gebetsriemen anlegen solle, um das Sch'ma Jisrael anzustimmen.

Zwischen zwei Stühlen zu sitzen, wie er's immer getan, hatte bestimmte Vorteile, forderte aber auch seinen Preis. In dieser Hinsicht unterschied er sich nicht sehr von seinen Glaubensgenossen zumindest in den fortschrittlicheren Ländern Europas, in Deutschland, England oder Frankreich. Gewiss, er war glücklicher dran als die meisten, indem er in eine Position aufgestiegen, die noch eine Generation zuvor unvorstellbar gewesen wäre. Aber eine lediglich verstandesmäßige Würdigung dieser Sachverhalte, mit wie guten Argumenten auch immer, fühlte sich hohl an. Auf einen Schlag kam ihm, als er an den Domportalen entlangschlenderte, die bittere Armut, nein, der schiere Schrecken eines Lebens in den Sinn, welches eines *Parsifal*, eines Richard Wagner beraubt wäre. Vielleicht wars verrückt gewesen, dass er den Brief abgeschickt hatte.

Die abendschönen Klänge einer Messe – vielleicht von Palestrina? – fluteten über den weiten Platz.

Hermann kamen die Tränen.

Die zentralen christlichen Mysterien – die unbefleckte Empfängnis der Jungfrau Maria, die Transsubstantiation von Brot und Wein in Christi Leib und Blut, oder das Leiden Jesu am Kreuz – hatte er nie akzeptieren können. Doch in Kathedralen kam immer ein seltsames Gefühl über ihn, ein Gefühl, das sich unermesslich intensivierte, wenn er Nachklänge der großen Tradition der Chormusik vernahm. Es war, wenn er nicht irrte, der Wunsch, überwältigt zu werden, der Drang, sich einer Macht zu unterwerfen, die höher war als er selbst. Sein stärkster Impuls war dann, auf die Knie zu sinken und zu huldigen, gleich welchem Objekt der Verehrung, hieße dieses nun Gott oder was auch immer. Was seine Phantasie von ihrer Verwirklichung üblicherweise abgehalten hatte – selbst in der privaten Anonymität eines Dombesuches, bei dem ihn niemand erkannt hätte –, war sein Entsetzen beim Gedanken daran, sein Vater, der Rabbiner, würde ihn in dieser beschämenden Haltung erblicken oder auch nur argwöhnen, Hermann könnte sich zu solchem Götzendienst herablassen.

Allein, nicht nur sank sein Vater ja selber in die Knie, nämlich an den Tagen der Ehrfurcht, sondern er erniedrigte sich auch so, dass er sich in voller Länge auf dem Fußboden der Synagoge ausstreckte und ihn mit den Lippen berührte. In sein rituelles weißes Leichentuch gehüllt, bekannte dieser selbe Benedikt Samuel Levi sich sogar zu den grässlichsten Sünden, seien es Säumnisse, seien es Taten.« »Unser Vater, unser König, wir haben gesündigt vor dir!«, wehklagte er zu der endlosen Litanei der Hohen Feiertage, die in eine Unzahl gemeinschaftlicher Selbstbezichtigungen mündete.

Es war eine dramatische Rezitation, wenn auch peinigend und archaisch in ihrem Beharren auf der Kollektivschuld des ganzen jüdischen Volkes.

Die kreiselnde Polyphonie des *Gloria*, die von der Chorempore hernieder flutete, gewährte jählings neue Einsichten in ein uraltes Dilemma. Mit seinen in Engelsregionen schwebenden Modulationen, seinen schmerzlichen Vorhalten, die nach jeder Auflösung sich milderten, und seinen besänftigenden Kadenzen, die Trost verhießen, verdunkelte der Neue Bund den Alten, löschte ihn de facto aus.

Oder war das Christentum nicht einfach eine freie Fortschreitung, die die Glaubenssätze des Judaismus im doppelten Wortsinn aufhob, eine kunstvolle Modulation in eine neue Tonart?

Einst, in Gegenwart Wagners, hatte Hermann gescherzt, dass er als Jude ein wandelnder Anachronismus sei. Vielleicht hatte er wahr gesprochen. Vielleicht stand eine Offenbarung bevor, eine Entscheidung, welche die Zeit wieder in ihre richtige Dimension einsetzen würde. Er sehnte sich danach, das Haupt in Ehrfurcht bittend zu neigen – nicht, ausgestreckt zu liegen vor der erhabenen Gottheit des Alten Testaments, deren schrecklicher Zorn die Sünden des jüdischen Volkes geißelte, das ihren unersättlichen Hunger nach Preis und Lob nie zu stillen vermochte. Er sehnte sich nach innerem Frieden, nach Erlösung von den Schrecknissen einer sündigen Welt.

Sein Bruder Wilhelm hatte etliche Jahre zuvor diesen Schritt gewagt. Er war tatsächlich zum römisch-katholischen Glauben übergetreten.

Obwohl Vater bittere Tränen des Schmerzes vergossen, hatte er nie dem Drang nachgegeben, sich das Haar zu raufen, das Gewand zu zerreißen und den Verlust des Sohnes zu beklagen, so als wäre dieser auf ewig dem jüdischen Volk gestorben.

Statt dessen, aus Weisheit und Herzensgüte, hatte er Wilhelm vergeben und suchte immer engere Nähe zu ihm. Denn Wilhelm war zum Katholizismus weniger aus theologischer Überzeugung konvertiert, als um seiner Verlobten Emma zu gefallen, in die er aufs heftigste verliebt war. Seit damals kam das Thema Religion nie mehr aufs Tapet, und obwohl die vier Kinder als gute Katholiken erzogen wurden, erwähnten auch seine Onkel, die Ladenburgs aus Mannheim, ganz und gar vernünftige Deutsche, nie irgendwelche Differenzen. Ja, sogar zum Pessach-Fest erwarteten sie ohne Wenn und Aber, dass Wilhelm Lindecks Familie mit am Sedertisch säße und am Festmahl teilnähme wie alle anderen.

Hermann spielte im Geiste mit der grandiosen Ironie, die sein Übertritt zum Christentum hätte, wenn die Welt erführe, dass er den *Parsifal* nicht mehr dirigieren würde.

Das wäre ein brillanter Schachzug.

Ein Theatercoup, gewiss – aber keiner könnte ihn dann der Doppelzüngigkeit bezichtigen. Er hätte des Meisters Respekt gewonnen und könnte in irgendeiner neuen Rolle wieder Zutritt zum Allerheiligsten erhalten.

Doch all diese Gedanken verwirrten sich ihm mehr und mehr. Seinen Münchner Freunden – Busch, Lenbach, Heyse, Fiedler – wäre die Sache, so oder so, gleichgültig. Auf Religion erpicht war keiner von ihnen. Und dann: Wie rasend enttäuscht wäre Vater! Alte Freunde wie Anna Ettlinger wären, um das Mindeste zu sagen, konsterniert. Wenn es nur wenigstens nicht diese Pfaffen gäbe, welche ihr Amen dazu sagen müssten, und ein Katechismus, dem man Lippenbekenntnisse würde zollen müssen.

Die Idee erwies sich als ungenießbar, sobald man sie in concreto erwog. Nein, er würde nicht konvertieren. Das war eine lachhafte Idee.

Für heute jedoch war nichts mehr zu tun, und Hermann beschloss, dass jetzt eine herzhafte fränkische Brotzeit angebracht wäre, vielleicht Ochsenschwanz in Rotweinsoße mit Knödeln, dazu ein Deckelkrug Rauchbier aus dem Hause Schlenkerla. Essen und Trinken würden ihm die Sinne wieder aufrichten. Oh ja, und eine gute Zigarre aus seinem Reiseetui wollte er sich gönnen und auf dem Wege zum Speisesaal mal die Weinbrände inspizieren.

Es war ein nervenzehrender Tag gewesen.

Am folgenden Tage traf kurz vor dem Mittagessen, als Hermann gerade seine Finanzen berechnete, in seinem Gasthof eine Depesche Wagners ein, mit folgendem Wortlaut:

Freund, Sie sind auf das Deutlichste ersucht, schnell zu uns zurückzukehren. Es ist die Hauptsache schon in sichere Ordnung zu bringen.

Also so ging das ja nun gar nicht.

Wie Brünnhilde, die sich Wotans ausdrücklichem Befehl widersetzte, weil sie sein Wollen besser kannte als er selbst, musste Hermann dem herrischen Aufruf des Meisters widersprechen.

In maßvollen Worten schrieb Hermann zurück, dass zu seinem Bedauern allzu viele persönliche Dinge ins Spiel gekommen seien, die seine Leitung des *Parsifal* beträfen. Ungeachtet der tiefen Verbundenheit, die zwischen ihm und dem Meister walte und immerdar walten würde, wäre es für Wagner doch die beste Lösung, ihn seiner Verpflichtung zu entheben. Sollte Hermanns Deutung unzutreffend sein, möge der Meister bitte spezifizieren, wie sich seiner Ansicht nach die Sache weiter entwickeln könne und was man, abgesehen von Hermanns Hingabe an das künstlerische Unternehmen des *Parsifal*, von ihm verlange.

Einen Tag später traf mit der Post eine längere Antwort ein. Hermann durchlas sie immer und immer wieder.

Lieber bester Freund!

Alle Ihre Empfindungen in Ehren, so machen Sie doch sich und uns nichts leicht! Gerade dass Sie so düster in sich blicken, ist es, was uns im Verkehr mit Ihnen etwa beklemmen könnte! Meine Frau ist ganz mit mir einstimmig, aller Welt diese Schweinereien zu erzählen, und dazu gehört, dass Sie nicht von uns fortlaufen, und folgends Unsinn vermuten lassen. Um Gottes Willen, kehren Sie sogleich um und lernen Sie uns endlich ordentlich kennen! Verlieren Sie nichts von Ihrem Glauben, aber gewinnen Sie auch einen starken Mut dazu! Vielleicht – giebt's eine große Wendung für Ihr Leben – für alle Fälle aber – sind Sie mein **Parsifal**-*Dirigent!*

Nun, herauf, herauf!
Ihr
R. W.

Ein ums andere Mal las Hermann den Brief durch, jedes Mal aufs Neue tief getroffen, wenn er die kränkendsten Passagen überflog.

Wagner hatte offenbar nicht die geringste Ahnung, wie man einen loyalen Jünger, der von ihm beleidigt worden war, besänftigte, ohne bei ihm gleichzeitig einen neuen Ausbruch von Seelennot zu provozieren. Der Mann hatte zuinnerst ein genaues Wissen um Wunden, die nie heilen, und ließ doch nicht ab, immer schlimmere Verletzungen zuzufügen. Oder wusste er's wirklich nicht besser? Weshalb hatte Hermann Wagners Brief nicht gleich in tausend Fetzen zerrissen und mit dem Meister gebrochen, ein für alle Mal?

Hermann wusste, warum.

Er war ein williger Mitspieler in einem Katz-und-Maus-Spiel. Schließlich bedurfte es für das Spiel zweier Personen.

Und doch – sein Contretemps mit Richard Wagner war nicht nur ein Spiel. Es war auch ein lebensversichernder Kontrapunkt. Denn: Wenn Wagners Musik ihm ein sicheres Wissen von seiner eigenen Innenwelt gewährte – war es dann nicht seine Pflicht und Schuldigkeit, über die Schwächen und Widersprüche des Mannes hinwegzusehen und sich aufs neue mit unablässiger Hingabe der Sache zu widmen, an die sie beide glaubten?

Der Meister wusste ja, dass Hermann das Wagnersche Credo aufrichtigen Herzens annahm, selbst wenn er sich zu bestimmten Schritten nie entschließen würde. Eine »großen Wendung« für Hermanns Leben würde es nicht geben – denn indem er sich für Wagner erklärt hatte, hatte er das eigene Leiden bereits mit jenem von Wagners Hauptfiguren gleichgesetzt.

Der Schöpfer des *Parsifal* sollte es besser wissen – er, der den III. Aufzug komponiert hatte, in welchem der reine Tor auf seinem Pilgerwege nicht um sich selber klagt, sondern um das Leiden des verwundeten Gralshüters, dessen Schmerzensschreie er zuvor nicht begriffen hat.

Vom Brief aufblickend, wiederholte sich Hermann dessen Schlusszeile wie einen mystischen Zauberspruch, der die elementarste Wahrheit hinter des Meisters Worten enthüllte, eine Wahrheit, die jedes Missverständnis auslöschte und Hermann mitleidig wieder in der Schar der Getreuen willkommen hieß:

Sie sind mein Parsifal-*Dirigent!*

Hermann traf rechtzeitig zum Essen in Wahnfried ein. An der Tür schloss ihn Wagner in die Arme und hielt ihn eine Weile so in wortloser Umklammerung. Hermann weinte im Stillen und sang sich die sublimen melodischen Linien des Karfreitagszaubers vor. Wagner küsste ihn zart auf die Wangen.

»Levi, Levi«, sprach er reumütig, zog ein Taschentuch hervor, wischte Hermann die Tränen ab und betupfte sich mit ihm die eigenen, feucht gewordenen Augen.

Die Musik im Innern war die des *Parsifal,* aber die Worte waren diejenigen Hölderlins über die Unsterblichen:

> *Keusch bewahrt*
> *In bescheidener Knospe*
> *Blühet ewig*
> *Ihnen der Geist.*

Hermann spähte Wagner in die Augen, überwältigt von der Vergegenwärtigung all dessen, was dieser Mann ihm geschenkt hatte. Er griff nach des Meisters Hand, um sie zu schütteln, drückte in Verehrung spontan einen Kuss auf sie und betrat, auf Wagners Willkommensgebärde hin, das Speisezimmer, um Frau Wagner, Rubinstein und den Kindern seine Aufwartung zu machen. Wagner nahm seinen gewohnten Platz am Ende des Tisches ein.

»So, Max«, beschied er seinem Leibdiener, indem er ein peinliches Schweigen unterbrach, »was wir jetzt brauchen, ist ein hebräischer Wein.«

Frau Wagner lachte leise auf, und die Kinder sahen keinen Grund, in die allgemeine Erheiterung nicht einzustimmen. Rubinstein lächelte verkrampft. Hermann errötete über des Meisters Geschmacklosigkeit, gestand sich aber ein, dass er wieder seinen rechten Platz in der Welt einnehmen durfte.

Riedberg bei Partenkirchen, 15. März 1899

Meine liebe Anna,
wie ich es fertiggebracht habe, über zwei Jahre verstreichen zu lassen, ohne Dir zu antworten, ist selbst meinem eigenen wirren Kopf unbegreiflich. So wisse denn bitte, wie wohl mir Deine Gratulationen und guten Wünsche getan haben. Es stimmt, ich war eine Weile unpässlich – und: Ja, wir haben lange Ferien verbracht in Florenz, in Marys Villino – doch jede Entschuldigung, die ich vorbringe, wird Dir lahm vorkommen müssen – mit Recht! Indes, da wir so alte Freunde sind, weiß ich, dass Du mir aus tieftem Herzensgrund verzeihen wirst.

Und, besser noch: Ich habe einen ruchlosen Plan, der uns wieder vereinen soll.

Ist Dir Alfred Grüner, der Herausgeber des Berliner Wochenblatts, ein Begriff? Er möchte einen Artikel über mich in Auftrag geben, eine Skizze über mein Arbeitsleben – was er sich darunter vorstellt, kannst Du Dir denken. Wenn ich nicht zustimme, wird etwas erscheinen, das die eklatantesten Missdeutungen enthält. Also bin ich geneigt, Ja zu sagen – vorausgesetzt, er heuert einen geeigneten Autor an.

Das Problem ist folgendes: Grüner möchte, dass Kalbeck aus Wien den Artikel schreibt, und gerade den will ich nicht haben. Du weißt ja – anders als Grüner – zur Genüge, wie sehr Kalbeck Bayreuth verabscheut. Wie die Dinge stehen, traue ich ihm, der mir in puncto Brahms so lästig geworden ist, ohne weiteres zu, etwas zu verfassen, das kompromittierend geriete.

Wenn ich nun vorschlage, dass Du, Anna, den Essay schreibst, wird Herr Grüner nicht Nein sagen. Das bedeutet, dass Du, liebe Freundin, nach Partenkirchen kommen musst. Was hieltest Du vom 26ten? Du würdest mir einen großen Gefallen tun. Wir könnten eine gemütliche Woche in den Bergen verbringen und würden von Mary und den braven Stillers trefflich umsorgt werden. Mir ist zum Essen zwar nur ein Glas Rotwein erlaubt, aber uns fällt bestimmt eine Entschuldigung ein, wie wir diese Beschränkung umgehen. In der Bibliothek stehen zwei Sessel, in denen wir über alte Zeiten sinnieren können. Oder wir gehen ein bisschen in den Hügeln spazieren – gleich gegenüber der Toreinfahrt gibt's einen Weg. Die frische Luft wird Dir guttun.

*Ich rechne mit Deiner Antwort, die, sofern nicht Unvorhergesehenes dawidersteht, eine zustimmende sein muss! Einstweilen grüßt Dich
Dein – wie immer – getreuer
Hermann*

P. S.: Dein Aufsatz über »Wagner und Ibsen« war ein Meisterstück. Fanden selbst die Bayreuthianer. Jetzt musst Du nur achtgeben, dass »Wagner und Levi« nicht zum humoristischen Folgestück gerät!

März 1899

1. Tag

Im Damen-Coupé saß niemand, und das war ein Segen. Anna Ettlinger hatte keine Lust auf Geplauder und wollte ihre Gedanken beisammenhalten. Der Gepäckträger kämpfte sich mit ihrem überaus großen Koffer ab, und als sein Blick auf die überaus kleine Münze fiel, die ihm in die Hand gedrückt wurde, grollte er ein knurriges Dankeschön und schlug heftig die Abteiltür zu – sein Argwohn betreffs alleinstehender Frauen, die auch noch allein reisten, war wieder einmal bestätigt. Nachdem sie sich den Hut abgesetzt hatte, strich sich Anna das Reisekostüm glatt und legte die Geldbörse auf dem rauen Plüsch ihres Nebensitzes ab. Ein fauliger Blumengeruch stieg aus den verschlissenen Polstern auf, die mit den schmierigen Absonderungen ihrer parfümierten weiblichen Fahrgäste getränkt waren. Von dem Gestank wurde ihr übel. Was sollte so verlockend sein an diesen künstlich gesüßten Odeurs? Einem rebellischen Impuls gehorchend, der wie von selbst in ihr aufstieg, lockerte sie sich ihre steife Halskrause. Schon seit Jahren hatte ihr die gestärkte Baumwolle, Produkt unsinniger Unterdrückung, den Hals eingeschnürt und die empfindliche Haut wundgescheuert. Erst letzte Woche hatte sie gelesen, dass die Modemagazine diese üblen Accessoires endlich auf den Müll befördert hatten – keine Minute zu früh! Aber alte Gewohnheiten lassen sich schwer ablegen, selbst abscheuliche. Sie beschloss hier und jetzt, ihren ganzen Halskrausenvorrat wegzuwerfen.

Es war die letzte Etappe ihrer Reise, und noch ehe sie in den Zug gestiegen war, hatte selbst in der gewölbten Halle des Münchner Hauptbahnhofes schon ein Duft von Nadelholz geschwebt, die Anwehung einer Bergluft, die ihr bald den Geruchssinn reizen würde. Um ihr Aussehen zu prüfen, stand sie auf und warf einen Blick in den kleinen Spiegel an der Abteilwand gegenüber. Ihre Gesichtszüge waren nicht allzu gefällig. Ihr Haar hatte seine jugendliche Seidenglätte eingebüßt, und schon schlossen sich aus allen Richtungen Fältchen um ein Augenpaar, das einst seelenvolle Bewunderung auf sich gezogen hatte. Hermann würde bei ihrer Ankunft am Bahnhof mit erlesenen Schmeicheleien aufwarten, aber mit fortschreitenden Jahren wurden solche Gesten ja nur noch hohle Förmlichkeit.

Annas Abreise aus Karlsruhe war von dem Drang begleitet gewesen, nach Partenkirchen auf dem schnellsten Wege zu fahren. Normalerweise hätte sie die Reise in München unterbrochen, um ein oder zwei Tage bei ihrer Schwester Emilie zu verbringen, die dort als führende Chorleiterin und Gesangslehrerin tätig war. Aber nachdem sie Grüners Telegramm erhalten hatte, dachte Anna an kaum etwas anderes mehr als an die Zeit, die sie mit Hermann verbringen würde. Sie setzte sogar alles daran, ihre Reisepläne vor Emilie zu verheimlichen, obwohl zu Vorwand oder Ausflucht gar keine Notwendigkeit bestand.

Ein schriller Pfiff gellte durch die Halle, und Anna hob sich ihre Uhr ans Auge, um die pünktliche Abfahrt der Königlich Bayerischen Staatseisenbahn bestätigt zu finden. Der Waggon kreischte und rumpelte bei der Ausfahrt aus dem Bahnhof, und Anna wurde unaufhaltsam von einem überwältigenden Schwung ergriffen. In gut einer Stunde schon würde Hermann sie innig in die Arme schließen – wogegen nichts einzuwenden war, da sie beide über das Alter, in dem gefährliche Anziehungskräfte walten, längst hinaus waren. Bedachte man, wie schnöde er ihren Brief ignoriert, in dem sie ihm zu seiner Hochzeit gratuliert hatte, sollte sie ihn dafür eigentlich sogar ein bisschen bestrafen. Doch vielleicht würde er nun, da er verheiratet war, mit ihr ohnehin nicht mehr flirten.

Anna tastete nach der goldenen Uhr des Kettchens, das ihr um den Hals hing, und hielt sie sich ans Ohr. Noch gut entsann sie sich der Spottworte ihres Vaters an ihrem einundzwanzigsten Geburtstag, zu dem er ihr diese elegante Patek geschenkt. Er liebte es, ihre Arroganz und ihren Widerspruchsgeist mit Gespött zu kommentieren, was unter ihren Schwestern für nimmer endende Schadenfreude sorgte. Ihre Mutter beharrte darauf, seinen Neckereien liege unermessliche Zuneigung zugrunde, ja, von all seinen fünf Mädeln liebe er sie am meisten – doch Anna trieb stets die Sorge um, er habe womöglich recht, und ihr Stolz würde noch einmal ihr Verderben sein.

Hermann teilte mit ihrem Vater viele Eigenschaften, zumal wenn es galt, gnadenlose Kritik an Anna zu üben. Tatsächlich sah Dr. Veit Ettlinger, Leuchte der Karlsruher Bürgerschaft und Schutzherr der Künste, in Hermann einen mehr als nur passenden Schwiegersohn.

Schon vor Jahrzehnten, noch ehe er sich für dessen feste Anstellung als Musikdirektor einsetzte, hatte er Hermann unter seine Fittiche genommen und mit ihm über eine schwindelerregende Skala philosophischer Streitfragen debattiert, über die sie beide ähnliche Anschauungen hegten.

Kultivierte Künstler wie Hermann waren eine Rarität, und Anna ließ keine Gelegenheit aus, sich mit ihm zu treffen – wiewohl ihre Zusammenkünfte seltener wurden, nachdem er sich in München niedergelassen hatte. Dann aber, mochte auch keiner von ihnen Schuld daran haben, dünnte sich ihre Korrespondenz zu gelegentlichen Sendschreiben aus, bis zuletzt nur noch hin und wieder ein Weihnachtsbriefchen Genüge tat.

Da Hermann eingefleischter Junggeselle war, war Anna nicht vorgewarnt – und als eine Karte eintraf, die in edler Gravur seine bevorstehende Verehelichung mit Mary Fiedler, née Meyer annoncierte, verkroch sie sich zwei ganze Tage im Bett. Sie wusste: ihre Reaktion war lächerlich. Hermanns Fiancée, Tochter des ehemaligen Direktors der Berliner Gemäldegalerie, war Witwe gewesen, seitdem ihr Gatte, der bekannte Kunsthistoriker, unter verdächtigen Umständen aus einem Fenster seiner Münchner Wohnung gestürzt war. Die neu verheiratete Frau Levi, der Fama nach eine Schönheit, war gut zehn Jahre jünger als Anna und verkehrte in gehobenen Kreisen. Ihr nicht ganz fleckenloses Renommée stand auf einem anderen Blatt. Emilie war ihr in verschiedenen Konzerten und Kunstausstellungen begegnet und behauptete, die ehemalige Frau Fiedler könnte sehr wohl für den Selbstmord ihres Gatten verantwortlich sein. Dabei hatte es nie eine offizielle Untersuchung gegeben, die danach gefragt hätte, warum der Autor des Buches über den *Ursprung der künstlerischen Tätigkeit* aus der II. Etage in den Tod gesprungen sei. Von gemeinsamen Bekannten erfuhr Emilie zudem, dass Mary sich die Nerven mit regelmäßigen Dosen von Morphium kalmierte. Ein nettes Bild gab das nicht ab.

Und das war nun das Weib, das Hermann sich zur Gattin erkoren hatte.

Über die Gerüchte hätte Anna noch hinweggesehen, aber die Macht, die solche Frauenzimmer ausübten, war heimtückisch. Bestimmt war es Marys giftiger Einfluss gewesen, der Hermann dazu verführt hatte, München zu verlassen, denn es war nicht einzusehen, dass

Hermann im Alter von achtundfünfzig von jenem Wirbel urbanen Lebens verbannt sein sollte, in dem er früher immer aufgeblüht war. Die neue Frau Levi mochte zwar eine begüterte Dame sein – allein, Emilie hielt sie für nichts anderes als eine gelangweilte Witwe, die Hermann mit Geschenken überschüttete, mit teuren Ferienreisen verwöhnte, und sich zweifellos sonnte im Widerglanz des berühmten Musikers. Hermann war ein Narr, dass er eine Verbindung eingegangen war, die jeglicher geistigen Bande entbehrte.

Nicht, dass Anna je in Hermann verliebt gewesen wäre!

Sie waren beide viel zu geistesgegenwärtig, als dass sie zugelassen hätten, dass ihr tändelndes Wort-Pingpong von einer amourösen Bindung verdorben worden wäre. Außerdem war Anna viel zu streitlustig, zu eigensinnig, als dass ein Mann wie er sie hätte attraktiv finden können. Abgesehen davon musste sie jetzt einen Essay schreiben, und dies war der Zweck ihres Besuches. Sie hatte nicht die Absicht, ihre Urteilskraft von Gefühlsduselei trüben zu lassen. Im Laufe der letzten Jahre waren, einer nach dem anderen, die Granden der deutschen Musik dahingegangen, und von ihnen allen konnte Hermann bemerkenswerte Geschichten erzählen. Jetzt kam es auf Anna an, das kostbare Erbe der Brahms, Bruckner und Clara Schumann als einen Nachlass für künftige Generationen zu bewahren, die ihre Sorgfalt wertschätzen würden. Mit ein bisschen Glück könnte sie den Artikel aus dem Wochenblatt später sogar noch zu einer kleinen Monographie ausarbeiten.

Anna neigte nicht dazu, ihre Fähigkeiten zu überschätzen. Sie war weder Literatin noch Wissenschaftlerin – ihr Talent beruhte eher darauf, der breiten Öffentlichkeit die Erkenntnisse zu vermitteln, die in moderner Musik und Literatur angelegt sind. Dennoch fühlte sie sich für diese besondere Aufgabe einzigartig gerüstet, sie, die ein so instinktives Verständnis für Musik besaß und in ihren Aufsätzen literarische Texte zum Leben erweckte. Es war auch durchaus kein Schade, dass Hermann sie zahlreichen Größen im deutschen Pantheon persönlich vorgestellt hatte, über die sie mit einiger Autorität etwas zu sagen wusste – auch wenn ihr Schreiben nicht immer den Gipfel der Perfektion erreichte.

Gemeinsame Freunde berichteten, Hermann vernachlässige sich, und mit seiner Gesundheit stehe es schon seit geraumer Weile nicht mehr zum besten. Anscheinend begann Hermann, seit Jahren überarbeitet, an einer chronischen Störung des Blutkreislaufs zu leiden, die schmerzhafte Gelenkschwellungen zur Folge hatte, ein Gebrechen, das selbst eine Kaltwassertherapie nicht hatte lindern können. Anna musste wieder an ihr letztes Treffen in München denken. Das war vor vier Jahren gewesen. Selbst da schon zeigte er Spuren des Alterns, mochten seine Augen auch immer noch mit derselben boshaften Schalkhaftigkeit funkeln, die ihn ihr so lieb machte.

Er war nach wie vor durchaus ein Mann, den Frauen attraktiv fanden.

Schon als Jüngling, hieß es, habe Hermann Levi an einen biblischen Helden erinnert, und seine Freunde, so sagte man, hätten gewitzelt, dass aus seinen fein geschnittenen orientalischen Zügen die Weisheit des Ostens leuchte. Doch wenn es wirklich Weisheit war, was sie darin entdeckten, dann war diese durch Leiden erworben, und Anna wusste um Dinge, die sie aus einem Gefühl für Anstand nie zu Papier bringen würde. Selbst die kleinste Erinnerung an solche Episoden war alles andere als angenehm, wiewohl sie selbst den Herausforderungen des Lebens entgegentrat, ohne mit der Wimper zu zucken.

Der Zug ließ die Randbezirke der Stadt hinter sich und näherte sich der sanften Landschaft um den Starnberger See, jenseits dessen die Kette der schneebedeckten Berge sich erstreckte, weißschimmernd wie die frisch bemalte Leinwand eines Gemäldes. Der erste Anblick der Bayerischen Alpen, berückender noch als selbst der erste Blick auf den Rhein von einem Felsenabhang hinunter, beschwor die ganze ursprüngliche Majestät herauf, die dem Charakter Süddeutschlands so tief eingesenkt ist.

Auch Hermann huldigte ja am Altar Germaniens – wiewohl erst bestimmte Hindernisse überwunden werden mussten, ehe ihm Zutritt zum Kreis der Auserwählten gestattet wurde.

Da war zum Beispiel sein Name.

Die schiere Vorstellung, dass ein Mann *Hermann* Levi hieß, brachte das Blut vieler Nichtjuden in Wallung – ließ sie beinahe hohnschnauben. Eine Frechheit von diesen Juden, so grollten sie, ihren psalmodierenden Leviten mit unserem deutschen Stammeshäuptling zu verkoppeln, der die römischen Legionen zerschmettert hat! In jedem Betracht wars ein kurioses Amalgam: Der wackere Cherusker aus dem Teutoburger Wald – im Schrein des Tempels zu Jerusalem!

Hermanns Bruder Wilhelm hatte, noch ehe er zum römisch-katholischen Glauben übergetreten, seinen Namen Levi in Lindeck eingetauscht. Solche Anpassungen fanden Tag für Tag statt und waren nicht im Mindesten bemerkenswert. Im Gegensatz hierzu hielt Hermann an seinem Erbe mit einer Hartnäckigkeit fest, die man bei jemandem, der zu solchem weltlichen Rang aufgestiegen, sonst eher selten fand.

Dabei war es nur natürlich, dass diese Haltung jetzt leichter fiel als einige Generationen zuvor. Damals verkroch man sich noch im Staub und betete um Rettung. Man rechnete mit dem Schlimmsten und jubelte, wenn von Toleranz die Rede war. Jetzt waren alle Schleusen geöffnet und die Emanzipation gesichert. Nie zuvor fühlten sich die Juden so ungehindert, so zuversichtlich und so heimisch – zumindest in Deutschland. Auszeichnungen und Anerkennung gab's allerorten reichlich. Was die Antisemiten betraf: Die ertrug man irgendwie. Ihr Hass war müßig, aber anständige Deutsche achteten schon darauf, dass sie nie die Oberhand gewannen.

Draußen, hinterm Fenster, schossen vereinzelte Sonnenstrahlen durchs Gezweig der hohen Fichten, während blaue Himmelsflecken im Widerstreit standen mit dunklem Gewölk. Anna stand auf und öffnete das Abteilfenster mit einem Ruck.

Keiner ging, doch einer kam. Das singt Siegmund ekstatisch, wenn die Tür zur Hütte seiner Schwester aufschwingt. Süße Düfte aushauchend, wichen die Winterstürme dem Wonnemond mit seinen balsamischen Lüften. Das laute Hämmern der Waggons auf den Schienen störte Anna nicht – Dampf und Gerassel waren ihr willkommen. Selbst der Wind, der ihr ins Gesicht fauchte, war erfrischend. So alles absorbierend war ihre Träumerei, dass sie nicht merkte, dass der Schaffner ihr Abteil betreten hatte.

»Die Fahrscheine bitte!«, bellte eine Stimme, die nach militärischer Haltung klingen sollte, in schneidigem Tonfall.

Dieser Menschensorte galten pünktliche Abfahrten und ordentliche Fahrgäste als höchste nationale Errungenschaft. Mit Aplomb knipste der Schaffner Annas Fahrkarte und richtete dann den Blick auf das geöffnete Fenster.

»Ich mach das mal zu – gnädiges Fräulein gestatten?«

»Lieber nicht«, gab sie zurück.

Verwirrt machte er einen steifen Diener, bevor er das Coupé verließ, fand es aber schwer zu akzeptieren, dass eine Frau ihn an der Ausübung einer seiner dringlichsten Pflichten hinderte. Immer wieder amüsierte es Anna, dass eine Nation, die so süchtig nach frischer Luft war, von einem offenen Waggonfenster in Angst und Schrecken versetzt werden konnte. Sie erinnerte sich nicht, von Zugluft je krank geworden zu sein. Entweder war sie immun gegen drohende Lebensgefahr, oder eine Charakterschwäche hielt sie davon ab, das gesunde Volksempfinden zu teilen. Dass die Deutschen so fest an die selbstverständliche Wahrheit ihrer Anschauungen glaubten, erklärte sicher, warum sie von Ausländern so oft missverstanden wurden.

Aber auch andere Nationen hatten an ihren Widersprüchen zu nagen. Die Franzosen hatten die Emanzipation erst ostwärts über den Rhein exportiert und steckten jetzt selber im Sumpf ihrer Drangsalierung des glücklosen Hauptmanns Dreyfus. Besser, ein unschuldiger Jude litt, als dass die Ehre der Armee besudelt würde. Zola war, trotz seines bewundernswerten Engagements, nach England geflohen, um einem Prozess zu entgehen. Nicht, dass Anna eine große Parteigängerin Frankreichs gewesen wäre – aber es fiel schwer zu glauben, dass ein wohlerzogener Offizier aus guter Familie sich als Spion betätigt haben sollte für einen ausländischen Geheimdienst. Deutschland war gottlob so ein Skandal erspart geblieben.

Im Gegenteil – die deutsche Nation rühmte sich solcher Männer wie Hermann und mit ihm all der jüdischen Professoren, Richter und Ärzte, die man mit Ehren überhäufte. Tatsächlich war es ein ganz besonderer Segen, dass der inspirierteste Ausdeuter Richard Wagners den Namen Levi trug. Voilà! – Ein Musiker, der die erste Aufführung von Wagners *Parsifal* dirigiert hatte mit allgemeinem Beifall, und der, trotz seiner jüdischen Wurzeln, bis in den innersten Bayreuther Kreis vorgedrungen war. So bewundernswert die Qualitäten seiner Kollegen Mottl, Richter, Nikisch, Seidl, selbst Richard Strauss auch sein mochten – kein lebender Deutscher gab die Klassiker lebendiger wieder als Hermann Levi.

Von allen Begabungen des Menschen durfte musikalisches Ingenium den höchsten Rang beanspruchen. Schon vor Jahren hatte Anna für dessen Qualitätsbestimmung einen simplen Maßstab ersonnen. Wenn ihr eine Aufführung Herzrasen und beschleunigte Atmung schuf, wusste sie, dass ihr Größe begegnete. So war ihre Reaktion auf

Hermanns Musizieren gewesen seit dem Tag, da er in Karlsruhe eingetroffen war. Schon bei der allerersten Probe des Gesangvereins war sie unter seinen Zauberbann geraten – trotz des grotesk übergroßen Taktstocks, der ihn, wenn er ihn zum Kommandieren seiner Truppen schwenkte, zwergenhaft aussehen ließ.

In seiner *Matthäus-Passion*, ihrem Gedächtnis auf immer eingeprägt, hatte sich Anna heiser gesungen. Die elektrische Aura der Aufführung war aufgeladen von Schmerz und Klage; sein zitternder Stab sprach von inbrünstigem Flehen, das sich dann in dämonische Wut wandelte bei dem haarsträubenden Geschrei *Lass ihn kreuzigen!* – Seine *Neunte Symphonie* war gleichermaßen titanisch. Erst geduckt zum mysteriösen Beginn, tänzelte er dann durch das koboldige Scherzo, bevor er am Ende in der Ode an die Freude den Chor zu dionysischem Jubel entflammte. – Die erfolgreichen Aufführungen von *Der bestrafte Wüstling* und *Die Hochzeit des Figaro,* gesungen in Hermanns eigener geistvoller Übersetzung ins Deutsche, waren ebenfalls Großtaten der Bühnenmagie. Eingestimmt auf das innere Ohr des Komponisten, entführte Hermann das Publikum ohne Umschweife in Mozarts Brutkammer einer berauschend aufkeimenden Romantik.

Allein, seine wirklich dauerhafte Errungenschaft wurde *Parsifal*.

Dieser Triumph sicherte ihm einen Platz im Elysium. Da er in Bayreuth den Segen des Komponisten hatte, konnte Hermann seinen Künstlern die definitive Deutung von Wagners tiefsinnigem Drama der Versöhnung abringen. Zwar unsichtbar dem Publikum, war doch, aus dem Schoß des mystischen Grabens, sein Dirigat allein schon des III. Aufzugs mit seinen qualvollen Irrwegen Grund genug, zum Festspielhaus auf den Grünen Hügel zu pilgern. Anna hatte die welterschütternde Bedeutung dieses Werkes bereits in ihrer Rezension von 1882 angezeigt, die gute Aufnahme gefunden hatte.

Der Schaffner platzte noch einmal herein. Er tappte umsichtig an ihr vorbei, packte die Fenstergriffe und versiegelte das Abteil.

»Es zieht, Fräulein«, sagte er, zufrieden damit, dass er ein eigensinniges Frauenzimmer zur Raison gebracht.

Er war entschlossen gewesen, das Fenster zu schließen, ganz gleich, wie ihr Wunsch lautete. Anna blieb keine Wahl, als sich seiner angemaßten Sorge um ihre Gesundheit zu fügen.

»In zwölf Minuten erreichen wir Garmisch. Ich kümmere mich dann um Ihr Gepäck.«

Noch wars nicht Zeit, sich den Mantel überzuziehen. Das wäre ihr jetzt noch zu warm gewesen und würde ihr nur das Gesicht röten.

An Flecken verharschten Schnees vorbei schraubte sich der Zug immer höher ins Bergland. Jählings sprang sie aus ihrem Sitz, um das Fenster erneut aufzureißen, steckte den Kopf hinaus und öffnete den Mund zu einem lauten Schrei. Befreit! Von der Bürde des Stadtlebens – von den Verpflichtungen gegenüber ihren Schwestern – von der Sorge um die Arbeiterfrauen, denen sie Unterricht gab. Allen Möglichkeiten offen, die sich ihr jetzt boten, nahm sie sich vor, jeden Augenblick in vollen Zügen zu genießen.

Nach einer letzten Kurve rollte der Zug einen sachten Hang hernieder und fuhr endlich mit kreischenden Bremsen in den kleinen Bahnhof ein. Dort erspähte Anna ihren Freund Hermann Levi, eingemummt in einen olivgrünen, von einem enormen Pelzkragen verbrämten Überzieher. Er hatte auf dem Perron an strategisch günstiger Stellung, unweit des Ankunftsbereiches für den Waggon mit dem Damenabteil, Posto bezogen und winkte zum Willkommen, indem er die Arme wie bei einem grotesken Tanze vor und zurück schwenkte. Zwei Schritt hinter ihm stand sein Bediensteter, der sich über das exotische Gebaren seines Herrn amüsierte. Anna schürzte die Lippen, um ihnen etwas Röte aufzutragen, und verwünschte ihr Erscheinungsbild in dem zerschrammten Spiegel. Traurig zu sagen: Sie war nicht mehr dieselbe Frau, die all die Jahre zuvor so unverschämt mit Levi und Brahms geflirtet hatte.

Trotz des für diese Spätsaison freundlichen Wetters stiegen nur wenige Fahrgäste in Garmisch aus. Hermanns Diener half Anna mit ihrer Reisetasche aus dem Waggon. Stiller – so hieß er – packte sie so derb am Arm, dass sie nahe daran war, ihn ihm zu entziehen. Um sich von Hermann ein Bild zu machen, warf sie kurz einen prüfenden Blick auf ihn. Um den starken Hals hatte er sich einen getüpfelten Seidenschal geschlungen, aber die Farben standen ihm nicht. Sein Gesicht war so gebräunt wie das eines Zigeuners.

»Anna, es ist ein Fest, dich anzuschauen!«

»Wenn ich an all die Sorge denke, die ich um dich verschwendet habe! Und nur ein einziges Glas Wein darfst du zum Essen trinken, jaja.« Sie küsste ihn verschwenderisch auf beide Wangen.

»Los, rein in den Buggy, bevor ich dich wieder heimschicke.«

Stiller ignorierte den Sturzbach aus Spott und Alberei und geleitete die beiden durch das Bahnhofsgebäude hinaus zu einer leichten Einspännerkutsche, in die sie auf eine Art stiegen, die eher einem verwöhnten Geschwisterpärchen als Freunden gesetzteren Alters entsprach. Die Luft war hier kühler als in München, auch wenn der schwache Sonnenschein zeitweilig Wärme spendete. Stiller breitete eine Wolldecke über den zwei Plaudertaschen aus und wickelte sie dick mit ihr ein. Hermann nahm Annas Hände in die seinen und beugte sich zu ihr hinüber.

»Und deine liebe Schwester Emilie? Immer noch am Armwedeln vor ihrem Chorus?«

Das war seine übliche Art zu provozieren.

Anna hob zu einer – nur zur Hälfte ironischen – Rede an, über die Hürden, die man Frauen bei ihrer Selbstentfaltung in den Weg lege. Allzu lange hätten die Männer sie zurückgehalten. »Was der Frau nottut, müssen die Frauen selbst am besten wissen, Hermann. Eines Tages, du wirst sehen, werden Frauen sogar Symphonieorchester leiten.«

»Kein Zweifel«, bemerkte Hermann kopfschüttelnd. »Und von Universitäten Lehrstühle angeboten bekommen und Heere kommandieren. Nur gut, dass du dich nie einem Gatten aufgehalst hast, Anna Ettlinger!«

»Dass nie ein Ehemann mir aufgehalst worden ist, meinst du!«

Frotzeleien waren zwischen ihnen kurrente Münze, und so fielen sie rasch wieder in ihre alte Gewohnheit zurück.

Nach kurzer Weile aber nahm Hermanns Gesicht einen ernsten Ausdruck an. »Ah, da ist etwas, das ich noch nicht erwähnt habe. Mary lässt sich entschuldigen. Sie wurde in München aufgehalten, wird sich uns also nicht beigesellen.« Er blickte starr geradeaus.

Anna, unsicher, wie ihre gemischten Gefühle sich am besten maskieren ließen, hob die Brauen. Sie warf ein Auge auf den schelmischen Ausdruck in seinen Zügen und spürte, wie angenehm es ihm de facto war, dass sie allein sein würden.

»'S ist wegen der neuen Wohnung in der Prinz-Ludwig-Straße. Gibt da viel zu tun.«

Eine elegante Adresse. »Ah ja. Also habt ihr einen *Pied-à-terre* für euch gefunden«, sagte sie. Warum Mary nicht eifersüchtig war, dass ihr Gatte als Strohwitwer weiblichen Besuch empfing, war schwer erklärlich.

»Ist schon so gut wie abgemacht. Außerdem hofft Mary, ein ziemlich prächtiges Gemälde zu erstehen.«

»Da fällt mir ein«, entgegnete Anna, »Allgeyer lässt dir beste Grüße bestellen. Ich erzählte ihm, dass ich dich besuchen käme.«

Der Fotograf, ein guter alter Freund aus Karlsruhe, der Hermann nach München gefolgt war, hatte ihren Auftrag, eine Chronik von dessen Karriere zu verfassen, beifällig aufgenommen. Nach Jahren unbeachteten Schaffens sonnte er sich jetzt im Erfolg seiner Biografie des Malers Anselm Feuerbach. Dreißig Jahre hatte er daran gesessen.

»Tatsächlich haben wir schon einen spektakulären Feuerbach erworben: sein *Paolo und Francesca*.«

Anna fuhr erregt auf. Der musste ein Vermögen gekostet haben. »Wie seid ihr da drangekommen?«, stieß sie hervor.

Es war unerklärlich, dass Hermann von seiner neuen Akquisition ihrem Freund Allgeyer nichts erzählt hatte, der die Nachricht an Anna doch gleich weitergegeben hätte. Tja, kein Zweifel: der Einfluss seiner neuen Gattin. Dieses Gemälde, vor Jahren in den Feuilletons landauf-landab besprochen, war eigentlich für eine städtische Galerie bestimmt gewesen, bis Frau Feuerbach, verärgert über die feindseligen Kritiken, das Bild zurückzog.

»Mary ist eine Sammlerin mit tadellosem Geschmack, und was sie haben will, das kriegt sie auch«, sagte er.

»Was meinen Jammer noch vermehrt, sie nicht kennenlernen zu können.«

Hermann errötete unübersehbar. »Aber du wirst ja wiederkommen, um dir dann unser neues Automobil anzuschauen. Mary hat es für ihre Fahrt nach München genommen, und deswegen musst du jetzt mit diesem altmodischen Vehikel hier vorliebnehmen.«

»Motorwagen: grässliche Biester!«, scherzte Anna. »Immerzu Qualm und Gestotter.« Weshalb nur zählte er eine kostspielige Anschaffung nach der anderen auf?

»Aber was du noch gar nicht gesehen hast, ist unser Wartburg-Promenadenwagen mit aufklappbarem Verdeck!« Den Namen und die Beschreibung sprach er absichtlich gedehnt aus. »Das Modell ist speziell für Frauen gedacht. Ich sag dir, Anna, das ist ein hinreißendes Transportmittel.«

Hermanns Bemühungen wirkten sonderbar verkrampft. Einen Motorwagen zu steuern passte zu niemandem weniger als zu ihm.

»Du fährst gar nicht wirklich, Hermann, stimmts? Gib's zu!«

»Na gut, ja. Nein, tu ich nicht. Bin nur Beifahrer wider Willen«, erwiderte Hermann. »Dann sprech ich meist nur den passenden Segen.« Er faltete die Hände nach Art der ostjüdischen Rabbiner. »Gesegnet bist Du, Herr im Himmel, unser Gott, König des Universums ...«

Anna lachte laut auf. »Wenn du erst anfängst zu beten, Hermann Levi, weiß ich, dass wir in einen ernsten Schlamassel geraten sind«, sagte sie. »Vielleicht hat ja Stiller fahren gelernt?«

»Das würden Sie gerne, stimmts, Ewald?«

Stiller drehte sich zu ihnen um; sein stachlichtes Blondhaar struppte unter einer wollenen Mütze hervor.

Anna merkte, dass er jedem Wort ihrer Unterhaltung gefolgt war. »Dös wüad uns unsere oame Carlotta nimmer verzeihn, Herr Generalmusikdirektor, gelt? Dös wär fei ihr Tod!« Stiller ließ die alte Mähre aufwiehern, und das sorgte bei allen für Heiterkeit.

»Wir finden ihren Dienst vorbildlich, Ewald, nicht?«, beeilte sich Hermann hinzuzufügen. »Mehr, als man von dem verfluchten Automobil behaupten kann.«

Stiller straffte die Zügel, und Carlotta machte einen schwachen Versuch, ihr Schneckentempo zu beschleunigen. Er sprach den heimatlich bajuwarischen Dialekt, dieser Stiller, und war, wie klar zu hören war, nicht auf den Mund gefallen.

»Mit dem teuflischen Telefon komm ich auch noch kaum zurecht«, fügte Hermann hinzu. Immer schon hatte er mit seiner unbeholfenen Anpassung an die moderne Welt kokettiert.

»Und deswegen schreibe ich dir mit der Hand noch richtige Briefe, lieber Hermann – auf die du mir nicht immer antwortest.«

»Ganz recht«, sagte Hermann kleinlaut und wandte sich zur Seite – beschämt, da er sich stets einiges darauf zugutegehalten, ein anspruchsvoller Korrespondent zu sein.

Sie erreichten das abseits gelegene Dorf Partenkirchen und rollten an seinen zwei Einkaufslädchen und einer Gruppe adretter Landhäuser mit blumengeschmückten Balkonen vorbei. Keine Menschenseele war zu sehen. Bald darauf rumpelten sie mit ihrem Kutschwagen einen steilen Waldweg hinauf, bis Stiller vor einem schwarzen Gatter haltmachte.

Da stand Haus Riedberg: Adolf Hildebrands architektonischer Wunderbau, dessen frischer Anstrich aus matt schimmerndem Grau seinen einschüchternden Wohlstand ummantelte und dessen vergoldete Zwiebeltürme ins Land hinaustrompeteten, dass hier die alpine Residenz der Levis aus München ihre Stätte habe. Stiller musste erst hart gegen das schwere Gatter stoßen, ehe er den Einspänner einige Schritt weiterrollen lassen konnte und sodann, nachdem er das Tor wieder geschlossen hatte, den Buggy durch das gepflegte Gelände vor das Haus lenkte. Dramatisch thronte die Villa auf einem landschaftlich gestalteten Bergvorsprung und schaute weit über das außerordentlich fruchtbare Tal in der Tiefe hinaus. Ein handgestutzter Wintergarten zeigte sich ordentlich gepflegt, auch wenn etliche Blumenbeete noch mit Stroh bedeckt waren. Das Ganze war entworfen mit dem Zweck, zu beeindrucken, und bemüht, den Charakter einer allzu auffälligen Ostentation zu vermeiden – mit nur geringem Erfolg, wie Anna fand.

Für das üppige Interieur war ein Vermögen ausgegeben worden. Schon das vollgestopfte Haus von Annas Familie in der Zähringer Straße in Karlsruhe war komfortabel – hielt aber keinem Vergleich mit diesem stand. Und doch konnte sie ihr Entzücken über die Bibliothek im Parterre mit ihren Regalen aus poliertem Kirschholz, denen sich die Gesammelten Werke und geprägten Einzelbände schön einfügten, nicht verhehlen. Begleitet wurde diese Sammlung aus Büchern und Noten von einem jettschwarzen Bechstein, den die geschwungenen Beine zierten, wie es vor zwanzig Jahren Mode gewesen war. Zur Linken des Flügels fiel ein monumentales Gemälde ins Auge: Feuerbachs dramatischer *Tod des Pietro Aretino*, das sie viele Male zuvor schon betrachtet. Es war, in seinen Karlsruher Tagen, Hermanns stolzeste Erwerbung gewesen.

Doch an die Wand daneben hatten die Levis ihre neueste Akquisition gehängt: ein Bildnis von Dantes ehebrecherischen Liebenden, subtile Reflexion über jene verbotene Anziehungskraft, die entfacht wurde, als jene gemeinsam von Lancelot und Guinevere lasen. Wie vollkommen hatte der Maler das von Hell nach Dunkel abschattierte Antlitz Francescas komplementär zu Paolos niedergeschlagenem und doch zärtlichem Blick dargestellt! Hermann schlenderte zerstreut im Raume umher, als wäre er sich nicht ganz sicher, ob dies alles wirklich ihm gehöre.

»Das ist zum Staunen, Hermann«, sagte sie ruhig.

»Ganz recht«, erwiderte er, als wäre er sich des vollen Preises, der dafür zu zahlen war, nicht ganz im klaren.

Frau Stiller geleitete Anna zu ihrem Gästezimmer im Obergeschoss. Als eine Person, die grundsätzlich missmutig in die Welt schaute, machte die Haushälterin neben ihrem viel jüngeren Gatten denn doch einen blasseren Eindruck.

V

Im Alkoven der Bibliothek ließen sie sich in die Sessel fallen und nahmen schweigend wahr, wie die zusehends tiefer sinkende Sonne vor ihrem Untergang am Abendhimmel ihr prunkvoll loderndes, orangenes Flammenspiel zündete. Erleichtert schmiegte Anna dem festen Leder ihre gekrümmte Wirbelsäule an und atmete tief aus. Die Anstrengung der Reise fiel von ihr ab. Ihr Himbeertörtchen war genüsslich verzehrt und ihre letzten Tropfen Kaffee waren ausgeschlürft. Ein ums andere Mal tauschte sie mit Hermann einen Blick, im klaren Bewusstsein des Vergnügens, das ihr die Wiedervereinigung mit einem alten Freund jetzt entspannt bereitete.

»Möchtest du mir nun verraten, weshalb du fast zwei Jahre verstummt warst?«, fragte sie maliziös. »Warum du erst warten musstest, bis du meine Dienste brauchtest?«

Hermann zuckte zusammen. »Ich dachte, das hätte ich schon erklärt.« Er stand auf und schlenderte zu seinem Schreibtisch hinüber. »Aber lass uns das nicht weiter ausführen. Hier ist etwas, das ich dir zeigen möchte.«

Auf dem polierten Kirschholz lagen ein aufgeschlagener großer Aktenordner, ein mechanischer Zahlenstempel und ein dicker Stapel vergilbender Briefe. Letzterer war einer daneben liegenden geprägten Mappe entnommen, deren Bänder aufgeschnürt waren.

»Briefe von Brahms«, sagte er sotto voce. »Fünfundvierzig Stück. Dachte, du würdest sie gerne sehen wollen.«

Mit den Fingerkuppen strich sie sacht über das zuoberst liegende Blatt des Stapels, wie zur Liebkosung von Brahms' spinnewebichtem Gekritzel.

»Gottseidank hast du sie nicht vernichtet«, sagte sie, bereute aber augenblicklich ihre Taktlosigkeit.

Hermann zog über Max Kalbeck her, Brahms' gewieften Biografen aus Wien. Der Umgang mit ihm sei unerfreulich gewesen. Johannes habe in seinen letzten Jahren Kalbeck unter seine Fittiche genommen und ihm ungehinderten Zugang zu seinen Papieren versprochen. Als er davon gehört, sagte Hermann, habe er geargwöhnt, dass da etwas nicht stimmen könne, da Brahms doch alle Überbleibsel von persönlichem Wert immer verbrannt habe, damit sie nicht in falsche Hände gerieten. Ein unverheirateter Mann ohne natürliche Erben, behauptete dieser stets, könne über seine Hinterlassenschaft weit weniger verfügen als einer mit Nachkommen. Die Befürchtung, ein sensationsgieriges Publikum könnte sein Intimleben befingern, hatte ihn regelrecht in Panik versetzt.

»Brahms bat dich nicht, sie zu verbrennen?«

»Doch. Genau das hat er verlangt. Sagen wir so: Ich hatte bis jetzt noch nie die Zeit, meine Korrespondenz zu ordnen.«

Das war gelogen.

»Ich habe den starken Eindruck«, sagte Hermann heiser, »dass Kalbeck mich diskreditieren will. Mich erst so nutzt, wie's ihm in den Kram passt. Dann aus der Vergangenheit tilgt. So schaut's aus, weißt du.«

»Ich dachte eigentlich, du selbst hättest deine Vergangenheit mit Brahms schon vor langem ausradiert.«

»Ach was«, krächzte er unwirsch, machte aber keine Anstalten, ihr Argument zu entkräften. »Kalbeck möchte Zugang zu allen Briefen haben, damit er sich ein unabhängiges Urteil bilden kann. Als hätte ich irgendwas zu verbergen!«

»Bestimmt hast du doch nichts dagegen, dass die Briefe in einer reputierlichen Biografie zitiert werden.«

»Reputierlich, jaja«, grummelte er, wobei er ihr einen beunruhigten Blick zuwarf.

Anna lehnte sich aus ihrem Sessel vor und streichelte Hermann die Wange. »Du machst dir auch Sorgen über das, was ich schreiben könnte, nicht wahr?«

»Die Vergangenheit wieder ans Licht zu schaufeln, ist mühsam, Anna. Und bringt so wenig ein. Übrigens – hab ich dir erzählt, was ich gerade für Frau Wagner zum Geburtstag zusammenklaube? Einen Kalender mit Epigrammen von Goethe.«

Nein, die Epigramme hatte er noch nicht erwähnt. Eine Stunde mit Hermann Levi ging selten vorbei ohne einen Kniefall vor Richard Wagners Witwe Cosima. Anna verkniff sich ihre Verärgerung.

Mit infernalischem Geklingel läutete das Telefon in der Eingangshalle, und kurz darauf erscholl in scharfem Stakkato das Klopfen Frau Stillers. Die Frau Generalmusikdirektor aus München sei am Apparat. Aufgescheucht huschte Hermann in den Korridor, um mit seiner Frau zu sprechen. In seiner Eile ließ er die Tür weit offen stehen und hockte sich auf einen Schemel, der neben einem länglich-eleganten Tisch stand. Die Verbindung war schlecht, denn Hermann musste laut in die lackierte Sprechmuschel brüllen. Unterdes trug Frau Stiller das Geschirr ab und wollte soeben beim Hinausgehen die Bibliothekstür schließen, als Hermann ihr mit einer Geste zu verstehen gab, sie solle sie offen lassen.

Die Gnädigste schien ohne Unterbrechung drauflos zu reden, wobei Hermann kaum ein Wort einwerfen konnte. Tatsächlich erwähnte er nicht einmal, dass Anna gut angekommen und im Gästezimmer sicher untergebracht sei. Aus dem, was Anna sich zusammenreimen konnte, entnahm sie, dass Mary die Ausstattung ihrer neuen Wohnung beschrieb und jetzt ihr Auge auf ein Ölgemälde von Franz Stuck geworfen hatte, das den Levis aus der Privatsammlung des Künstlers angeboten worden sei. Hermann entsann sich des Bildes aus der Stuck-Villa, wo es im Musikzimmer hing, das auf den Garten hinausschaute. Das Bild mit dem Titel *Der Wächter des Paradieses* zeigte einen muskulösen Engel in voller Blüte seiner Mannheit, mit chiffonbehängten Flügeln, die vor einem kalkweißen Dunst weit sich spreizten. Das Gemälde, sagte Hermann, gäbe dem vorderen Salon bestimmt den ultimativen Chic. Doch als er die Preisforderung hörte, verschlug es ihm den Atem.

»Ist das nicht mächtig übertrieben, Liebling?« Geld, so schien's, spielte für sie keine Rolle.

Peinlich berührt, dass in Annas Hörweite über Finanzielles gesprochen wurde, signalisierte Hermann eine Bitte um Entschuldigung.

Keine Ursache, gestikulierte sie zurück. Die Gelegenheit, Hermanns Eheleben ein bisschen zu belauschen, machte ihr sogar Spaß. Offensichtlich hatte er mit dem Telefonieren keine Schwierigkeit. Trotz seines Versuches, sich als verknöcherten Alten auszugeben, war er den Herausforderungen des modernen Lebens zweifellos gewachsen. Sein Fehler lag eher darin, ein Ferngespräch als ein frivoles Spiel anzusehen, das man selbst in Gegenwart von Freunden spielen konnte, ohne zu bedenken, welche Folgen es zeitigen könnte.

Anna trat hinüber an das Gitterfenster im Alkoven, hinter dem das Nachglühen des Sonnenuntergangs verdämmert war und im fernen Tal nun kleine Lichtpünktchen auffunkelten wie Leuchtkäfer. Sie wusste: Jetzt wäre es taktvoll, sich in ihr Zimmer zurückzuziehen. Sacht strich sie Hermann über den Ärmel, küsste ihn flüchtig auf die Wange und wandte sich der Treppe zu.

»Abendessen um acht«, wisperte er verstohlen.

Also war Kalbeck drauf und dran, sich furchtlos, um nicht zu sagen dreist, in Hermanns Privatsphäre zu drängen. Nur weil Hermann einem früheren Kapitel von Brahms' Lebensgeschichte angehörte, bedeutete dies noch nicht, dass seine Perspektive nicht von entscheidender Bedeutung wäre. Denn ja, wie sonst könnte sich Kalbeck einen Reim machen auf jene sechziger Jahre, da Hermann Brahms bei so vielen größeren Werken beraten und überdies so wichtige Erstaufführungen dirigiert hatte?

Das Problem war, dass Hermanns Karriere und musikalische Interessen einen anderen Kurs, dem Stern Richard Wagners folgend, genommen hatten und die Antipathie der Brahminen gegen den Meister aus Bayreuth ihre Schriften vergiftete wie der Hass des Nibelungen.

Anna hatte ihrem eigenen starken Echo auf Brahms nie abgeschworen, selbst dann nicht, als sie zum Glauben an Wagners Gesamtkunstwerk übergetreten war. Musik? – Das war Kunst, nicht Politik oder Religion! Doch Brahms hatte denen, die ihm fahnenflüchtig wurden, nie vergeben und leugnete kategorisch die Freundschaft derjenigen, die ihn einst verehrt. Indem er noch im hohen Alter eine Versöhnung mit Anna abwehrte, zeigte er eine mürrische Verdüsterung, die sie äußerst ärgerlich fand. Wie all diese anderen sturen Hagestolze hatte er sich das Gesicht mit einem zauselichten Vollbart zuwachsen lassen, um seine Melancholie zu maskieren. Seit fast zwei Jahren lag er jetzt nass und kalt in einem Wiener Grab.

So sehr sie ihn auch anbetete – Brahms war nie geneigt gewesen, sie ernst zu nehmen, und so tat es weh, bei gewissen Erinnerungen zu verweilen. Konnte sie je verzeihen, wie achselzuckend er ihre *Melusine* abgelehnt hatte? Ungeachtet dessen, dass es Hermanns unzulänglich erwogener Vorschlag gewesen war, sich auf einen Operntext für Johannes einzulassen. Wie absurd war es doch im Rückblick, dass Anna je ein Libretto für ihn schreiben sollte! Das hätte Hermann besser wissen müssen. Denn schließlich: Wenn selbst der große Iwan Turgenjew bei Brahms nicht Gnade gefunden – wie hätte dann sie je Erfolg haben können?

Hermann wusste, wie viel Leid das verursacht hatte. Anna ließ ihrem Schmerz über die Demütigung freien Lauf, und nur seine Freundlichkeit hinderte sie daran, ihre Melusine in tausend Fetzen zu zerreißen. Über Brahms' Mangel an Zartheit gegenüber Frauen, sagte er, müsse man hinwegsehen. Auch er selbst sei mit Johannes' Zorn konfrontiert worden, aber es sei sinnlos, gegen Männer von überragendem Genie einen Groll zu hegen.

Dennoch tat es ihr weh, dass die großen Geister der Epoche von solcher Verbitterung, solchem Zwist und Hader gezeichnet waren – dass ihr Alltagsleben mit jenem Reich, das sie in ihrem Werk bewohnten, dermaßen im Widerstreit stand. Kein Zweifel, als Antwort auf dieses Rätsel würde Hermann sie an Schopenhauer verweisen. Er würde darauf beharren, dass ein Künstler, dem es nicht gelinge, die blinden Strebungen des Willens zum Leben zu verneinen, sich selbst zu sinnlosem Elend verurteile. Nur durch Preisgabe der falschen Hoffnung auf das Gute könne er sich über die Sinnlosigkeit der Welt erheben und immerwährender Enttäuschung entgehen.

Diese Gedanken bargen wenig Trost. Zum einen widersprach ihnen Annas eigene Erfahrung, die sie lehrte, dass Menschen nur dann mit sich selbst im Frieden lebten, wenn sie von Liebe und Glück träumen konnten. Die Philosophie der Entsagung gleichwie das in Musik ausgedrückte Leiden musste auf einem Glauben an ein besseres Leben beruhen, auf der Möglichkeit von Erfüllung in Leidenschaft. Zumindest war es das, was Anna aus der resignativen Musik in den Werken heraushörte, die sie bewunderte, da sie diese der Schopenhauerschen Zweitverwertung buddhistischer Entsagungsphilosophie immer vorzog. Im Übrigen – indem sie sich auf die Schönheiten von Wagners *Meistersingern* oder Brahms' *Altrhapsodie* einließ, musste sie sich nicht mit Schopenhauers unverstellt feindlichen Ansichten über Frauen abfinden. Bestimmt war der Philosoph nie einer mitfühlenden Gefährtin begegnet, die ihn aus ganzem Herzen liebte.

Bis zu seiner jüngsten Verehelichung sah es auch für Hermann unwahrscheinlich aus, dass er je die richtige Frau fände. Abgesehen von einer Verlobung vor langer Zeit, die unter keinem guten Stern gestanden, weil das Mädchen todkrank war, war er viel zu beschäftigt gewesen, als dass er sich je um Herzensaffären geschert hätte, wiewohl schon die kleinste Einsicht in die Partituren, die er zum Leben erweckte, eine Vertrautheit mit jenem Leitmotiv nahelegte, das der Musik eingeätzt war. Es war einfach unglaubwürdig, dass jemand Wagners Musikdramen dirigieren könnte, ohne dabei eingesponnen zu werden in den Liebestod, in Liebesverlangen, Liebeserlösung – und Liebesqual im Besonderen. Musik, so dachte sie oft, verdrängte Hermanns eigene Sehnsüchte: eine Rolle, die Musik im Leben vieler Menschen spielte.

Und jetzt gab es diese Madame Levi. Aber war das Liebe? Nein, dieses Thema »Hermanns Liebesleben« konnte sie nicht zur Sprache bringen, ohne dass es ihm peinlich würde. Aber als Frau von modernem Empfinden, die sich von der Prüderie der Elterngeneration schon weit entfernt hatte, hatte Anna fest vor, jede Einzelheit von Bedeutung, die Hermann enthüllen würde, ans Licht zu ziehen. Zum Glück war es schwer, ihn zu kränken. Nur ein einziges Mal hatte sie ihn ernsthaft gegen sich aufgebracht.

Es war ein provokantes Weihnachtsgeschenk gewesen, das sie ihm vor Jahren gesandt hatte – nicht so sehr, wie ihr später klar wurde, als ein Angebinde, denn vielmehr als ein Versuch, sich einzumischen.

1881

Ein schmales Päckchen mit dem Poststempel Karlsruhe war rechtzeitig zu Weihnachten eingetroffen, und Hermann öffnete es neugierig. Es war immer vergnüglich zu raten: Was Anna zu seiner Freude sich wohl ausgedacht hatte? Geschenke auszuwickeln war für Hermann stets eine feierliche Angelegenheit, selbst dieses Jahr, in dem er die Ferien in erzwungener Zurückgezogenheit verbrachte und Freunden oder der Familie nicht zur Last fallen wollte. Ein Brieföffner lag zur Hand, desgleichen eine Schere, falls nötig. Ein scheues Lächeln huschte über seine Züge. Anna kannte ihn wie kaum ein anderer seiner Freunde. Vielleicht wars eine neue Monografie über italienische Malerei? Oder russische Literatur? Als er das Buch aus der Verpackung gleiten ließ, sah er, wie sehr er sich geirrt hatte.

Eine Dirigierpartitur von Brahms' *Tragischer Ouvertüre*, erschienen im Verlag Simrock, starrte ihn an. Auch bei wohlwollendster Betrachtung war Annas Geste gröblich unsensibel. Törichtes Frauenzimmer! Die beiliegende Karte war genauso taktlos. Da stand: *Zu Weihnachten – Von einem freien Geist zum anderen – Fehler sind dazu da, berichtigt zu werden, auch wenn sie auf Missverständnissen beruhen. Ich weiß, Du wirst mir beipflichten – magst Du auch eine Weile dafür brauchen. Ganz die Deine: Anna.*

Seinen Verdruss ob ihrer Übergriffigkeit unterdrückend, schlug er die Partitur auf, um zu schauen, was sein einstiger Freund Hannes – wie Hermann in der Abgeschiedenheit seiner Privatsphäre Brahms nannte – da zustande gebracht hatte. Vielleicht hatte sie das Werk in Karlsruhe unter Dessoffs Leitung gehört. Hermanns Kontakt mit Hannes hatte sich in jenen Tagen so gelockert, dass ihn Nachrichten von einer solchen Erstaufführung nicht erreicht hätten. Die Physiognomie einer Brahms-Partitur war jedoch unverkennbar: Wie zu erwarten, stellten die Holzbläser ihre Terzparallelen am Kopf jeder Seite zur Schau.

Mit diesem Geschenk wagte Anna, ausgerechnet ihm die Leviten zu lesen: dass er seinen alten Waffenbruder im Stich gelassen habe.

Ja, das ist ihre Welt, dachte er: stahlhart in ihrem unbezähmbaren Optimismus. Dabei kann doch nur jemand, der unter dem Verhalten eines Freundes gelitten hat, begreifen, wie eine permanente, an sich sinnlose Trennung die Erinnerung an eine gemeinsame Vergangenheit weniger schmerzlich macht. Selbst flüchtige Begegnungen kamen ja jetzt nicht mehr infrage.

Kopfschüttelnd durchblätterte Hermann die Partitur. Hannes blieb weiter eingeigelt in seiner grandios altertümelnden Architektur – dass ihre Fundamente schon am Bröckeln waren, nahm er nicht wahr. Die Stimme, die durch das knirschende Gebälk sang, war in ihrem nordischen Zweikampf mit Strenge so kühn wie eh und je. Aber mit seinem chronischen Verneinen konnte Hannes seine eigenen Ideen nicht aus ihren ehrwürdigen Wurzeln entwirren. Noch immer in Anbetung Beethovens und Schumanns befangen, fuhr er fort, eine ganze Flut von Musik zu erschaffen, die den Werten von vor vierzig Jahren verpflichtet blieb, als zur Linderung des menschlichen Elends stets eine gewisse Beigabe aristokratischen Balsams angeraten schien.

Doch die Agonie seines alten Freundes, dieses Anwachsen einer dunklen, brütenden Qual, stand in großen Lettern über jeder Seite seiner Partitur geschrieben. Trotz Hermanns Verärgerung darüber, ausgerechnet zu Weihnachten gezwungen zu sein, sich wieder einmal seinen Gefühlen für Hannes zu stellen, begab er sich zum Flügel und schlug die schwere Brokatdecke zurück, die seinen getreuen Bechstein schützte. Dann stellte er die Partitur auf die Notenleiste. Das war jetzt das Beste: sich auf Tasten durch die Komposition zu hämmern.

Die messerscharfen Schläge des Beginns, taktmetrisch unbestimmt, zerteilten die Stille kraftvoller, als er beim ersten Überfliegen der Partitur vermutet hatte. Die handwerkliche Meisterschaft der Instrumentation, die makellose Stimmführung, der harmonische Fluss – das alles war bezwingend. Hermann fiel das vor fast zehn Jahren von ihm dirigierte *Triumphlied* wieder ein, in dem die gezackt punktierten Figuren ebenfalls jene Alte Musik beschworen, die Hannes so verehrte. In den ominösen leeren Quinten – eine Reminiszenz an den grausigen Abgrund, der sich am Beginn von Beethovens Neunter auftut – spürte man den eisigen Hauch eines wilden Windes von der Ostsee. Selbst das weit geschwungene Streicher-Thema, das sich nach Wärme sehnte, mied den Charme des Südens. Die grimmige Moll-Tonart sprach von Verhängnis, und die ganze Hartkantigkeit der Ouvertüre signalisierte – Antithese zu Beethovens *Egmont* – die Vergeblichkeit von Kampfesmut, die Unausweichlichkeit der Niederlage. Hannes mochte zwar sagen, er hasse diese Art von wagnerisierender Deutung, doch privatim erging er sich oft genug in bildhaften Charakterisierungen seiner eigenen Werke. Wäre er doch nur nicht so schroff in der Zurückweisung der Sinnlichkeit des Meisters gewesen! Dann wäre er seiner eigenen verklemmten Haltung zum Leben entronnen.

Mehr und mehr Stimmen aufgreifend, spielte Hermann etliche Passagen noch einmal durch, um ihre Ausdrucksgewalt zu ermessen. Trotz seiner Widerstände spürte er die Beschwörungskraft der Ouvertüre – während er andererseits, in Erinnerung an das Desaster mit der 1. Symphonie in München, nur zu genau wusste, wie elend das Werk beim Publikum durchfallen würde, wenn er es wagte, es zur nächsten Saison aufs Programm eines Abonnementkonzerts zu setzen. In der Vehemenz dieser Musik jedoch, weltenfern von der geschmeidigen Versatilität der Wagnerschen Werke, nahm Hermann jenen muskulösen Arm wahr, den Hannes ihm einst über die Schultern legte, als sie gemeinsam Noten studiert hatten. Es war eine Empfindung, die Hermann damals, vor Jahren, ein starkes Gefühl von Beständigkeit, Freundschaft und Wohlbehagen gewährt hatte.

Im Zimmer war es unerträglich kalt geworden. Er werde Ännchen bitten müssen, Holz nachzulegen. Hannes gehörte der Vergangenheit an, kalt wie die Asche im Ofen. Auch Anna wusste das sehr gut.

Indes, wie Hermann klar wurde: Es war eine Vergangenheit, die immer noch ein wenig Licht, sogar ein wenig Wärme auf trostlose Momente der Gegenwart werfen konnte. Hermann zog Schreibpapier hervor und begann einen Brief an seinen Vater, in dem er seine Enttäuschung schilderte über die neue Brahms-Ouvertüre, die er sich angesehen habe. Es tue ihm leid zu sagen, dass diese den Rang der großen Chorwerke, die er in den 1860ern dirigiert habe, nicht erreiche.

Mit Anna würde er sich später ins Benehmen setzen.

In einem scharf formulierten Brief würde er erst ein ironisches Dankeschön für das Geschenk zum Ausdruck bringen und dann ihren Affront geißeln. Auf diese Weise konnte er in einem zärtlichen, sogar humorvollen Ton schließen, um seine Verstimmung zu tarnen. Zunächst aber wollte er etwas abwarten, um sich von dem Erinnerungsschmerz zu erholen, vielleicht bis zum Silvesterabend.

2. Tag

Anna blickte umher und suchte sich klarzumachen, warum das verschwenderisch eingerichtete Gästezimmer so ungastlich wirkte. Es war die hohe Zimmerdecke, entschied sie, welche dem Raum etwas Frostiges verlieh, und dies trotz der frischen Blumen und der großen, mit einem Rankenwerk aus tanzenden Mädchen verzierten, emaillierten Schale. Immerhin mochte das Haus Riedberg einen schützenden Kokon bieten, in dem sich ihre Gedanken entfalten konnten, und als sie am vergangenen Abend das Erdgeschoss erkundete, hatte ihr das ja auch Freude gemacht. Brauchte man Ablenkung, boten die deutschen Gemälde und italienische Majolika in der Bibliothek manch faszinierende Entdeckung. Und erst die Büchersammlung, die mit einer riesigen Kollektion von Titeln aus Philosophie und Weltliteratur aufwartete! Hermann selbst war ja stolz auf seine mehr als hundert Bände allein zum Thema Goethe. Dies war nicht nur das Haus eines überragenden Musikers. Es war das Heim eines Künstlers, das von goldverbrämten Gemälden geschmückt und zugleich von geschliffenen Gedanken lebendig gehalten wurde.

Selbst die Möbelstücke waren eher um ihres kunsthandwerklichen Aussehens als ihrer Nützlichkeit wegen ausgesucht worden. Das überdimensionale Sofa im Salon fand Anna unausstehlich, wie fashionabel es auch immer sein mochte. Sein karmesinroter Samtbezug straffte sich um die scharfen Kanten, und seine hohen Armlehnen aus polierter Eiche stützten florale Statuetten aus Rosenholz. Ein Sofa wie dieses gab die Menschen, die auf ihm saßen, der Lächerlichkeit preis. Sein Prätentiöses legte, was immer seine künstlerischen Vorzüge sein mochten, beredtes Zeugnis ab von dem Charakter Mary Levis und ihrem verderblichen Einfluss auf Hermann.

Ein Ölporträt von Lenbach, das Levi d. Ä. präsentierte, hing über dem Kamin und hatte die ehrwürdige Ausstrahlung des alten Herrn vollendet eingefangen. Aus dem mitfühlenden Blick des alten Rabbiners konnte man die Herkunft von Hermanns eigenen Zügen ablesen, das Einfühlsame seiner Augen, die stille Freundlichkeit seiner Stirn und die Kurvatur seiner Lippen. Die reine Haut zu beiden Seiten der Nase, atmete Vitalität und Lebensfreude.

Frau Stiller trat ein. Ein säuerlicher Zug umwölkte ihre Miene. Sie zirpte ein mechanisches »Guten Morgen, Fräulein Ettlinger«, gönnte Anna aber kaum einen Blick. Auf einem modernen Silbertablett brachte sie ein Teekännchen und ein Gebäck und setzte alles auf einem runden, mit Filz bedeckten Tisch ab. Durch die offene Tür hörte Anna aus der Bibliothek, wie Hermann etwas von Bach spielte – ein Ritual, dem er jeden Morgen oblag. Traurig zu hören, dass er über einige der schönsten Passagen hinwegstolperte. Die Fehlgriffe kamen zweifellos von den Schwellungen seiner Finger. Dem Stück – einer Fuge – eignete ein gewisser Schwung, doch Hermann brachte einen versonnenen, wehmütigen Zug heraus, dessen sie zuvor noch nie innegeworden war.

Um halb neun frühstückten sie richtig gemeinsam. Frau Stillers Kaffee war stark – die Vollkornsemmel perfekt gebacken – und das gekochte Ei so frisch, wie's nur sein konnte. Hermann rühmte seinen Stiller, der extra in der Früh zu einem örtlichen Bauern gegangen sei, um die dicke Buttermilch zu besorgen, die er so gern zu sich nahm. Anna probierte nur ein Gläschen davon. Ihre salzige Säuerlichkeit erinnerte sie an Frühstücke, die sie einst, nach Liebesnächten, mit Gerhard auf einem Kurzurlaub in der Schweiz genossen hatte, zum Schellen der Kuhglocken hinter ihrem Fenster. Seltsam, wie bestimmte Aromen einen unwillkürlich in die Vergangenheit versetzten mit all ihren intensiven Momenten von Licht und Schatten und sogar allen Geräuschen und Gerüchen. Aber wie gern sie auch noch weiter in den Armen ihres Geliebten verweilt hätte – nun war es Hermanns Vergangenheit, seine Kindheit, die sie an diesem Morgen beschäftigte. Sie kamen überein, sich um zehn Uhr in der Bibliothek zusammenzusetzen. So hatte Hermann vorher noch Zeit für ein Wörtchen mit Stiller über den Garten und für die Erledigung einiger Briefschaften.

»Vielleicht ist es dir nicht recht«, meinte sie, »aber die Geschichte wird mit deinem Vater anfangen müssen.«

Hermann, der Gefallen an der Idee fand, über den Rabbi zu sprechen, lehnte sich behaglich in seinem Sessel zurück. »Er hat's jetzt immerhin bis ins zweiundneunzigste Jahr geschafft, ist aber beträchtlich langsamer geworden. Doch anders als wir zwei Apostaten mit unseren Brötchen knabbert er heute bestimmt nur an seiner Matze.

Ich kann mich nicht erinnern, wie viel ich dir von seiner Vergangenheit schon erzählt habe.«

»Natürlich! Es ist ja die Pessach-Woche!«, rief sie aus, und ein Ausdruck von Zerknirschung und Reue zuckte ihr durchs Gesicht. Es hatte ihr geschwant, dass das Fest des ungesäuerten Brotes auf diese Zeit fiel, war aber zu beschäftigt gewesen, als dass sie in einem Kalender nachgeschaut hätte. Es gab immer ein nächstes Jahr.

Schon vor seiner Ordination, berichtete Hermann, wollte Vater – der die Vornamen Benedikt Samuel trug – nach Würzburg gehen, da dort der Direktor der berühmten Jeschiwa, namens Bing, seinen rabbinischen Schützlingen gestattete, gleichzeitig die Universität zu besuchen. Für einen Levi, der von vierzehn Generationen von Rabbinern herstammte, bedeutete das eine bemerkenswerte Abweichung von der Tradition. Philosophie, klassische Sprachen, Universalgeschichte: In all diese Gebiete versenkte sich Vater, während er seinen Studien in Talmud und Thora oblag. Danach ging er nach Gießen, um zu promovieren und seine Ordination zum Rabbinat zu erhalten.

»Die dreißiger Jahre waren für Juden, wie du dich erinnern wirst, eine Zeit der Kontroversen, da sie darum kämpften, sich die alten Traditionen zu bewahren, nachdem sie aus den Ghettos gekommen waren. Man vergisst ja leicht, dass junge Draufgänger unter den jüdischen Denkern, die Ultraliberalen, sogar die Abschaffung der rituellen Beschneidung forderten. Vater, der damals gerade seine erste rabbinische Stellung antrat, hatte mit diesen Leuten nicht viel im Sinn. Aber er machte sich auch nicht gemein mit den Orthodoxen in Frankfurt, die eine Schmähkampage gegen ihn eröffneten. Weswegen? Nun – da ihm an der Verschönerung der religiösen Gebräuche gelegen war, hatte er eine Streitschrift veröffentlicht, die für die Einbeziehung der Orgel in den Sabbath-Gottesdienst warb.«

Also war in gewisser Hinsicht für ihn eine Gemeinde in einer kleinen Universitätsstadt wie Gießen ideal. Glücklich nahm er dort seine Bestallung als Großherzoglich-Hessischer Bezirksrabbiner der Provinz Oberhessen entgegen, wo er sich von den stumpfsinnigen Zänkereien Frankfurts fernhalten konnte. An einem Ort wie Gießen war sein Vater bei Juden wie Christen gleichermaßen beliebt und rühmte sich seiner freundlichen Kontakte zu seinem orthodoxen jüdischen Kollegen ebenso wie zum örtlichen christlichen Klerus. Erst seit Kurzem litt er an Herzproblemen, schaffte es aber weiterhin, seinen wöchentlichen Brief an Hermann zu schreiben. Kein Vater war stolzer auf seinen Sohn, dessen Aufstieg ein endlos sprudelnder Freudenquell war – ein Quell von *Naches*, wie er gesagt hätte. Hermanns einzige Furcht war, er könnte vor dem alten Herrn dahingehen und dadurch den letzten Tagen eines langen Lebens unsagbares Leid zufügen.

Anna war Dr. Levi zum ersten Mal in den sechziger Jahren begegnet, in Karlsruhe, wo er mit Hermanns Halbschwester im Schlepptau eingetroffen war, um das Gustchen, wie sie genannt wurde, der Obhut der Familie Ettlinger anzuvertrauen, damit sich das arme Wesen den Geist bildete und nach einem Mann umsähe. Annähernd weitere zwanzig Jahre mussten vergehen, bis er Anna wieder ins Blickfeld geriet – diesmal ausgerechnet in Bayreuth –, und die Begegnung war gewiss denkwürdig. Schon hoch in den Siebzigern, wirkte der alte Mann inmitten der Horden gut betuchter Wagnerianer, die aus allen Ecken Europas zu den sommerlichen Festspielen in die fränkische Stadt einfielen, fehl am Platz. Es war nicht nur Dr. Levis ausgebeulte Hose, nicht nur sein langer, schwarzer Gehrock, mit dem er von der hochnäsigen Crème der Wagnerianer abstach – nein, seine gesamte rabbinische Attitüde, die so bezaubernd und altväterlich war.

Entzückt über die Zufallsbegegnung mit Anna, wischte sich der Rabbi ängstlich die Stirn und bekannte, er sei in tiefer Sorge, ob er es noch rechtzeitig zur Vier-Uhr-Vorstellung schaffe. Indem Anna darauf verwies, es sei doch erst zwei, suchte sie seine Ängste zu zerstreuen und hielt ihm vor, für den Weg zum Theater sei noch reichlich Zeit, worauf Dr. Levi mit etwas verschämter Miene gestand, er müsse zuvor die Bayreuther Suppenküche finden und könne erst dann ins Hotel zurückkehren, um seine Abendgarderobe anzulegen. Weder sei er mittellos noch Hermann knauserig, erklärte er – doch die Suppenküche sei der einzige Ort in Bayreuth, wo man anständiges koscheres Essen bekomme. Da deutsche Rabbis nicht gerade in hellen Scharen zu Wagners *Parsifal* strömten, war es kein Wunder, dass die örtlichen Etablissements für diejenigen, die den jüdischen diätetischen Gesetzen folgten, keine Verpflegung vorhielten. Ganz abgesehen von der Tatsache, dass Dr. Levi der einzige deutsche Rabbiner war, dessen Sohn eine Wagner-Aufführung leitete!

Oft musste sich Anna ins Gedächtnis rufen, dass Hermann ohne die Liebe einer Mutter aufgewachsen war. Sie starb, als er erst drei

Jahre alt war, und in der Familie hatte es geheißen, sie sei eine beachtliche Klavierspielerin gewesen, hochgeschätzt in den Kammermusikzirkeln Gießens. Kurz vor seiner Bar-Mizwa wurde Hermann zu ihrer Verwandtschaft geschickt, bei der er logieren sollte, solange er das Gymnasium besuchte.

»Sie hieß Henriette. Wäre ich damals nur ein bisschen älter gewesen! Dann könnte ich mich jetzt lebhafter an sie erinnern. Tatsächlich erscheint sie mir oft in meinen Träumen, und dann kommt es vor, dass sie mir entgleitet …« Seine Stimme wurde nur noch ein Murmeln, das sich in Träumerei verlor. »Natürlich werfe ich mir nicht wie Parsifal vor, schuld zu sein an ihrem Tod.«

Und doch – was für ein Schock musste es für Hermann gewesen sein, als sein Blick zum ersten Mal auf die Passage fiel, in der Parsifal den Tod seiner Mutter beklagt. Herzeleide hieß sie. *Traute, teuerste Mutter!*, singt Parsifal, *Was tat ich? Wo war ich?* – Die Kunst verbindet uns bisweilen auf unvorhersehbare Weise mit dem Leben. Vielleicht entband das Werk, das sein späteres Leben beherrschte, ihm eben jener Trauerklage, die als Kind zu singen er noch zu jung gewesen war – eine geheimnisvolle Fessel, die ihn an Wagner kettete.

Dem mäandernden Verlauf seiner frühen Erinnerungen nachspürend, setzte Hermann seine Erzählung fort, und die Bibliothek schien sich mit den durchdringenden Aromen aus Annas eigener Kindheit zu füllen, besonders jener knoblauchduftenden Frankfurter Delikatessen, die sie so geliebt hatte. Lange schon dahin waren jene von der Wärme jüdischer Häuslichkeit ebenso wie von einer provinziellen Unbefangenheit erfüllten Tage. Vielleicht war das ganz gut so. Auch der Morgen ging ja dahin, während sie Hermann die gesammelten Erzählungen seiner Jugend entlockte, Geschichten von seinem Umzug nach Mannheim, seinen Studien bei Vincenz Lachner, seinem Eintritt ins Leipziger Konservatorium. Doch während er seine Sätze für das Publikum formulierte, das anzusprechen sie ihm helfen würde, konnte Anna sich nicht des eigenartigen Gefühls erwehren, dass das, was Hermann Levi aus dem Gedächtnis schöpfte, nichts mehr zu tun hatte mit der Person, die vor ihr saß. Es war, als könnte er nicht mehr in dem Springquell baden, der sein schöpferisches Leben einst gewässert hatte. Die Wahrheit lag nicht in seinem bewusst Erinnerten, sondern in irgendeinem lebendigeren Vergangenen, das ihr vorenthalten blieb.

1855

Es war nach einem üppigen Sabbath-Mahl bei Tante Feidel, dass Hermann, auf seinem Bette ausgestreckt, beschloss, Mannheim zu verlassen. Vincenz Lachner war ein braver Mann, aber bestimmte Eigenschaften seines Charakters gingen ihm zusehends auf die Nerven. Drei Jahre Privatunterricht bei einem Lehrer waren genug. Sagte Lachner ja selber. Sogar Vater meinte, nun wärs mal Zeit zu einem Wechsel auf ein richtiges Konservatorium – Zeit, Hermann nach Leipzig gehen zu lassen.

Lachner hatte sich alle Mühe gegeben, seinen Schüler auf den Umschwung vorzubereiten, indem er nicht nur seine musikalische Befähigung, sondern auch seine Persönlichkeitsentwicklung förderte. Doch wie gut er's auch meinen mochte – es fiel ihm schwer, sich kränkender Kommentare zu enthalten. Erst gestern hatte er gesagt: »Ein Glück, Hermann, dass Sie so wenige Merkmale Ihrer Rasse zeigen, die bei Ihren Glaubensgenossen unübersehbar sind.« Lachner hatte aufgeblickt, um zu schauen, ob sein Kompliment dankbar aufgenommen worden war, aber Hermann hatte sich nur geflissentlich wieder seinen Harmonielehre-Übungen zugewandt. Das war keine Bemerkung, die er gern vor seinem Vater wiederholt hätte.

Talentierte Juden, meinte Lachner, sollten, aus Einsicht in ihr ureigenstes Interesse, am großen Erbe der deutschen Kultur partizipieren – was auf natürlichem Weg zur Ausjätung des Judaismus führen würde. Zu diesem Ende prangerte er alle Zeichen von Rückständigkeit an, die er bei Hermann aufspürte, und sah die Eliminierung jüdischer Syntax für ein nützliches Mittel an, seinen Schüler auf Linie zu bringen. Einzig ein Zug des jüdischen Charakters gefiel ihm: dass Söhne, soweit er sah, ihren Vätern aufs innigste ergeben waren. Ungeachtet dessen, was er an dieser undeutschen Haltung bisweilen als »weibisch« bespöttelte, nährte Lachner die Hoffnung, Hermann möge eines Tages ihm den gleichen Tribut zollen.

Der Wunsch nach einem solchen Sohn bewog Lachner, mit Nachdruck die Sache seiner Tochter Rosine zu betreiben. Wiewohl Hermann erst fünfzehn war, fing die ein Jahr jüngere Rosine schon an, sich immer genau zu seinen täglichen Übungsstunden in Ansehung zu bringen. Entweder hatte sie ausgerechnet dann eine dringliche Nachricht an ihren Vater zu überbringen, die nicht warten durfte, oder trug Linzertorte und eine Kanne starken Tee »für unsere musikalischen Schwerarbeiter« auf. Rosine war ein anmutiges, schmalhüftiges Wesen, das in Hermann oft den Wunsch aufsteigen ließ, sie in einem Walzer um-und-um- und herumzuwirbeln. Leider litt ihr pfirsichhäutiges Gesicht an einem unvorteilhaften Nasenhöcker, der besonders komisch wirkte, wenn sie lächelte. Und lächeln tat Rosine gern – als ob eine mädchenhafte Fröhlichkeit Hermanns Zuneigung gewinnen könnte. Ihn wiederum amüsierte es, sie im offenkundigen Versuch, es ihrem Vater recht zu machen, die Kokette spielen zu sehen.

Wenn er bedachte, dass Lachner ihm eine Stellung als Vizekapellmeister in Mannheim so gut wie versprochen hatte, sobald er seine Studien in Leipzig abgeschlossen hätte, wurde Hermann von einem Aufschwung gepackt, als läge ihm die ganze Welt zu Füßen. Eine Vermählung mit Rosine würde allseits Respekt heischen. Vor seinem inneren Auge standen bereits ein komfortabel möbliertes Haus in Mannheims Innenstadt und drei wohlerzogene (und natürlich hochbegabte) Kinder im Verein mit liebwerten Besuchen seines Vaters und der Geschwister, die ihn anbeteten. Das einzige Problem dabei: Rosine war Christin.

Nun ja, nicht das einzige. Er wusste ja auch, dass er sich nie in sie verlieben könnte – obschon er viel Mühe an die Vorstellung wandte, wie es sich anfühlen würde, wenn er sie berührte. Er malte sich die zarte Haut ihrer Wangen aus – ihre Hand, geschmiegt auf seine Schulter – ihren wohlduftenden Atem – ihr Köpfchen, zurückgeworfen, um einen besiegelnden Kuss zu empfangen – seine Arme, mit denen er sie an sich zog.

Andererseits – war da die Leere, die hinter ihren Augen gähnte, ihre Unlust, das Leben in seinem ganzen Reichtum zu erfahren – und damit wusste er, dass all jene Sehnsüchte zum Scheitern verurteilt waren. Und dass es das Beste sei, diese Bedenken unter Verschluss zu halten. Letzten Endes war es ja nicht seine Schuld, dass Lachner in törichten Wunschphantasien schwelgte.

Lieber wollte er sich auf die guten Eigenschaften seines Lehrers besinnen, auf dessen Freude an der Förderung von Hermanns Begabung. Er konnte sich noch an den Tag nach seiner Bar-Mizwa erinnern, als Lachner sein Gehör geprüft und angeregt hatte, er solle vom

Gymnasium abgehen, um sich ganztägig der Musik zu widmen. Unterm strikten Regiment täglicher Lektionen senkten sich dann die ersten Regungen musikalischen Verstehens wie auf Himmelsflügeln hernieder und gaben ihm das Gefühl, er könnte sich bis in den kühlen Äther hinanschwingen. Und kaum waren seine neu entdeckten Fähigkeiten in Erscheinung getreten, als auch schon willkommene erste Anzeichen seiner bevorstehenden Mannbarkeit ersichtlich wurden. Freigiebig teilte Lachner die Früchte seiner großen Erfahrung und seines Wissens mit ihm: die Geheimnisse der Akkorde und der harmonischen Fortschreitung – den Aufbau eines symphonischen Werkes – die Techniken der auf den Regeln von Konsonanz und Dissonanz beruhenden Stimmführung – die raffinierten Tonschritte, welche einer Modulation in eine neue Tonart vorausgehen. All diese und noch weitere Gaben teilte er seinem geliebten Schüler aus, wobei er ihn auf die uneigennützigste Weise auf den Weg wies zu einem tiefen Verständnis für die größten klassischen Meister, besonders für Beethoven, Spohr und Weber.

Lachner war entzückt von Hermanns blitzschneller Auffassungsgabe und genoss das Korrigieren der Übungsaufgaben, die Hermann am laufenden Band absolvierte, wofür er meist ungeschmälertes Lob erntete. Während die unbeholfenen Juvenilia, die er für die Gießener Synagoge geschrieben hatte, lediglich Talent zeigten, gebot er jetzt über die Anfangsgründe einer Technik, die zu ganz neuen Ausdrucksbereichen vorstieß. Sein Mentor pries nicht nur seine musikalischen Fähigkeiten, sondern machte ihm auch Mut, eine Zukunft ins Auge zu fassen, die ihn reich belohnen könnte.

Freilich werde – wie Lachner nie müde wurde, zu erklären – der Weg eines Juden unausweichlich mit Hindernissen gepflastert sein, und nur wenn Hermann bereit sei, gewisse Eigenschaften abzuschütteln, die Anstoß erregen könnten, könne ihm Erfolg beschieden sein. Da er sich den Ehrgeiz seines Lehrers aus vollem Herzen zu eigen machte, stimmte Hermann ihm grundsätzlich zu – nur dass Lachner oft zu weit ging, indem er mit erbitternder Regelmäßigkeit auf eine Sentenz pochte, die Hermann immer zusammenzucken ließ: »Stiefkinder«, beharrte er, »müssen doppelt artig sein.« Als wäre Hermann irgendeines Menschen Stiefkind! Oder er pflegte, in einen winselnden Singsang regredierend, Hermanns »jüdische Tischsitten« zu bemäkeln – oder auf hebräische Redewendungen hinzuweisen, die ihm zu stark nach Israel röchen. Diese hartnäckigen Anstalten, ihn zu »germanisieren«, waren sonderbar, da doch Hermann nichts anderes war als vollkommen deutsch – zwar auch zugleich Jude, doch so wie Deutsche eben zugleich Protestanten waren oder Katholiken.

Lachners dauernde Nörgelei blieb jedoch nicht ohne ungeahnte Folgen. In seines Vaters wöchentlichen Briefen begann Hermann Anzeichen dessen wahrzunehmen, was als »mosaisches Mauscheln« galt, eine Angewohnheit, die aus seiner eigenen Redeweise zu tilgen er fest entschlossen war. Dabei ging es weniger um die Aussprache als darum, auf die Wortstellung achtzugeben – ganz zu schweigen davon, dass mindere Worte aus der jüdischen Umgangssprache wie *Naches*, *Risches* oder *Ganewa* sich verbaten.

Diese Entdeckung von des Vaters nachlässigem Sprachgebrauch verwirrte ihn, da der Rabbi doch an der Universität Würzburg im Feuerofen philosophischer Ausbildung geläutert worden war – und gleichwohl zuließ, dass solche kolloquialen Wendungen seine Prosa befleckten, besonders im Umgang mit Familienmitgliedern. Vielleicht waren jene Freiheiten einstmals zu entschuldigen gewesen – jetzt indes erzeugten sie, sobald man ein Gespür für sie entwickelt hatte, ein Gefühl von Peinlichkeit. Selbst seine Familie hielt es für angeraten, sich von den weniger erhabenen Indizien ihrer Abkunft zu säubern. Mochte sein Vater es nicht so halten – die Ladenburgs achteten darauf! Wie sonst hätten seine Mannheimer Oheime die hübschen Vermögenswerte auf ihren Banken anhäufen können, hätten sie nicht mit den Zeiten Schritt gehalten und die Depositeninhaber davon überzeugt, dass sie, die Ladenburgs, zu den Juden zählten, denen man vertrauen konnte?

Es waren nur diese mäkelnden Ermahnungen Lachners, er möge sich bessern, die Hermann zermürbten. Je mehr er darüber nachdachte, desto klarer sah er, dass seines Lehrers Bemühen, sein Judentum auszumerzen, ein stärkeres Gewicht angenommen hatte als sein musikalischer Unterricht. Vielleicht hatte Lachner ihm weiter nichts mehr beizubringen. Hermann zog ein Blatt Papier hervor, und obwohl es ein Samstag war, an dem man eigentlich nicht schreiben durfte, setzte er zu einem Briefe an, in dem er seinen Vater bat, ihn für die Aufnahmeprüfung in Leipzig zu inskribieren.

1858

Es trug sich auf die immer gleiche Weise zu. Ein Spielchen, das er mit sich selbst spielte: Jedes Mal, wenn er vom Konservatorium in sein möbliertes Zimmer heimgekehrt war, machte er die Tür zu, warf sich in voller Länge aufs Bett, streckte und reckte sich, bis Hände und Füße die Bettkanten berührten, und schwelgte in seiner Unabhängigkeit und jenem Gefühl innerer Harmonie, das sich einzustellen pflegt, wenn man mit sich allein ist. Es waren seine Onkel gewesen, die ihre Bekannten gebeten hatten, eine passende Logierwirtin für ihn ausfindig zu machen, aber gleichwohl – kaum war er in Leipzig angekommen, hatte er sich schon aus diesen zwar fürsorglichen, doch übergriffigen Familienbanden gelöst. Der Brühl, das jüdische Stadtviertel, war ein lebhafter Bezirk, in dem sich die Geschäfte der Tuch- und Pelzhändler, Verleger und Buchhändler – fast alles Glaubensgefährten – dicht an dicht reihten. Kaffeehäuser, die eine Auswahl aktueller Zeitungen boten, gab es in Hülle und Fülle, und Hermann wurde bald Habitué einer bescheidenen Lokalität in der Fleischergasse, wo er seiner Schwäche für Mohnschnecken frönen konnte. Allmorgendlich trug ihm seine Zimmerwirtin am Petersstieinweg ein Frühstück aus frischen Brötchen und Käse auf, bevor er sich seine Bücher und Noten zusammensuchte, um am Wahrzeichen der Thomas-Kirche – wo im vorigen Jahrhundert Sebastian Bach das Zepter geschwungen hatte – vorbeizuschlendern, hinüber ins geschäftige Gewandhaus-Quartier, in dem sich die engen Übungsräume des Konservatoriums befanden. Sich mit den Mühewaltungen des Großstadtlebens zu arrangieren, war für einen Sechzehnjährigen keine Kleinigkeit gewesen, und Vater ließ nie ab, ihm zu sagen, wie stolz er auf ihn sei, indem er mindestens zweimal pro Woche schrieb und Emma und Wilhelm anhielt, es ebenfalls zu tun.

Hermanns Briefe barsten schier vor Begeisterung über die Möglichkeiten, die sich ihm überall in der Metropole auftaten. Vaters Fragen nach seiner religiösen Observanz, und ob er für den Sabbath und die Feiertage schon eine ihm zusagende Synagoge gefunden hatte, blieben weitgehend unbeantwortet. Tatsächlich hatte Hermann seine Besuche der *Schul* ganz eingestellt. Die Musik dort war einfach zu grauslig. Statt dessen meldete er seinem Vater, er sei zu beschäftigt – während es in Wahrheit die öden uralten Rituale waren, die ihm auf die Nerven gingen. Auch hatte er von den Leuten, die er in der Synagoge antraf, nicht den besten Eindruck gewonnen. Mit wenigen Ausnahmen waren diese Einheimischen immer nur an Ehestiftung und Geschäftemacherei interessiert – zwei Tätigkeiten, für die sich Hermann nicht im geringsten erwärmte.

Stattdessen war es nicht schwer gewesen, sich ins wirblige musikalische Leben des Konservatoriums zu stürzen. Hermann blühte geradezu auf, wenn er sich den sportlichen Bräuchen der Wettbewerbe unterwarf, und war auf einen gerechten Anteil an Erfolgen wie Fehlschlägen gefasst.

Wiewohl Leipzig mit seinen Heerscharen von engagierten Kapazitäten für das Studium der Musik in Deutschland die führende Institution war, hatte es ihn doch enttäuscht, als er sich bei seinem Kompositionsstudium mit einer nicht gerade vorurteilslosen Einstellung konfrontiert sah.

Hermann entging nicht, dass Lachners negative Beurteilung des aktuellen Niveaus der Musik vom Lehrkörper fast durchweg geteilt wurde. Anders als sein kultivierter Klavierlehrer, der bedeutende Ignaz Moscheles, unterbrachen seine Theorie-Dozenten Rietz und Hauptmann ihren Unterricht regelmäßig mit Predigten, in denen sie die ganze schreckliche Musik, die heutzutage komponiert werde, in Bausch und Bogen verdammten.

Falls seine Lehrer wähnten, damit bei Hermann ein Bekenntnis zu ausgetretenen Pfaden der deutschen Musik sichern zu können, waren sie tüchtig auf dem Holzweg. Je mehr sie ihre Phrasen droschen über den schlechten Einfluss Robert Schumanns auf die Klaviermusik und das Deutsche Lied – von seinen Symphonien hieß es, diese seien so dürftig konstruiert, dass sie nicht einmal ihrer Verachtung wert seien –, desto mehr verfiel Hermann dem, was von ihnen am meisten perhorresziert wurde. Jetzt, wo er den oberrheinischen Provinzialismus zugunsten der vitalen sächsischen Metropole, Goethes »Klein-Paris«, hinter sich gelassen hatte, arbeitete sich Hermann durch Schumanns gesamtes Œuvre – und sei es nur, um befriedigt festzustellen, dass die Lachners und Hauptmanns dieser Welt einen bei aller Aufrichtigkeit irregeleiteten Abscheu vor neuen Entwicklungen hegten.

Zu meinen, Schumanns Musik sei Avantgarde, war allerdings lächerlich. Der große Komponist und Musikschriftsteller war, bevor er vor zwei Jahren aus dem Leben schied, in wortlosem Wahnsinn dahingedämmert und hatte schon eine geraume Weile kaum noch eine Note geschrieben. Im Gegensatz dazu wurden die fortschrittlichen Neutöner alle lebendig porträtiert von Franz Brendels *Neuer Zeitschrift für Musik*, die Leipzigs Professoren nur mit undeutlich gemurmelten Verwünschungen bedachten. Brendels Nachrichten und Besprechungen verschlang Hermann mit Stumpf und Stiel. Was Schumann betraf, so verehrte Hermann nach wie vor dessen Lieder. Jedes davon war ein lyrisches Juwel. Die Heine-Vertonungen waren seine besonderen Favoriten; ihre reich differenzierte Harmonik fand er in ihrer verführerischen Zwielichtigkeit unwiderstehlich. Es stimmte zwar, dass Schumann ernsthafter thematischer Arbeit eher aus dem Weg ging – Hermann fand, seine Melodik sei allzu unselbstständig gegenüber den frappierenden harmonischen Fortschreitungen, die ihr zugrunde lagen –, doch für jegliche kompositionstechnischen Mängel entschädigte Schumann mit seiner Hingabe an die Idee des Poetischen.

Musik als ein Poetisches zu begreifen: Welche Idee konnte einen jungen Mann mehr dazu anstacheln, den Parnass zu erklimmen? Zu denken, dass Musik das Unsagbare sagen, die Seele bewegen könne mit einer Beschwörung auserlesener Worte, gestammelt von den Lippen der Geliebten! Diese Bekundung hohen Strebens – meilenweit entfernt von jener akademischen Schulmeisterei, mit der das Musikhandwerk zumindest am Leipziger Konservatorium unterrichtet wurde – war Grund genug, zu frohlocken. Natürlich tat Hermann sich bei seinem Klavier- und Violinunterricht in Kontrapunkt, Harmonie- und Formenlehre hervor – alles fiel ihm gewissermaßen in den Schoß –, doch war er fest entschlossen, sich von den alten Männern nicht ihre zwanghaften dogmatischen Beschränkungen vorschreiben und seiner Neugier auf alles Frische und Neue Fesseln anlegen zu lassen. Es war Künstlerpflicht, sich mit allen Novitäten vertraut zu machen, und wäre es nur zu dem Behuf, einen Standpunkt zu gewinnen, von dem aus man solide Urteile fällen konnte. Schumanns Musik kam im Unterricht nicht vor, obwohl sich der große Felix Mendelssohn, Gründer des Gewandhauses, die Lehrpläne ausgedacht hatte. Hermann war sich ganz sicher: Wäre dieser noch am Leben, würde er die musikalische Neugier seiner Studenten nicht unterdrücken, sondern stimulieren.

Liszt, Wagner und all diejenigen, die sich der Zukunftsmusik verschrieben hatten, standen auf einem anderen Blatt. Gegen sie hegte Hermann, beinahe von der ersten Note an, die er gehört, einen unwillkürlichen Abscheu. Hier hatte man's mit poetischen Prätentionen zu tun, aufgetakelt nach der Mode der Pariser Salons. Man nehme nur die Klavierwerke von Liszt. Was auch immer einem die technischen Anforderungen dieser Musik abverlangten – Hermann fühlte sich dabei übers Ohr gehauen. Ihre Gefühlswelt war vulgär. Unerachtet all des aufgeregten Geschreibsels in den fortschrittlichen Zeitschriften über diese musikalische Richtung nahm Hermann in ihr keine Substanz wahr. So wie die zeitgenössischen Opern waren ihm auch die Symphonischen Dichtungen ein Rätsel. Indem sie die höchsten Maßstäbe sowohl von Dichtung wie von Musik verfehlten, blieben sie ein hybrides Genre, das zur Mittelmäßigkeit verurteilt war. Einzig Mozart war fähig gewesen, die Oper auf ein hohes musikalisches Niveau zu heben – auch wenn einige seiner Libretti, etwa das zu *Così fan tutte,* den Vorwurf der Frivolität auf sich zogen.

Gehört hatte Hermann eine Wagner-Oper noch nicht – aber von den Appetithäppchen, die sich aus den Klavierauszügen aufschnappen ließen, gewann man doch den Eindruck, dass es sich hier um ziemlich diätetische Kost handelte. Diese unmöglichen Liszt-Transkriptionen, die auf ausgewählten Stückchen des *Tannhäuser* und des *Lohengrin* fußten, waren – selbst wenn ein so brillanter Pianist wie Carl Tausig sie bei einem Klavierabend vortrug – eine einzige Peinlichkeit, in erster Linie ersonnen zum Nervenkitzel verschwärmter Backfische mit einem sanften Hang zur Hysterie. Die geschmacklos rumpelnden Oktavierungen und schaumschlägerischen Arpeggien, die Engelsharfen evozieren sollten, waren entsetzlich. Wenn das Zukunftsmusik sein sollte, wollte Hermann gern darauf verzichten.

An wem konnte sich ein aufstrebender Künstler dann orientieren? Nun, einen jungen Komponisten gab es, den Hermann gern kennenlernen würde. Er hieß Johannes Brahms und galt als jemand, von dem man noch hören werde. Von Schumann zum »Genie« geadelt und erst 25 Jahre alt, hatte er sich fürs erste mehr qua Reputation als mit veröffentlichten Kompositionen einen Namen gemacht. In Leipzig jedoch konnte man von Brahms nicht eine Note hören.

Ja, Hermanns schriftliche Bitte an Julius Rietz, die Bibliothek möge doch einige von Brahms' Werken anschaffen, hatte den Lehrer sogar dazu veranlasst, an Vater einen scharf formulierten Brief zu schreiben, in dem er warnte, dass »Hermann dadurch, dass er sich zur modernsten Kunst hingezogen fühlt, seinem weiteren Fortschritt Steine in den Weg legt.« Doch auch wenn Hermann seinen Vater davon überzeugte, der Brief sei nur ein Trick, mit dem er zu einem weiteren Studienjahr bewogen werden solle, war Rabbi Levi nicht davon abzubringen, dass Rietzens Rat vernünftig sei.

Vielleicht wars am Ende doch die richtige Entscheidung gewesen, auszuharren – denn das vergangene Jahr hatte schöne Erfolge gezeitigt. Hermanns Violinsonate fand in der Leipziger Presse würdigende Aufnahme, und seine öffentliche Darbietung von Beethovens Opus 111 wurde besonders lobend hervorgehoben. Es war ihm sogar vergönnt, die große Clara Schumann zu hören, als sie im Gewandhaus das Klavierkonzert ihres Gatten spielte. Er war zu schüchtern gewesen, als dass er nach dem Konzert mehr als ein paar banale Worte des Dankes an die Künstlerin hätte richten können – aber ihren elfenzarten Anschlag, dazu die Kraft ihres beredten Vortrags, der reinste Poesie atmete, würde er nie vergessen.

Mit achtzehn Jahren war Hermann soweit, sich den Realitäten der Welt zu stellen, zumal wenn das bedeutete, dass er einige Zeit in Paris bei Wilhelm verbrächte, der gerade sein Gesangsstudium am Conservatoire beendete. Ohnehin würde er seinen Vater dort treffen müssen, um an der Hochzeit ihrer Schwester Emma teilzunehmen, die beabsichtigte, sich mit einem Franzosen aus dem Elsass zu vermählen. Also warum nicht einen längeren Besuch ins Auge fassen – etwa für die Dauer der Wintersaison? Tante Feidel in Mannheim würde ihm einige Geldmittel vorstrecken, und er würde versprechen, sparsam zu leben – na ja, soweit man in Paris sparsam sein konnte. Die Kleinkariertheit des Leipziger Musiklebens wurde nachgerade langweilig, und Hermann war schließlich ein junger Komponist ohne berufliche Verpflichtungen oder persönliche Bindungen, die ihn irgendwo festhielten. Davon abgesehen hatte der Traum von einem Aufenthalt in der Lichterstadt seinen ganz eigenen Zauber. Wer wusste, was das Leben danach für ihn bereithielt?

Paris, 6. April 1859

Liebster Vater,
die vergangene Woche ist über alle Erwartungen hinaus herrlich gewesen, auch wenn das hölzerne Gestell in der Ecke von Wilhelms neuem Zimmer, das hier als ›Bettstatt‹ durchgeht, eher ein Streckbett für nächtliche Folter als eine Ruhestätte ist. Ich jubiliere immer, wenn die Sonne aufgeht und ich ihm entfliehen kann. Nicht, dass wir von der Sonne viel sähen, hier unterm Dach, in dieser stickichten »chambre de bonne« (so nennen französische Familien in großen Miethäusern die Kammern, in denen sie ihr Dienstpersonal unterbringen), wo es nur einen winzigen Schlitz gibt, der sich »Fenster« nennt – und der befindet sich über Kopfhöhe! Selbst Wilhelm muss erst auf den Tisch steigen, wenn er den Riegel aufdrücken will, um das Fenster einen Spaltbreit öffnen zu können, damit etwas frische Luft hereinkommt. Wenn er vergisst, es bei Regen zu schließen, sind wir beide auf den triefnassen Dielenbrettern übel dran. Allein, wie Heine sagt: Ich grolle nicht! Au contraire – wer in Paris ist, muss einfach glücklich sein.

Jules und Emma sind wohlauf und umarmen Dich ihrerseits auch. Ich habe beschlossen, dass ich Jules doch sehr schätze und mich freue, ihn als Schwager zu haben. Zum einen verbessert er immer gern mein scheußliches Französisch und korrigiert mich prompt, ohne je darum gebeten zu werden. (Was besser ist als bei anderen Franzosen aus meinem Bekanntenkreis, die, wenn ich auch nur den kleinsten grammatikalischen Lapsus mache, die Nase rümpfen, als wäre ein unverzeihlicher Fauxpas begangen worden.) Ich tröste mich damit, dass Emmas Französisch jetzt über die Maßen vollendet ist, sodass ich mich glücklich schätzen darf, wenn ich binnen eines Monats auch nur ein Zehntel so viel Fortschritte machen kann. Es ist erstaunlich, wie mühelos sie die Pariser ins Herz geschlossen hat, auch wenn es natürlich hilfreich dabei ist, einen Franzosen zum Mann zu haben. Tatsächlich kam mir, als ich diese letzte Zeile schrieb, der kuriose Gedanke, dass Jules eher Franzose als Jude sei. Versteh' mich nicht falsch, Vater, er ist alles andere als ein Apostat und würde unserem Volk niemals Schande machen. Es ist einfach nur so, dass, anders als in Deutschland, seine Abstammung gar nicht viel zu besagen scheint.

Sähest Du, wie er sich vor einem Regiments-Diner in Schale wirft – sähest Du ihn in seiner eleganten Offiziers-Uniform, und wie er sich den feinen schwarzen Schnurrbart stutzt & zwirbelt, dann wüsstest Du, was ich meine. Wir haben über dieses Thema viel gesprochen – Jules, Emma und ich –, und Jules ist der Meinung, dass man nur in Frankreich (und vielleicht noch in England) als Jude einigermaßen unbehelligt leben kann. Andererseits übertreibt er's auch wieder, indem er die Überlegenheit der Kultur seines Landes hervorhebt. Erst gestern meinte er, dass zu viele Juden im Ausland immer noch absolut »fanatisch« unseren »archaischen Essgewohnheiten« anhingen: eine Tradition, die er als rückständig ansieht. Deutsche Juden, sagte er mir, sind so stark in der Vergangenheit befangen, dass sie sich in der Welt noch gar nicht recht zur Geltung haben bringen können.

Ich denke ja (wie zwangsläufig jeder vernünftige Mensch) über ähnliches nach, aber Jules zeigt einen unerschütterlichen Glauben an diejenigen, mit denen ihn das Schicksal verbindet. Wenn ich mich so umschaue in der musikalischen Welt Frankreichs – wobei mir spontan die unleugbaren Erfolge Meyerbeers, Halévys und Offenbachs einfallen –, verstehe ich, was er meint. Ich mag Jules sehr gern – und Du wirst ihn zweifellos auch mögen, wenn Du mehr Zeit mit ihm verbracht hast. Unnötig zu sagen, dass Emma in Glückseligkeit schwelgt, so dass Du Dir nicht die geringsten Sorgen um sie zu machen brauchst. Wie sie mit Kindern zurechtkommen werden – sollten sie mit Nachwuchs gesegnet sein –, vor allem auch mit ihrer Erziehung, bleibt abzuwarten. Ich nehme an, ich werde mit meinen Nichten und Neffen Französisch sprechen müssen. So wie Du, Vater, mit Deinen Enkelkindern!

Du fragst, wie ich meine Zeit verbringe. Sehr nutzbringend, kann ich Dir sagen – dank Wilhelms Freunden vom Conservatoire, die einen jungen deutschen Komponisten unter ihre Fittiche genommen und ihm das Beste präsentiert haben, was Paris zu bieten hat. Letzte Woche hat mich Emilie Ettlinger – Annas ältere Schwester – dem Organisten Saint-Saëns vorgestellt, der mich in der Madeleine mit auf die Empore nahm, um auf dem wuchtigen Instrument zu spielen. Mit so einer kraftvollen Bestie kann man ziemlich kolossale Effekte erzielen – andererseits kennst Du ja meine Vorbehalte gegenüber moderner Orgelmusik. Am gleichen Abend besuchten wir die Premiere von Gounods Faust in der Opéra. Die Musik war auf ihre Weise recht melodisch und wurde wundervoll gesungen, hatte aber mit Goethes Geist weniger zu schaffen, als einem Deutschen lieb sein könnte. Vorgestern gingen Wilhelm und ich zur feierlichen Einweihung des neuen Boulevard de Sébastopol, der sich hinter dem alten Tor von Saint-Martin bis zum Straßburger Bahnhof erstreckt. Das grandiose Spektakel hat uns schier umgehauen – der Kaiser selbst führte den Festzug auf einem weißen Streitross an.

Der vergangene Abend aber war der beste von allen. Da widerfuhr uns die Ehre, eine Einladung zu Madame Viardots musikalischem Salon zu erhalten. Gut, ich übertreibe etwas; es war keine Einladung – sie hatte nur Julius Stockhausen gebeten, einen kleinen Chor zusammenzutrommeln, der ein kurzes Stück singen sollte, das sie komponiert hatte. Um die Wahrheit zu sagen: Ich schmuggelte mich da als ein angeblicher Bariton ein. Pauline Viardot ist vielleicht die größte lebende Primadonna der Opéra, und jeder singt ihr Lob, sogar Berlioz, der seine Neufassung von Glucks Orfeo *just so arrangiert hat, dass sie die Hauptpartie singen konnte. Wilhelm war von der Stimme – sie sang sehr bewegend eine italienische Arie – encharmiert; allerdings ist sie (dies nur entre nous) bereits auf dem absteigenden Aste ihrer Karriere. Das natürliche Gefühl, mit dem sie phrasiert, ist nach wie vor ganz stark, sogar packend, doch das Stimmaterial in den Extremlagen schon ziemlich brüchig. Verzeih' mir meine Unfreundlichkeit gegenüber dieser Grande Dame – als Gastgeberin war sie die Largesse in Person.*

Ich hoffe, dass Du, Vater, aus allem, was ich schreibe, herausliest, wie dankbar ich Dir und Tante Feidel (der ich schon vor zwei Wochen einen Brief geschickt habe) für die Chancen bin, die ihr mir geboten habt.

Wie Dir nicht entgangen sein wird, mache ich jedenfalls das Beste daraus. Doch wenn ich ehrlich bin, muss ich zugeben, dass ich mich danach sehne, nach Deutschland zurückzukehren, um dort als Musiker so gut zu werden wie nur irgend möglich. Bei aller Grandeur und charmanten Konversation zehrt Paris doch arg an den Kräften und lässt mich zuweilen vergessen, warum ich für die Musik leben will. Natürlich bin ich mir unsicher, wie ich dieses Ziel erreichen kann – ob meine Kraft reicht, ein ernsthafter Komponist zu werden, oder ob ich mich damit bescheiden muss, mich dem Willen anderer zu unterwerfen, die begnadeter sind als ich. Aber eins weiß ich gewiss: Falls ich je den wahren Weg finde, werde ich ihm bis ans Ende der Welt folgen. Das verspreche ich Dir.

Mein Plan – für den ich Deinen Segen erbitte – ist folgender: Ich bleibe hier nur noch kurz und komme dann heim. Herr Lachner schreibt, ich könne ihm in Mannheim assistieren, wenn ich möchte. Die Rede ist auch von einer Vakanz der Orchesterleitung in Saarbrücken, und Lachner glaubt, ich hätte die Qualifikation, mich um den Posten zu bewerben. Stell Dir vor, Vater! – Das ganze Kapital, das von Onkel Rudolph und Onkel Max für den Bau der Metzer Eisenbahn aufgebracht wurde, könnte schon bald ihren eigenen Neffen zurück nach Ludwigshafen befördern: zum Schabbes-Mahl bei Tante Feidel!

Unverzeihlich, dass ich es versäumt habe, mich nach Dir zu erkundigen, und nach Gustchen – seid geküsst, Ihr beide! Vergib mir, dass ich mich so gehen lasse, ja? Bitte! Schuld daran ist ja nur die ganze Aufregung hier in Paris – das keine Stadt ist, sondern eine Welt, wie man sagt. Ich hoffe, Du bist wohlauf und plagst dich nicht vergebens damit ab, die undankbaren Schäfchen Deiner Herde auf die Wege der Gerechtigkeit zu führen.

Dein getreuer Sohn
Hermann

1862

Im wohlhäbig anmutenden Dorf Hamm, östlich von Hamburg, setzte ihn eine klapprige zweirädrige Lohnkutsche vor einem gemauerten Landhaus ab. Zu seinem Schrecken hatten die Fähren von Harburg über die beiden Seitenarme der Elbe, inklusive der Droschkenfahrten, die exorbitante Summe von zwölf Hamburger Schillingen gekostet, und da fragte er sich, ob er den Geldwert im Verhältnis zu seinen Groschen richtig umgerechnet hatte. Hermann wischte sich den Schweiß von der Stirn, raffte seinen ganzen Mut zusammen und klopfte an die Tür. Er tastete nach seinem Empfehlungsschreiben und seiner Carte-de-Visite, die er flugs zur Hand haben wollte – nur um festzustellen, dass er vergessen hatte, wo er sie eingesteckt. Verflixt! Umständlich durchwühlte er jede Tasche und verfluchte sich selbst, dass er die Sachen nicht eher schon hervorgesucht hatte. Er würde als ein rechter Trottel dastehen, wenn Brahms ihn ausgerechnet dann zum ersten Mal zu Gesicht bekäme, wenn seine verschwitzte Hand sich in einer Manteltasche verfangen hätte.

Quietschend öffnete sich die Tür, und eine Mittvierzigerin mit rissigen Lippen, soeben noch dabei, sich das Kopftuch festzubinden, starrte ihn an. Verwirrt vom Anblick eines jungen Mannes auf ihrer Schwelle und einer Mietdroschke hinter ihm, deren Kutscher auf die Bestätigung wartete, dass er zur Anlegestelle der Fähre zurückfahren könne, begrüßte sie Hermann im nölig näselnden Tonfall ihres norddeutschen Dialekts.

»Verzeihung, wäre es möglich, mal kurz Herrn Brahms zu sprechen, der bei Ihnen wohnt, glaube ich«, stotterte Hermann, als er endlich doch das lederne Etui mit den Visitenkarten zu fassen bekam.

»Herr Brahms ist ein vielbeschäftigter junger Mann«, gab sie zurück, »und logiert hier, um Musik zu komponieren, nicht um Besucher zu empfangen. Hielten Sie es nicht für ratsam, sich vorher anzumelden?« Ihre Aussprache mit ihren scharfen Konsonanten aus straff geschürzten Lippen schien eher dem Englischen als dem Deutschen verwandt.

»Ähm, nun ja, entschuldigen Sie, dass ich so aus heiterem Himmel ins Haus platze, aber ich wäre wirklich dankbar, wenn Herr Brahms nur ein paar Minuten erübrigen könnte. Vielleicht finden Sie dieses hier zweckdienlich – « Und mit bemüht schwungvoller Gebärde wies Hermann seinen Brief von Rieter-Biedermann aus Winterthur vor, Brahms' Verleger.

Die Haushälterin starrte auf den Brief, wobei sie die ganze Zeit den Kopf schüttelte, geleitete Hermann aber in einen dumpfichten Korridor, wo sie ihn bat, auf einem gedrechselten Holzstuhl Platz zu nehmen unter einer Reihe gleich großer Teller an der Wand, von denen jeder mit einem volkstümlichen Sinnspruch beschriftet war.

Durch ein Fenster an der Rückseite des Hauses blickte man auf die Felder ringsumher, die sich zum Elbstrom hin absenkten und zu den Türmen Hamburgs in der Ferne.

Im Zimmer nebenan schien es zu einem lebhaften Wortwechsel zu kommen, nach welchem der Komponist herbeistürmte, um seinem Gast die Hand zu schütteln. Brahms, die Arme in gelblich verfärbten Hemdsärmeln, hatte sich eine fleckige Krawatte um den Hals geknotet, und eine Mähne dunkelblonden Haars, wie bei einem Kind, fiel ihm nach allen Seiten nieder – schon der kleinste Windstoß würde sie mit Sicherheit zerzausen. Trotz der Gluthitze dieses Augusttages sah seine rauhe Haut aus, als fühlte sie sich kühl an. Auf seinem Gesicht lag ein ziemlich unbestimmter, geistesabwesender Ausdruck, als wäre es ihm darum zu tun, jede voreilige Reaktion auf seinen unerwarteten Besucher zu unterdrücken. Außerdem gab Brahms beim Sprechen der unvorteilhaften Gewohnheit nach, sein Kinn zu senken, es nach unten hängen zu lassen im vergeblichen Versuch, seine hohe Tenorstimme tiefer klingen zu lassen.

»Mein Besuch muss Sie etwas befremden«, erklärte Hermann. »Es ist nämlich so, dass mir Melchior Rieter-Biedermann Ihren sommerlichen Zufluchtsort verraten hat – und da ich nun gerade auf dem Weg nach Holland war, dachte ich … Entschuldigung, ich sollte hinzufügen, dass Rieter-Biedermann auch ein paar meiner eigenen Kompositionen herausbringt. Aber natürlich nichts, das auch nur annähernd einem Vergleich mit den Ihrigen standhält.«

»Rieter, der Biedermann, möchte also wissen, ob ich irgendeine biedere Arbeit vorzuweisen habe«, knurrte Brahms, wobei er sich, ohne dessen gewahr zu sein, mit den Fingern durch das lange Haar strich, »und hat Sie zweifellos geschickt, um mein schlechtes Gewissen zu wecken. Entschuldigung, wie war noch gleich Ihr Name?«

»Hermann Levi«, sagte er mit der Zurückhaltung, die man ihm beigebracht. Zwar hatte er keinen Grund, sich seiner Abstammung oder Qualifikationen zu schämen, doch sein jüdischer Nachname klang, wie er wusste, ein bisschen kläglich. Das war kein Dirigentenname, geschweige denn der eines Komponisten.

»Levi, wie im Alten Testament, na klar«, bestätigte ihm Brahms in sachlichem Ton. »Kommen Sie rein. Verzeihen Sie die Unordnung.« Er schlug einen kleinen Imbiss vor und entschuldigte sich; dafür müsse er erst noch kurz mit Frau Dr. Rösing sprechen. Also war die Dame keine Haushälterin, sondern seine Vermieterin.

Bis auf einen Haaransatz, der sich bereits hinter einen spitz zulaufenden Schopf über der Stirn zurückgezogen hatte, machte Brahms einen erstaunlich jugendlichen Eindruck. Er war sechs Jahre älter als Hermann, konnte aber glatt als Anfang zwanzig durchgehen. Seine buschichten blonden Brauen kontrastierten auffallend mit den fast transparenten Wimpern, die wie kristallene Fädchen nur in direktem Sonnenlicht aufschienen. Die Kinnpartie war auf deutsche Art kräftig ausgeprägt, und seine Wangen waren so glatt, dass Hermann sich fragte, ob Brahms sich je rasieren müsse.

Hermann schlenderte in Brahms' spärlich möbliertem Zimmer umher, in dem nicht viel Ordnung waltete. Immerhin lagen ein adrett gehäufter Stapel Schreibpapiers und die zugehörigen Federhalter mit dem Tintenfass allesamt sorgsam geordnet auf einem ovalen Tisch. Aus den Krümeln zu schließen, nahm der Komponist dort auch seine einsamen Mahlzeiten ein. Auf einem Piano, einem *Érard*, stapelten sich Noten, und auf der wackligen Notenleiste – verstohlen spähte Hermann auf das Titelblatt – lehnte ein Band mit Sonaten von Schubert, dessen Klavierwerke ihm unbekannt waren. Gleich neben dem Klavier stand ein offener Schrank, angefüllt mit Zigarrenschachteln, Tabaksbeuteln, einigen Tellern, die nicht zusammengehörten, und einer halbleeren Flasche Weinbrand. Ein schmales Bett war in die Ecke gezwängt, und daneben stand ein brüchiger Diwan, bezogen mit zerschlissenen Flicken braunen Tuches. Auf einem kleinen Seitentische waren, höchst unpassend, ein Dutzend Zinnsoldaten so aufgereiht, als sollten sie eine Schlacht zwischen feindlichen Armeen vorstellen. Da musste Hermann doch lächeln: Dass ein so seriöser Komponist solches Spielzeug nicht nur besaß, sondern auch noch in die Sommerfrische mitnahm!

Brahms verschüttete etwas von dem Tee, den Frau Dr. Rösing auf seinem Arbeitstisch abgestellt hatte, und machte aus dem Johannisbeerkuchen ein veritables Schlachtfeld – aber Hermann gefiel die Art, wie er mit den obligatorischen Höflichkeitsfloskeln kurzen Prozess machte. Ungesäumt stürzte er sich in musikalische Gegenstände und fragte Hermann nach dessen eigenen Kompositionen aus, sowie danach, was er von Schumann, Rubinstein, Liszt und Wagner halte. Wiewohl Brahms dezidierte Ansichten vertrat, lehnte er es ab, sich zu der einen oder anderen Schule zu bekennen, und zog es vor, seinen eigenen Weg zu gehen. Poesie, sagte er, rege ihn mehr an als Polemik, die zwangsläufig nur Konfusion und Missverständnisse nach sich ziehe. Zu den Bänden in seinem kleinen Regal zählten nur wenige literarische Bücher, aber unter ihnen erspähte Hermann eine Ausgabe von Goethes *Gesammelten Werken*. Unverkennbar war Brahms eine ausgeprägte Persönlichkeit.

Hermann wollte unbedingt erfahren, was Brahms, abgesehen von den paar Sachen, die er schon kannte oder über die er in den Musikzeitschriften gelesen, an Neuem komponiert habe. Überraschenderweise hielt sich Brahms bei diesem Thema zurück, als befürchtete er, seine laufenden Projekte könnten womöglich nicht bis zur Reife gedeihen. Dabei kam er in hohem Maße auf seine Fehlschläge zu sprechen, aber mit so viel Humor, dass es auf Hermann gänzlich entwaffnend wirkte.

»Sie spielen bestimmt ganz brauchbar Klavier«, sagte Brahms. »Nehmen wir uns mal diese vierhändige Bearbeitung vor, die ich gemacht habe. Hat mich eine halbe Ewigkeit gekostet, das Ding fertigzukriegen. Ist von meinem Streichsextett in B. Joachim hat mir beim Überarbeiten des kniffligen Anfangs geholfen – dafür helf' ihm der Herr –, aber es war dann Frau Schumann, die sagte, ich sollte nicht länger daran herumbosseln, sondern einfach weitermachen.«

Brahms konnte sich glücklich schätzen, dass er so hervorragende Musiker als Freunde gewonnen hatte. Hermann beneidete ihn. Jeder wusste von seiner Verbindung mit Frau Schumann, die ihn nach dem Tod ihres Gatten unter ihre Fittiche genommen.

»Ich dachte, ich werd noch verrückt, wenn ich nicht was anderes komponieren kann. Aber da ich keine sechs Streicher kenne, die sich nicht immer wieder in die Haare kriegen, hab ich's für vier Hände arrangiert.«

»Soll ich den Secondo-Part übernehmen?«

»Wenn's Ihnen nichts ausmacht. Ich halt dann auch das Maul. Muss öde sein, sich anzuhören, wie ich ständig über meine Musik schwatze.«

»Aber im Gegenteil! Es ist faszinierend!« Hermann angelte nach einem Hocker und stellte ihn neben das Klavierbänkchen. Er zog sich das Jackett aus und schleuderte es achtlos auf Brahms' Bett, als wäre er mal eben zu Besuch bei einem alten Freund. Aufgrund seiner natürlichen Bescheidenheit hätte er sowieso statt des Primo- lieber den Secondo-Part gewählt, da er seine Beweglichkeit als Duo-Partner leichter zeigen konnte, wenn er den Bass spielte, wo er wusste, wie man auf jede Nuance im höheren Register antworten muss. Außerdem wars ja der Secondo, der über das harmonische Fundament gebot und insoweit die wirklich geheime Macht hinter dem Thron ausübte.

Der Anfang war nicht sehr verheißungsvoll. Hermann würde sich etwas einfallen lassen müssen, wie er's höflich sagen konnte. Er musste sogleich mit einer faden Melodie loslegen – viel zu sentimental, wahrscheinlich fürs 1. Cello –, die sich in ein dichtes Stimmengeflecht fädelte, eingedickt von viel zu viel Süßstoff. Zum Glück versprach eine auffällige Basslinie von Ges nach Es mehr Abwechslung im Kommenden. Vielleicht würde der Satz nach dem falschen Beginn besser werden.

»Erste Violine greift Cello-Thema auf!«, bellte Brahms knapp-kollegial.

Das bestätigte Hermanns Vermutung. Er nickte dem Komponisten zu seiner Rechten ermutigend zu. »Schätze, der Geiger machte gerade ein reizendes Portamento.«

»Von mir aus«, knurrte Brahms aus der Defensive. »Soll aber nobel klingen, nicht schmalzig.«

Gibt es eine bessere Weise, sich anzufreunden, als wenn im Vierhändig-Spiel Arme einander streifen und Finger sich kreuzen? Dankbar nahm Brahms zur Kenntnis, wie Hermann mehrere Rubati vorwegnahm, welche die dreischlägigen Takte, durch gelinde Zurücknahme des Zeitmaßes hie und da, in einen anmutig federnden Rhythmus versetzten.

Als die großherzige Wärme des B-Dur immer dunkleren Kräften wich, zog Brahms das Tempo an. Dieser Mann hielt sich nicht lange mit hübschen Kleinigkeiten auf, bevor er in den strudelnden Wirrwarr des Lebens eintauchte. Brahms schwang die breiten Schultern immer aggressiver gegen Hermann und krümmte dann den Oberkörper nieder in Nachahmung der absteigenden, abtauchenden Linien der Musik. Das Werk war lebendig geworden, und seine Ideen wühlten Hermann mit ihren vielfältigen Umformungen auf.

Wenn doch nur Brahms' Melodik nicht so oft an einer ungewollten Banalität krankte! – Als wäre es ihm darum zu tun, eine quasi natürliche Sangbarkeit zu erzielen. Sein kontrapunktisches Handwerk aber, so viel stand fest, war nichts weniger als großartig, und wie ein ausgewiesener Konstrukteur unterwarf er die Physiognomie seiner Themen einer bis ins Kleinste gehenden Befragung, gab acht auf jede Einzelheit und merkte kritisch auf jede Charakterschwäche. Es war eine unfehlbare musikalische Urteilskraft, die mehr an Beethoven als an irgendwen sonst gemahnte; und als sie sich der letzten Seite des Satzes näherten, fühlte sich Hermann hochgerissen von dem Wirbelsturm der Brahmsischen Kadenzen. Na ja – hätte es da nicht im letzten Moment dieses Abstolpern ins Vergnügte gegeben.

Brahms wandte sich Hermann zu, um dessen Reaktion zu prüfen. »So, das war's«, sagte er. »Wie finden Sie's?«

»Ein wundervolles Stück. Ehrlich!«, versicherte Hermann im Überschwang seiner Sympathie.

»Der Schnipsel da ist *pizzicato*«, sagte Brahms, wobei er auf die problematischen Schlusstakte wies. Es war eine lahme Entschuldigung – und von Hermanns Kompliment nicht überzeugt, schlug er abrupt das Blatt um, als wäre das Unzulängliche des Schlusses klar zu erkennen.

»Sie fanden's halt am besten, *im Volkston* zu schließen«, brachte Hermann verbindlich vor.

»Schlau geschmeichelt!« Brahms schnitt eine Grimasse und schnaubte geringschätzig. Hermann hatte einen wunden Punkt getroffen. »Ich könnte gut damit leben«, sagte dieser. »Nur ein bisschen schade, dass Sie die verschiedenen Stränge des Themas nicht miteinander verzwirnt haben.«

»Tja, in einem anderen Leben … aber dann – der Gedanke an noch mehr Revisionen …«

»Lassen Sie's, wie es ist«, entschied Hermann. »Mir gefällt es sehr.«

In der Tat, je mehr sich Hermann für Brahms und seine Bescheidenheit erwärmte, desto mehr – wie ihm klarwurde – gefiel ihm der Schluss.

Als sie die nächsten drei Sätze durchgingen, war Hermann immer wieder von der erstaunlichen Originalität des Werkes ungeachtet seiner klassischen Umrisse überrascht. Die Übergänge zwischen den Formteilen waren brillant, und zarte Momente wechselten mühelos mit Passagen voll kontrapunktischer Energie. Musik für Hinz und Kunz war das nicht – doch diejenigen, die sie verstanden, würden Brahms als die Hoffnung der deutschen Musik begrüßen, als eine entscheidende Zäsur innerhalb all dessen, was in den vergangenen fünfzehn Jahren geschrieben worden war.

Im *Animato* der beschleunigten Schlusstakte des Rondos ließ eine kecke Anspielung an Papagenos berühmtes Gestotter in der *Zauberflöte* die beiden jungen Männer in unbändiges Gelächter ausbrechen. Atemlos stürzten sie sich in die letzten Akkorde: Hermann im Bann von Brahms' Genie – und Brahms angefeuert vom tiefempfundenen Respons seines Gastes, der seine Ideen mit so viel Feingefühl aufgriff.

»Ihr Sextett ist ein Wunderwerk«, sagte Hermann. »Ich bin hell begeistert!«

»Die Schwäche im zweiten Satz wird Ihrer Aufmerksamkeit nicht entgangen sein. Sie sind nur zu höflich, darauf hinzuweisen.«

»Ich ersterbe in Ehrfurcht«, beeilte sich Hermann zu versichern. »Ich meine, wenn ich bedenke, wie Sie Ihre Ideen fortspinnen … diese subtile Art, wie das Material abgewandelt wird …«

Brahms bot Hermann an, ihm zum Abschied eine Folge von Klaviervariationen über ein Thema von Händel mitzugeben. Es sei ein längeres Werk, aber einige Passagen seien vielleicht nicht ganz übel. Frau Schumann habe es im vergangenen Jahr in Hamburg vorgetragen, aber Hermann habe von dem Konzert wahrscheinlich nicht gehört. Er, Brahms, habe danach die schwächsten Stellen ausgebessert. »Probieren Sie's selber aus, nach eigenem Gusto. Die Fuge am Schluss könnte Ihnen zusagen.«

Hermann zuckte zusammen. Fugen waren doch hoffnungslos altmodisch …

»Für den Rest des Sommers werd' ich mich in dieser Hütte einigeln«, sagte Brahms. »Wenn Sie mal wiederkommen wollen – Sie wissen ja jetzt, wo Sie mich finden.«

Wie absurd, dass die Leute von Brahms' »verschlossenem« Wesen sprachen!

»Tatsächlich«, sagte Hermann, »hatte ich nach diesem dürftigen Vorspiel einen Aufenthalt an der Nordsee geplant. Mein Gastgeber hat ein Piano – also könnte ich das Werk dort einstudieren und Ihnen dann meine Kommentare zuschicken. Sie dürfen aber die Nörgeleien, die ich vorbringe, nicht zu ernst nehmen. Ich könnte ja nichts komponieren, was auch nur halb so gut wäre.«

»Nehmen Sie kein Blatt vor den Mund, Levi. Dann kommen wir beide schon klar.«

Kein Zweifel, Brahms mit seiner unverstellten Redeweise an der Grenze zum Schroffen war ein Norddeutscher, wie er im Buche stand. Hermann schaute hinüber zur Uhr an der Wand, überrascht, wie spät es schon geworden. Für die umständliche Fahrt nach Rotterdam würde er sich jetzt sputen müssen, wenn er dort morgen Abend ankommen wollte. »Ich habe Sie schon viel zu lange aufgehalten.«

»Meine Schuld. Hab nicht auf die Uhr geguckt. Tatsächlich«, entschuldigte sich Brahms, »ist es für den letzten Zug nach Hannover schon zu spät. Und Sie wollen ja nicht auf dem Harburger Bahnhof stranden. Schaun Sie, wieso bleiben Sie nicht die Nacht über hier? Sie können auf dem Diwan schlafen – wenn Ihnen die Unbequemlichkeit nichts ausmacht. Frau Dr. Rösing wird für Wurst und Käse sorgen. Und da unten an der Dorfstraße gibt's ein Gasthaus, in dem wir bis in die Puppen hocken können.«

»Ich störe Sie doch sicher«, gab Hermann zurück.

»Ganz und gar nicht«, sagte Brahms. »Wir spendieren den Bauern ein Bier und fragen einen, ob er Sie morgen früh zur Fähre bringen kann. Die sprechen da noch richtiges Hamburger Platt«, fügte er hinzu, »das Sie einstimmen wird auf das Gekrächze der Holländer.«

»Ich wäre Ihnen unendlich verbunden«, sagte Hermann, entzückt von der Einladung und der Wendung, die die Ereignisse genommen.

»Wenn Sie gegen acht aufbrechen, kriegen Sie einen Zug noch am Vormittag. Wir können in Frau Dr. Rösings Fahrplan nachschauen, nur um sicherzugehen.«

Im Kopf hatte Hermann schon begonnen, an seinen Vater einen schwärmerischen Brief zu schreiben, der von dem großen Glück überströmte, Brahms kennengelernt zu haben. Von dem jungen Komponisten sei er nicht nur mit der größten Herzlichkeit empfangen, sondern auch eingeladen worden, ein neues Streichsextett à quatre mains durchzuspielen. Mit seiner Neigung zum Überschwang konnte es Hermann kaum erwarten, Brahms aus Rotterdam ein besonders erlesenes Geschenk zu schicken, das, zusammen mit einem üppigen Dankschreiben, seine sich rapide intensivierende Wertschätzung zum Ausdruck bringen würde. Gewiss gewährte nichts befriedigendere Freude als die Aussicht auf eine frisch erblühende Freundschaft. Es war genauso, wie die Dichter vom Verlieben sprachen, nur ohne die dazugehörigen Enttäuschungen.

3. Tag

Nach ihrem Kaffee hatten Anna und Hermann sich je ein volles Glas Marsala gegönnt. Hermann sprach derweil von den sechziger Jahren, als er zum ersten Mal seinen rechten Platz in der Welt gefunden hatte. Bestimmt werde sich Anna noch an die wöchentliche »Opernkarawane« im Sommer von Karlsruhe nach Baden-Baden erinnern. Jeden Mittwoch bestieg er da mit seiner gesamten Truppe den Sonderzug, um die biedere Residenzstadt gegen das glamouröse Heilbad im Süden einzutauschen. Die großformatige Dirigierpartitur fest im Griff, marschierte er seinem Coupé zu, während seine Entourage hinter ihm her kobolzte und dabei mit ihren Instrumentenkoffern, kunterbunten Reisetaschen und Notenkisten herumfuhrwerkte. Die Nachhut bildeten die Bühnenarbeiter, die die gemalten Hintergrund-Prospekte in den offenen Waggons verstauten. Hermann erinnerte Anna daran, wie einmal die Ettlinger-Mädels die Gelegenheit nutzten, ein schreckliches Spektakel zu veranstalten: In gespielter Theatralik am Bahnsteig die weißen Handschuhe schwenkend, um ihm für die kurze Fahrt ein tränenreiches Lebewohl zu winken, neckten sie ihn erbarmungslos so lange, bis er sein Fenster schloss und die Vorhänge zuzog.

War Hermann schließlich in Baden-Baden angelangt, wurde ihm Beifall gespendet von den versammelten Fürstenhäusern Europas – es sei denn, die durchlauchtigen Herrschaften geruhten die ganze Oper hindurch behaglich zu schnarchen – zweifellos, um Kraft zu sammeln für das unterhaltsamere Divertissement später, am Roulette-Tisch.

Nach einer Opernvorstellung im Kurtheater hatte Hermann selten noch die Kraft – vom nötigen Kleingeld ganz zu schweigen –, ins Casino zu gehen. Wiewohl ihn Brahms einmal, aus Jux, zum Glücksspiel überredet hatte. Nachdem er Johannes beim Binden seiner Krawatte geholfen hatte – der war ein hoffnungsloser Fall, was das Verknoten der eigenen betraf –, warfen sie sich in eine verstaubte Abendtoilette, zündeten sich je eine dicke Zigarre an und brachen auf zum Casino. Hermann fand, sie sähen, nachdem sie sich so hergerichtet hatten, einigermaßen respektabel aus.

In bester Laune schritten sie die Stufen zum Casino-Entrée hinauf. Da legte der betagte Portier seine altersgraue Hand Johannes auf die Schulter, musterte ihn von oben bis unten und sagte: »Entschuldigung, junger Mann. Was haben Sie hier zu suchen? Kein Zutritt für Jugendliche! Also kehrt-schwenk-marsch!« Das war natürlich lachhaft, da Brahms schon ein Mittdreißiger war. Johannes versuchte, den Portier umzustimmen, aber ohne Erfolg. »Sehen Sie doch«, flehte er, »Sie befinden sich in einem krassen Irrtum!« Hermann ahmte die Art nach, in der die Stimme des armen Johannes beim Wort »Irrtum« plötzlich ins Piepsige umschlug – wonach der Fall verloren war. Hannes hoffte auf moralische Unterstützung von Hermann, aber da er keine bekam, bedachte er ihn, der zu stark lachte, als dass er's gemerkt hätte, mit Flüchen. Mit eingekniffenem Schweif, Brahms weiterhin finstere Verwünschungen murmelnd, trabten beide von hinnen. Hermann schätzte sich glücklich, dass er am Spieltisch nicht sein letztes Hemd verloren hatte, während sein Freund Johannes, der in seinem Quartier immer einen guten Vorrat an Weinbrand bereithielt, ein beträchtliches Quantum zu sich nahm, um seinen Ärger zu ertränken.

Jene Sommertage in Baden-Baden riefen meistenteils die rührendsten Erinnerungen hervor. Außerhalb der Stadt, im Dörfchen Lichtenthal, hatte Frau Schumann ein beengtes Häuschen gemietet mit einem kleinen Garten, begrenzt hinten von einem Bächlein; und auf der anderen Straßenseite, auch in einem bescheidenen Cottage, lebte Madame Viardot, die Sängerin, welcher Iwan Turgenjew, der seinerseits vis-à-vis wohnte, oft Besuch abstattete, da er die Dame vergötterte. Etwas weiter die Straße hinunter lag Brahms' Quartier, der im luftigen Obergeschoss eines großen Landhauses Logis genommen hatte. Er mietete nie mehr als ein Zimmerpaar – und in manchen Jahren nicht einmal ein Piano. Frau Schumann hingegen hatte zwei Bechstein-Flügel in ihren hinteren Salon gezwängt, sodass sie an der einen Tastatur das Klavierspiel der Kinder überwachen konnte, die an der anderen übten.

Tatsächlich war ihre Behausung in bestürzendem Maß bescheiden. Bei seinem ersten Besuch warf Hermann aus der Droschke einen Blick auf das Anwesen und sagte dem Kutscher dann, er solle weiterfahren. Er war sich sicher, dass die Adresse nicht stimmen könne. Es war unmöglich, dass eine Künstlerin vom Rang Clara Schumanns in einer solchen Bruchbude wohnen sollte. Die Kinder nannten sie »unsere Hundehütte«, was immer alle zum Lachen brachte.

Auch wenn sie der Inbegriff einer ausübenden Künstlerin, Mutter und Muse war, hatte Clara, wie Anna gut wusste, alles andere als ein leichtes Leben gehabt. Die sieben Kinder waren den ganzen Winter hindurch auf unterschiedliche Schulen verteilt, wo sie verzweifelt unglücklich waren. Vor allem die Knaben waren verlorene Seelen, unfähig, ihren Weg im Leben zu finden. Der traurige, verstörte Ludwig, der so seltsam aussah, war in Hermanns Obhut gegeben worden. Frau Schumann hoffte, dieser hätte einen guten Einfluss auf ihn. Ludwig war ein gutgeartetes Kind, aber grämlich und einsam, der Welt ganz abhanden gekommen. Als seine Wahngebilde zu stark wurden, hatte sie keine andere Wahl, als ihn in eine Heilanstalt einweisen zu lassen. Es war eine schreckliche Geschichte. Ludwig, alleingelassen in einer herzlosen Institution, starb einen elenden Tod.

Viel Geld war auch nie da. Um sich über Wasser zu halten, pflegte Clara sogar schlecht bezahlte Auslandstourneen zu übernehmen. Hermann berichtete: An dem Tage, an dem sie in Paris erfuhr, dass ihre geliebte Julie gestorben sei, beschloss sie, keiner Menschenseele von ihrem Verlust zu erzählen, und marschierte aufs Podium, wo sie das vollständige Soloprogramm absolvierte, ohne eine Note auszulassen. Sie hatte die Natur einer Stoikerin, war oftmals streng und unbeugsam – und blieb doch eine treue Freundin bis zuletzt.

Unvergesslich waren die stillen Sommernachmittage im Garten der Schumanns, an denen die imposante Madame Viardot in einem weitgeschnittenen ländlichen Kleide jeden mit Anekdoten aus ihren Tagen an der Pariser Opéra regalierte. Gelegentlich räusperte sie sich die Stimme frei und sang etwas, während Turgenjew, der unter seinem steifen Strohhut neben ihr saß, aus seiner langen, dünnen Zigarre mit Behagen kleine Rauchwölkchen puffte. Hermann und Johannes pflegten derweil mit den Kindern Kurzweil zu treiben, ihnen komische Geschichten zu erzählen oder sich derben Unfug zu erlauben: Einmal flößten sie sogar dem Hund Champagner ein. Und manchmal gab es dort Kammermusik, wenn Hermann mit Streichern vom Karlsruher Orchester die Saiten anstimmte, so dass Brahms etwas von dem, was er geschrieben hatte, zu hören bekam.

Mehrere Schumann-Töchter mussten damals im heiratsfähigen Alter gewesen sein, und eine Zeit lang hatte Brahms auf Julie ein Auge geworden. Sie war die Schönste der Familie: ein gertenschlankes Mädchen mit ovalem Gesicht, langen blonden Flechten und von Trauer umwölkten Augen. Brahms fand sie ganz bezaubernd. Aber er sagte nichts – bis es zu spät war – bis sie ihre Verlobung mit einem italienischen Grafen verkündet hatte. Auch wenn Brahms nie vorgehabt hatte, ihr einen Heiratsantrag zu machen, stürzte ihn die Nachricht in tiefe Depression.

Anna, die Clara in ihrem Elternhaus in Karlsruhe kennengelernt, fragte sich oft, ob Johannes sie geliebt hatte. »Ich nehme ja nicht an, dass an dem Gerücht von einer Liaison zwischen Brahms und Frau Schumann irgendetwas war, oder? Ich meine, das hätte doch bestimmt sein Interesse an Julie zu sehr kompliziert. Ich würd' darüber nie was schreiben, Hermann, das versteht sich von selbst ...« Anna bereute ihre Frage, aber nun war's zu spät.

»Lächerlich, Anna!«, hielt Hermann ihr entgegen. »Brahms und Clara waren Seelengefährten. Es war eine Beziehung, die schwer zu beschreiben ist, wenn man die beiden nicht gut gekannt hat. Alles andere war bloß Klatsch und Tratsch. Kannst du dir, Anna, intime Beziehungen in diesem Haushalt mit sechs Kindern im Schlepptau vorstellen?«

Natürlich hätten sie im Winter, wenn die Kinder in der Schule waren, ihr Stelldichein haben können, dachte Anna.

»Frau Schumann war zu einer Liebesaffäre, mit wem auch immer, nicht imstande. Es lag nicht in ihrem Wesen und hätte ihre Verehrung für Robert kompromittiert. Soweit ich sehen konnte, hegte sie für Johannes nur mütterliche Gefühle. Deswegen machte ich ja so einen entsetzlichen Fauxpas, als ich, nach Julies Verlobung, gegenüber Frau Schumann durchblicken ließ, dass Brahms in Julie verliebt gewesen sei. Ich glaube, ich hab dir das nie erzählt.«

»Wozu diese Enthüllung?«, fragte Anna. Ob er geglaubt habe, Frau Schumann würde dann die Verlobung auflösen? Brahms hätte das gefallen, klar. »Vielleicht war Brahms nur verliebt in die Imago eines wunderschönen Mädchens namens Schumann. In ein Unerreichbares.«

»Da könntest du recht haben«, sagte Hermann nachdenklich. »Das ist tatsächlich ziemlich gescheit, was du sagst. Frau Schumann war jedenfalls felsenfest überzeugt, dass Brahms niemals heiraten solle.«

»Künstler weihen sich nur ihrer Kunst«, spottete Anna in gespielter Ernsthaftigkeit.

»Aber natürlich!«, gab Hermann zurück und hob dabei die Brauen. Ihren anzüglichen Ton nahm er nur halb zur Kenntnis.

Also folgte Brahms am Ende dem Rat, den die Frau ihm gab, die ihn am besten kannte. Was alles ziemlich traurig war, dachte Anna, weil es doch auf der Hand lag: Frau Schumann war in Brahms verliebt gewesen und Hermanns Enthüllung hatte sie zutiefst schockiert. Wenn sie ihn nicht besitzen konnte, dann sollte es auch keine andere dürfen.

»Die Sache war ja die: Das waren Brahms' beste Jahre«, betonte Hermann. »Denk' an die Altrhapsodie, das Requiem und die ganzen Lieder.«

Hermann hielt einen Moment inne – und schlug sich dann an die Stirn vor Ärger. »Doch wie dumm von mir! Ich hab dir noch gar nicht die Handschrift von *Wie rafft ich mich auf in der Nacht* gezeigt! Eines Morgens fuhr ich von Baden-Baden zurück nach Karlsruhe, und erst im Zug entdeckte ich, dass Johannes, der Schlaufuchs, mir das Autograph in die Aktentasche geschmuggelt hatte, als ein kleines Geschenk so nebenbei. Verstehst du, ich hatte gerade dieses Lied mit besonderem Lob überschüttet.« Ein verzerrtes Lächeln der Wehmut konnte er nicht unterdrücken. »Kennst du die Lieder auf Texte von August von Platen, Anna?«, fragte Hermann.

Das fragte sie sich selbst.

»Etliche finde ich noch heute ergreifend. *Und jener Mensch, der ich gewesen, und den ich längst mit einem andern Ich vertauschte, wo ist er nun?*«, zitierte Hermann. »Gehören zu Brahms' allerbesten Werken.«

Das musste Anna sehen! Die Zeilen charakterisierten Hermann Levi bis aufs i-Tüpfelchen.

Auch wenn ihr, da sie in der trügerischen Behaglichkeit seiner Bibliothek saß, bewusst wurde, dass er nicht die Absicht hatte, sie dem Menschen begegnen zu lassen, der er einst wirklich gewesen war.

1864

»Nun spucks schon aus, Levi. Die Lieder!«, blaffte Brahms.

Hannes hatte ihn in Baden-Baden vom Bahnhof abgeholt, und zu Fuß machten sie sich nun auf den angenehmen, aber langen Rückweg zu seinem gemieteten Quartier im Dorf Lichtenthal. Hermann hatte sich bereits darauf eingestellt, in die Mangel genommen zu werden. Aber er musste zugeben: Dieser Stapel Lieder, den Hannes ihm zugeschickt hatte, war ein ziemlicher Mischmasch. Mit einiger Sorgfalt hatte Hermann die Gesänge geprüft. Das Hauptproblem war Hannes' literarischer Geschmack, der ihn dazu verführt hatte, in ein und derselben Sammlung Platens feingearbeitete Verse mit den mediokren Übersetzungen der persischen Dichtung des *Hafis* von einem gewissen Georg Friedrich Daumer zu verquirlen. Hermann fürchtete sich vor der Konfrontation, die ihn mit Sicherheit erwartete.

»Levi? Du zauderst.«

»Vielleicht treff' ich jetzt nicht den Kern der Sache. Aber könntest du nicht einige weglassen?«

»Lieber losschicken, an Simrock. Sind ja nur Liedchen. Also magst du sie nicht.«

»Das hab ich nicht gesagt!«, entgegnete Hermann. »Ich bin nur – wie soll ich sagen ... etwas verwundert über deine Auswahl. Ich meine, ich frag mich, ob die alle zusammenpassen.« Nun war es heraus!

»Also schieß los. Ich sagte dir ja, *Der letzte Gruß* sei Mist. Jetzt bist *du* an der Reihe – dann sind wir quitt.«

»Mein Lied war ein Nichts, eine Bagatelle, das weißt du genau. Im Übrigen bin ich dankbar dafür, dass du mir weitere Demütigungen in der Zukunft erspart hast.«

»Als wenn du auf mich hören wolltest ...«, murrte Hannes. Es war ein unehrlicher Vorwurf. Mit seiner unnötigen Grausamkeit hatte er dafür gesorgt, dass Hermann alle Hoffnungen fahren ließ, jemals ein Komponist zu sein.

»Wieso? Nein. Dir verdank ich's doch, dass ich das Komponieren guten Gewissens aufgegeben habe.«

Es war krass, aber typisch für Hannes, dass er auf Hermanns letzten gut gemeinten Versuch anspielte. Hermann hatte ein Lied auf das Eichendorff-Gedicht *Der letzte Gruß* geschrieben und in seiner Begeisterung Brahms gezeigt. Die ätzende Kritik, die er einstecken musste, gehörte zu den tiefsten Verletzungen, die er in ihrer Freundschaft je erfahren hatte.

Es waren die starken Affekte in der Ballade, die ihn so bewegt hatten. Ein kriegsversehrter Soldat kehrt aus dem Felde heim, nur um zu hören, dass seine Braut inzwischen einem anderen vermählt ist. Auf dem Weg vor dem alten Haus erblickt er ein kleines Kind: das Ebenbild seiner Mutter. Der Kriegsmann küsst und segnet es, bevor er die erschrockene Mutter anredet, die nicht erkennt, wer er ist. Er geht fort – nach einer Nacht, die er droben überm Hause im Forst verbringt, wo er inniglich auf seinem Waldhorn bläst, um sich das verwundete Gemüt zu besänftigen. Erst als die Mutter beim Erwachen die Töne aus der Ferne erlauscht, geht ihr jählings die Identität des Besuchers auf, und da bricht sie hemmungslos in Tränen aus. Sie wird ihn nie wiedersehen. Es war ihre letzte Begegnung.

Hermann hatte sein Herzblut in die Musik verströmen lassen. Für den Soldaten, der seine Geschichte erzählt, ersann er eine träumerische Melodie – doch dann, da der Mann gewahr wird, was sich in seiner Abwesenheit ereignet hat, spitzt sich das Drama zu. »Wie ungehobelt«, hatte Hannes gerügt, »zu den Worten *Schlacht und Sieg* nach Moll zu springen und dann mit so jubilanten Harmonien zu schließen! Und dieser Triller, der den Vogelsang nachahmt. Wie konntest du, Levi? So was von banal!«

Hermann fiel aus allen Wolken, als ihm die Wirkung seiner schönen Intentionen auf einen Schlag klar wurde und er die volle Gewalt seiner Demütigung erfuhr.

»Nein, hör mal«, fuhr Hermann fort, »deine Lieder sind fabelhaft. Es ist nur äußerst seltsam – wenn ich so sagen darf –, dass du dem augusten Platen, der auf erhab'nem Pegasus reitet, den prosaischen Fußgänger Daumer an die Seite gestellt hast.« Sein Wortwitz traf offensichtlich auf taube Ohren.

»Was willst du damit sagen, Levi?«

»Du siehst doch bestimmt, dass Platen der weit überlegene Dichter ist. Und dem korrespondiert deine Musik. Daumer dagegen ist unerträglich rührselig, seine Dichtung als solche nicht ernst zu nehmen. *Scheitern an korallner Klippe, Schiffen über eine Lippe, die die Süße selber ist.* Wirklich, Johannes, das ist unverzeihlicher Schund.«

»Ha! Du erkeckst dich, den edlen Tutor des armen Kaspar Hauser zu schmälen?«, spöttelte Brahms.

Hermann lachte. Daumer war bekanntlich beauftragt gewesen, die Erziehung jenes Findelkinds in die Hand zu nehmen, das als ein sechzehnjähriger Bursche plötzlich aufgetaucht war aus mutmaßlicher Isolation und Einkerkerung von Geburt an, kaum fähig, auch nur ein deutsches Wort zu sprechen. »Ein edles Unterfangen, gewiss. Aber vielleicht hätte er sich eher die Frage vorlegen sollen, ob Hauser ein Lügner und Betrüger war?« Konnte Hannes denn nicht sehen, dass Daumer nicht mehr war als ein redseliger Schulmeister?

»Gut, aber ich bewundere ihn eher, den Daumer mit seiner Dichtung – ganz gleich, was du dagegen hast.«

Hannes sagte eine Weile nichts mehr und trottete seines Weges, bemüht, nicht verletzt dreinzuschauen, wobei er sich mit der Hand durchs blonde Haar fuhr. Da er keine gute Schulbildung genossen hatte, misstraute er seinem literarischen Urteil. Hermann hatte einen empfindlichen Nerv getroffen. »Ganz zu schweigen davon, dass beide Dichter vom Schimmer des Orients träumen, weißt du. Daumer schrieb sogar eine Studie über Mohammedanismus«, sagte er.

»Schwaches Argument. Und Platen lernte sogar richtig Persisch. Als ob es darauf ankäme! Aber, dies nur nebenbei – wie bist du eigentlich auf ihn gekommen?«, fragte Hermann mit gespielt unschuldiger Miene. »Auf Platen, mein' ich.« Schon länger drängte es ihn, die Frage zu stellen.

»Ein Schubert-Lied: *Du liebst mich nicht*«, gab Hannes zur Antwort und nahm Hermann am Arm. »Am besten, wir nehmen den Pfad dort drüben am Bach entlang.«

»*Was blüht mir die Narzisse? Du liebst mich nicht!*«, zitierte Hermann.

»Was ins Herz von Platens Lyrik führt.«

»Ach, die Trostlosigkeit des Einsamen!«, spottete Hermann. »Goethe sagt von ihm, er sei ein Dichter, der nie Liebe gefunden habe. Aber was für Reime!«

»Makellos und so bezwingend«, rief Hannes aus. »Hast du viel von ihm gelesen?«

»Vorwiegend die Lieder und Ghasele«, sagte Hermann, »und die *Sonette aus Venedig*. Du weißt, dass er Päderast war? In den zwanziger Jahren kam es heraus. Mein Vater sprach mit mir darüber. Ein Judenhetzer, der sich selbst Schande machte, indem er Heine attackierte.

Ich war erstaunt, als ich Heines Replik in *Die Bäder von Lucca* las. Skandalös! Gumpelino, ein Jude, der zum Katholizismus konvertiert, liest Platen und ist fortan von seiner Leidenschaft zu einer Frau geheilt.«

Hannes lachte laut auf. »Das muss ich mir besorgen.«

»Man war schockiert, dass Heine sich traute, von Platens – äh, Dekadenz zu sprechen«, sagte Hermann, sorgsam seine Worte wägend. »Dekadenz im äußerst verfeinerten Sinn natürlich.«

Hermann warf einen Blick auf Hannes, um seine Reaktion einzuschätzen. Diesen schien die Enthüllung nicht sonderlich zu scheren. Vielleicht hatte er bei der Lektüre von Platens Dichtung selber schon dergleichen geargwöhnt.

»Aber sein *Tristan*? ›Wer die Schönheit angeschaut mit Augen …‹«

»… *ist dem Tode schon anheimgegeben*«, ergänzte Hermann mit der folgenden Zeile. In seinen dunkleren Stunden brachte dieser Vers für ihn die Macht, die Hannes über ihn hatte, schmerzhaft auf den Begriff. Er errötete ein wenig.

»Süperb die Musikalität seiner Sprache, besonders in der Wendung *angeschaut mit Augen*.«

»Nach rein technischen Kriterien übertrifft er bisweilen sogar Goethe«, pflichtete Hermann enthusiastisch bei. »Was für ein markanter Geist! So formbewusst – doch zugleich gesangvoll selbst in den strengsten Metren.«

»Wie eine Fuge von Bach«, spöttelte Hannes.

Aber es stimmte doch. Nach der Lektüre Platens fiel Hermann der Mangel an Sorgfalt bei anderen Dichtern auf. Es musste diese wahnsinnige Besessenheit von Technik sein, die Hannes zu ihm hinzog. Hatte bestimmt nichts zu tun mit den unanständigen Sehnsüchten des Grafen.

»Jedenfalls«, fuhr Hannes fort, »ist nichts daran gelegen, Musik nur auf Dichtung allerhöchsten Ranges zu komponieren. Wenn ein Gedicht gut ist – wozu es dann vertonen? Vernünftig ist dies doch nur dann, wenn etwas fehlt. Etwas, das Musik einbringen kann.«

»Und bei Platen fehlt eine ganze Menge«, schoss es aus Hermann heraus. »Er nennt nämlich nie das Objekt seiner Liebe beim Namen. Ist es das, was du meinst?«

»Levi, du drehst mir die Worte im Munde um. Und was bei dir fehlt, ist *die Rose, die die Freundin am Herzen trug*, in meinem vierten Lied.«

Nein, Hermann hatte die Freundin nicht übersehen. Nur dass ihm, als er das Gedicht untersuchte, auffiel, dass die überzählige Silbe das Metrum der Dichtung ein klein wenig ins Stolpern brachte. Platen hätte eigentlich schreiben müssen: Wo ist die Rose, die *der Freund* am Herzen trug. Doch Hermann behielt dieses kleine Aperçu für sich. Ohnehin war's pure Spekulation.

»Ich mein's natürlich nicht ernst«, entgegnete Hermann. »Aber das ist es, was an ihm so rätselhaft ist. Nimm nur dein erstes Lied – mein liebstes, nebenbei bemerkt. Der Dichter rafft sich auf in der Nacht, verlässt die Gassen und geht zum Mühlbach. Von einer Brücke, hoch über dem felsigen Schacht, betrachtet er die Wogen tief drunten: *doch wallte nicht eine zurücke*. Das ist eine Liebe, die nimmer sein soll. Die Verbitterung könnte nicht deutlicher sein.«

Johannes wurde ungeduldig, als langweilte ihn Hermann. »Einsamkeit ist ein Gemeinplatz, Levi. Ich fühle sie. Du fühlst sie. Es ist der Rhythmus der Worte, der förmlich schreit nach Musik.«

»Und es ist glänzend, wie deine düsteren punktierten Figuren das rastlose Schreiten einfangen.« Hartnäckig weigerte sich Hannes zuzugeben, wie oft Platen das Geschlecht seiner Geliebten verschwieg. Deswegen ja hielten die Leute den Dichter für kalt und abweisend – deswegen geriet ihnen sein Bedürfnis aus dem Blick, sich denen zu nähern, die ihm am nächsten standen. *Denn, ach, die Menschen lieben lernen, es ist das einzige wahre Glück!*

Brahms war verstummt. Hermann wandte sich ihm zu, um ihn genauer ins Auge zu fassen. Natürlich wusste Brahms, dass Platens unerwiderte Liebe stets jungen Männern gegolten hatte. Deswegen hatte er die Vertonungen seiner Verse mit denen Daumers vermischt: um eine falsche Fährte zu legen!

»Also mach weiter«, knurrte Brahms ungeduldig.

»Nun, das kraftvollste ist das *Du sprichst, dass ich mich täuschte*. Der Liebende fordert das Bekenntnis der einstigen Liebe ein, selbst wenn er ihn jetzt nicht mehr liebt. Überwältigend dein suggestiver Klavierpart.« Hermann hatte dazu in übersteigerter Manier gestikuliert.

»Levi, dir ist doch klar, dass du noch was Schlechtes über die Musik sagen musst?«

»Nur zu gern. Es ist das letzte Lied, mit dem ich gar nicht glücklich bin. Besonders der Schluss, der ans Geschmacklose grenzt. *Ob auch die herbste Todesqual / Die Brust durchwüte wonnevoll, wonne-wonnevoll.* Grauenvoll. Und als wärs nicht schon schlimm genug, bringst du's auch noch in Dur. Tut mir leid, aber ehrlich gesagt – Daumer ist solch ein Dilettant …«

»Zu süßlich, nehme ich an?« Er drückte Hermann am Oberarm, während er ihn foppte. »Ein Hoffnungsstrahl – etwas Licht nach all dem Duster – siehst du nicht?« Hannes' Augen zwinkerten. »Zumindest die Damen werden's zu goutieren wissen.«

»Wie generös von dir, einem stolzen Mann, der nie für Damen schreibt, wie, Johannes?«, gab Hermann grinsend zurück.

Hannes' schwierige Beziehungen zu Frauen waren ein Grundsatzproblem, und jetzt sah er sich ausgestochen von einem Pik-As aus den eigenen Karten. »Levi, ich werd' über das nachdenken, was du sagst«, antwortete er nach einigem Schweigen. »Obwohl das alles ein Haufen Mist sein könnte.« Er stapfte voraus, nachdem er ein Zeichen gab, dass Hermann sich einmal wieder die warmen Gefühle seines Freundes erschmeichelt habe.

Auf einen vollkommenen Nachmittag warf nur Hermanns Sehnsuchtsschmerz einen schwarzen Fleck.

An diesem Nachmittag lag Hannes, in ein Buch vertieft, auf seinem Bett ausgestreckt, und Hermann neben ihm. Draußen zwitscherten die Vögel eine misstönende Symphonie.

»Johannes?«

Hannes antwortete, ohne von seiner Lektüre aufzuschauen: »Was ist, Levi?«

»Ich hab mich gefragt«, sagte Hermann, »ob es dich stört, dass Graf von Platen ein Sodomit war.«

»Offensichtlich stört es dich.«

»Eigentlich nicht«, gab Hermann zurück. »Obwohl so etwas widernatürlich ist.«

»Weißt du, nur weil man an etwas nicht das geringste Interesse hat, wird es dadurch noch nicht widernatürlich.«

»Vermutlich nicht«, räumte Hermann ein. »Besonders, wenn man an die vielen berühmten Namen denkt ...«

»Sokrates, Leonardo, Michelangelo, Friedrich der Große ... ja, ziemlich berühmt, würd' ich sagen«, spöttelte Brahms, ohne von seinem Buch aufzusehen.

»Ganz zu schweigen von den Mythen der alten Griechen.«

»In der Tat. Zeus, Ganymed, und wie die Brüder alle hießen ...«

»Doch sicher eine andere Kultur als die unsere«, sagte Hermann, um Antwort heischend. »Wiewohl selbst Goethe mit ihr spielte: *Aufwärts an deinen Busen, Alliebender Vater!*«

Hannes pfiff den Schluss von Schuberts *Ganymed*. Er hatte natürlich recht – aber welche Begegnung hätte Goethe nicht in Versuchung geführt? Der Mann war ja sein eigener Faust gewesen, gequält vom Streben nach Erkenntnis. Wer weiß, ob der unerschrockene Goethe nicht Erfahrungen mit körperlicher Liebe sogar zwischen Männern gesammelt hatte? Unmöglich war's nicht. Und Hannes? Nein, auf keinen Fall, an so was war er nicht interessiert. »Immerhin soll Goethe nie körperliche Liebe geschildert haben.«

»Nicht direkt«, erwiderte Brahms. »Aber Hinweise darauf finden sich gewiss in seiner Schrift über Winckelmann.«

Hermann war verblüfft. Die musste er sich bei nächstbester Gelegenheit zu Gemüte führen. »Allerdings«, fuhr er fort, »gibt es heutzutage doch recht wenige Götter, die sich aus dem Himmel herniederschwingen, um sich junge Männer zu krallen. Der Punkt ist: dass jemand mit solchen – äh, Neigungen dazu verurteilt ist, dass seine

Liebe scheitert, ganz bestimmt! Nimm zum Beispiel den Platen. Der war doch, nach eigenem Eingeständnis, verzweifelt unglücklich. Seine Dichtung ließ in dieser Hinsicht keine Frage offen, und Hermann hatte alles, was er auftreiben konnte, von A bis Z gelesen.«
»Levi, du räumst der Verzweiflung einen zu hohen Rang ein. Und darüber kommt bei dir der Zauber zu kurz. Im *Wilhelm Meister* erzählt Goethe von einer Begegnung mit dem hübschen Sohn eines Fischers, der ihn an einem heißen Tag ins Wasser lockt. Als der Bursche nackt dem Wasser entsteigt, um sich in der Sonne zu trocknen, ist Wilhelm von seiner Schönheit geblendet, während der Jüngling seinerseits ihn aufmerksam betrachtet. *Unsere Gemüter zogen sich an, und unter den feurigsten Küssen schwuren wir eine ewige Freundschaft.* Das Altmodische an dieser Szene hat etwas so Rührendes«, gluckste Hannes. »Abgesehen davon ist es ja nicht so, als könnten du und ich uns im Reiche Amors besonderer Erfolge rühmen. Ich bin mir sicher, dass ich bei Frauen nur scheitern kann.«
»Es kommt eben darauf an, die richtige zu finden, Johannes. Wenn du sie fändest, könntest du heiraten und ...«
»Und dann glücklich leben immerdar? – Zweifelhaft, würd' ich sagen – aus den Ehen zu schließen, die ich kenne. Abgesehen davon: Die Schönen erweisen sich immer als Giftschlangen.«
»Krasse Übertreibung!«, protestierte Hermann – wenig überzeugend, da er jedwede Geringschätzung gegenüber Frauen, die Hannes äußerte, dankbar zum Zeichen nahm dafür, dass er bei ihm in Gunst stand.
»Vielleicht findest du eine Frau, Levi. Dir zu gefallen ist ja so viel einfacher. Was mich betrifft, so bezweifle ich, ob auch nur eine Frau unter den Lebenden weilt, die es mit mir aufnehmen wollte. Obwohl ich das nicht immer gedacht habe.« Er spielte auf Agathe von Siebold an, die seine große Liebe gewesen war, bevor er kalte Füße bekam und die Verlobung auflöste.
»Na ja, einstweilen hast du mich ja als Freund. Zweitbeste Wahl«, sagte Hermann Es war ein schwacher Anlauf zu einer Gegenrede.
»Du bist nicht so kompliziert wie eine Frau, Levi. Leider auch nicht so ansehnlich. Wenn du jetzt so hübsch wärst wie Feuerbach – wer weiß, ob ich dann nicht anderen Sinnes würde«, sagte Brahms mit einem schrägen Lächeln und stupste dabei Hermann mit dem Fuß in die Seite.

Der lachte laut auf. Hannes rühmte oft Anselm Feuerbachs eindrucksvolle Züge, besonders seinen eleganten Schnurrbart und sein schmales, trauriges Gesicht. Jeder, der dem Maler begegnet war, fand, er sehe fabelhaft aus. Unter seinen glühendsten Bewunderern stand ihr Freund Allgeyer an der Spitze, obschon weder dieser noch Hannes über den Maler je amouröse Gedanken hätte hegen können.

»Echte Freunde schwören sich eine Treue, die über bloße körperliche Paarung weit hinausgeht«, sprach Hermann hochtrabend. »Die einzige Gefahr dabei ist, dass man jeden Sinn für Maß verliert und sich um des eigenen Glückes willen vom Freund abhängig macht.« Damit hatte er eine ganze Menge von sich ausgeplaudert – aber nun wars zu spät.

»Weißt du, Levi, manchmal platzt du mit dem blödsinnigsten Unfug heraus. Bei dir kenn' ich mich ja nicht aus, aber alle meine engsten Freunde haben die Fähigkeit, mich fix und fertig zu machen. Und habens oft genug ausprobiert.« Hannes gab Hermann einen scherzhaften Nackenstüber, der ihm etwas wehtat.

Hermann tat erst so, als wäre er verletzt – dann lachte er. Hannes' wechselhafte Launen war er ja gewohnt. Er zog sich die Schuhe aus, richtete sich auf dem Bett neben Hannes auf und betrachtete ihn, der da lag und las. Nichts wünschte er sich so sehr, wie den Freund in seinen Armen zu halten. Im Geist malte er sich so eine flüchtige Umarmung aus, sah aber schon voraus, dass Hannes, von dem unerbetenen Übergriff belästigt, ihn zurückweisen würde. Wäre Hermann ehrlich, müsste er zugeben, dass seine Freundschaft kaum von einer obsessiven Leidenschaft sich unterschied – nur dass dankenswerterweise seine körperlichen Wünsche, anders als bei Platen, gänzlich keuscher Natur waren. Nichts, was er imaginierte, war ungehörig oder unnatürlich.

Doch er musste wissen – musste unbedingt erfahren –, ob seine starken freundschaftlichen Gefühle erwidert wurden. Frau Schumann hatte einmal durchblicken lassen, dass Hannes die Zuneigung, die Hermann ihm entgegenbrachte, in gleichem Maße empfand – und als sie die Zauberworte aussprach, hatte sein Herz einen Sprung getan über einen unüberbrückbaren Abgrund hinweg. Der Atem hatte ihm gestockt, als sie sprach, und seine ganze Aufmerksamkeit war nur darauf gerichtet gewesen, dass ihn sein Gebaren nicht verriete. Sie hatte versucht, einen untröstlichen Hermann aufzuheitern an dem Tag, da

Hannes nach Wien verzog. Von ihr ermutigt, frei aus dem Herzen zu sprechen, bekannte sich Hermann zu einer schreienden Dissonanz in seinem Innern, die er nicht aufzulösen vermöge, und dass seine einzige Hoffnung auf eine innere Harmonie in Freundschaft liege. Das Beste in ihm seien seine Freunde, mit denen er sich allerdings so verwachsen fühle, dass ihr Verlust einem Aufhören seiner Existenz gleichkäme. Nur wenn er seinen liebsten Freunden mehr von sich selbst geben könne, bestünde Hoffnung für sein Seelenheil.

Da verriet ihm Frau Schumann – Freude über Freude! –, wie sehr ihn Hannes schätzte und mochte –; dass Hermann in sein Leben ein strahlendes Licht gebracht – und dass sein lauteres Kunstverständnis den Wert eines Lebens für Musik beispielhaft verkörpere. Besonders bewundernswert sei Hermanns jugendlicher Enthusiasmus, welcher ihm, Brahms, so viel gelassene Heiterkeit und Wohlbehagen schenke.

Hermann dankte, unwillkürlich in die Worte des altehrwürdigen Gebetes verfallend, dem Allmächtigen, König der Welt, der uns hat diese Zeit erreichen lassen. Sicher, Hannes konnte eigensüchtig sein und war manchmal aufbrausend aus geringstem Anlass. Doch hatte sich Hermann jemals zuvor so stark, so »vollständig« gefühlt? Nein, nie. Auch nicht mit Naret-Koning oder mit Allgeyer. Freundschaft mit Brahms war eine Art Erhebung in den Adelsstand – ja, sie hatte aus Hermann einen strahlenden Ritter gemacht. Wenn er, mit Hannes im Publikum, eine Oper oder ein symphonisches Werk dirigierte, war es, als machte er Musik für seinen Freund und stählte dabei die brüderlichen Bande, die zwischen ihnen walteten. Mit Hannes an der Seite war Hermann unbesiegbar.

Doch solche Übertreibung war gefährlich. Hermann musste ihr sofort Einhalt gebieten. In erster Linie, weil Hannes sentimentales Gerede verabscheute, jedenfalls solange er nicht eine Flasche Weinbrand dabei leerte. Dass Hannes seinerseits über ihn in so lächerlichen Begriffen dächte, konnte er sich kaum vorstellen. Warum also fühlte sich ausgerechnet Hannes der Dichtung Platens so nahe?

Hannes legte das Buch beiseite und rieb sich mit den Fingerspitzen die Schläfen. Er hatte Kopfschmerzen. Einem spontanen Impuls folgend, lehnte sich Hermann über ihn, um ihm mit dem Daumen auf der Stirn etwas Linderung zu verschaffen. »Ich werde traurig sein, wenn du nach Wien zurückfährst«, murmelte er dabei.

Die Augen schließend, nickte Hannes verträumt. »Levi, was ich an dir mag, ist deine Sentimentalität. Selbst wenn du sie in meinen Liedern verachtest.«

Das waren die Zeiten, die Hermann am teuersten waren: wenn er nichts anderes begehrte, als genau da zu sein, wo er war. Hannes dämmerte in den Schlaf hinüber, und Hermann fuhrt fort, ihm über die Stirn zu streichen. Dank sei dem Herrn für diesen Freund, der aus mir das Beste herausholt. Ohne ihn wäre ich verloren, ausgesetzt auf schwankem, unsicherem Grund. Platens körperliche Liebe, die ihm Ekel bereitete, konnte Hermann nicht nachvollziehen. Dafür war er sich jedoch sicher, dass seine Liebe zu Johannes von Komplikationen nicht verzerrt werden konnte – zumindest wenn Hannes sich vornahm, nicht schlechter Laune zu sein.

Später, als sie sich an einem Teller Wurstaufschnitt gütlich taten, erwähnte Hermann einen Plan, den er ersonnen hatte. Hannes hatte von dem Rest gesprochen, der ihm von seinen Honoraren geblieben sei – dass er keine Ahnung habe, was er mit dem Geld anfangen solle – und dass er sogar um die Sicherheit der wenigen festverzinslichen Obligationen bangte, die er in Wien erstanden. Nun, Hermann war so frei gewesen, seinen Bruder Wilhelm zu fragen, der sein Pariser Gesangsstudium als fruchtlos abgebrochen hatte und nach Deutschland heimgekehrt war, um für die Bank seiner Onkel in Mannheim zu arbeiten. Wohlgemerkt, es bestünde nicht die geringste Verpflichtung, seinem Rat zu folgen, aber wenn Hannes es wünschte, würde sich Wilhelm glücklich schätzen, dessen überschüssige Einkünfte in ein paar konservative, doch möglicherweise lukrative mündelsichere Wertpapiere zu investieren. Wilhelm hatte einige Anlagen im Sinn, die binnen weniger Jahre einen hübschen kleinen Gewinn abwerfen könnten. Natürlich würde Hannes regelmäßig Rechenschaftsberichte über sein Guthaben erhalten, verbunden mit allfälligen weiteren Anlageempfehlungen. Es sei nur ein Vorschlag.

Hannes war von der Idee angetan. Was ihm daran behagte, war, dass ein reputierlicher Bankier wie Wilhelm Lindeck sein Portfolio überwachen und dabei die Entwicklung seiner zinstragenden Anteilsscheine verfolgen würde – was alles ihm, Brahms, nur Hekuba war. Wilhelm könnte Geldbeträge sogar direkt Brahms' Eltern in Hamburg zukommen lassen, wenn dieser es wünschte. Alsdann wurde man sich einig. Hannes brauchte die Sache nur Hermann zu überlassen, der alles weitere arrangieren würde.

An jenem Abend schlenderten sie auf den waldichten Wegen zu einem Besuch bei Familie Schumann, tollten auf den Dielen mit Ludwig und Felix herum, bis Clara einschritt, und nahmen dann Abschied, um im Gasthaus unten an der Straße dem Weinbrand zuzusprechen. Nur die Sterne und das Mondlicht beleuchteten ihren torkelnden Heimweg auf der Straße. Dann öffneten sie die Tür zu Brahms' Zimmer, stürzten sich aufs Bett und fielen in einen trunkenen Schlaf.

Es war nichts weniger als großer Wahnsinn: Hannes, der in seinem Morgenmantel, auf der Sofakante, Hermann zur Seite saß, eine Hand auf seiner Schulter, das weiche Haar frisch gewaschen, der spitze Haaransatz thronend über der Stirn, den leuchtblauen Blick schmerzlich in Hermanns Augen gesenkt, die gefurchten blondbuschichten Brauen im Widerglanz des Sonnenlichtes zwischen weißen und gelblichen Farbtönen changierend, eine Nase von griechischer Schönheit (mit der winzigen Beimischung des deutschen Bauern), und Lippen, die Hermann den Wunsch eingaben, mit den Fingern über sie zu streichen, erst die Unterlippe entlang nach links, dann die Oberlippe nach rechts, dann die Sorgenfalten zu beiden Seiten des Mundes zu erkunden, schließlich abwechselnd beide Ohrläppchen zwischen Daumen und Zeigefinger zu reiben, sodann Hannes' weiches Kinn in seinen Handteller zu schmiegen und ihn zu bewegen, beide Augen zu schließen, erst nur das linke, dann das rechte, ihn so beschirmend vor dem Licht.

Wie auf ein gegebenes Zeichen hin ließ Hannes, die Augen fest geschlossen, seine Hände sinken und begann langsam den Knoten zu lösen, der ihm den Morgenmantel zusammenhielt. Sein Atem ging regelmäßig, als wäre dies die natürlichste Handlung der Welt. Seine Lippen in Erwartung geöffnet, griff Hannes nach Hermanns Hand und zog sie zu sich heran, um sie in kleinen Kreisen an seiner jetzt entblößten Brust entlang tiefer zu führen, noch über die leichte Behaarung des Bauches hinaus, bis er sie, zu Hermanns Befremden, auf seiner Leistengegend, die von der dicken Baumwolle seines Morgenmantels noch bedeckt war, absetzte. Hannes' Hand drückte die Hand Hermanns fest nieder, als dürfe sie nicht die geringste Bewegung machen. Hermann wusste nicht, was er sagen sollte – konnte sich nicht vorstellen, was Hannes wollte und was er, Hermann, tun sollte. Das Schweigen des Sommermorgens, erfüllt nur von fernem Vogelgeschrei, sang einen geisterhaften Kontrapunkt zu einer Szene, in der sich Hermann paralysiert fühlte, verloren.

Flehentlich blickte Hermann auf zu Hannes' Gesicht, wie um zu fragen: »Was soll dies, mein Freund? Ich kann deine Absicht nicht deuten.« Hannes schlug die Augen auf. Er schien unzufrieden mit Hermanns Begriffsstutzigkeit. Sanft, mit heiserer Stimme, wisperte er: »Sag, dass du mich liebst.« Das ganze Zimmer füllte sich mit Hannes' seltsamem Befehl. »Lieb' mich, lieb' mich, lieb' mich«, erscholl ein

Echo, synchron mit Hannes' Lippen – aber der Laut entsprang anderswo.

Hermann war verwirrt. Konnte Hannes nicht bereits auf sein Vertrauen bauen? Wozu ein Liebesbekenntnis? Hannes erwartete eine Antwort. Immer eindringlicher blickte er Hermann an, wobei aus seinen Augen jetzt ein verzweifeltes Bedürfnis sprach.

Gehorsam murmelte Hermann die ersehnten drei Wörter nach. Zu seinem Schrecken schob Hannes Hermanns Hand beiseite, riss sich den Morgenmantel auf und enthüllte sich in einer schamlosen Pose, die ihm ganz unähnlich sah. Sie hatten sich gemeinsam an- und ausgekleidet, hatten sogar zusammen gebadet, aber noch nie hatte er Hannes in seiner Nacktheit so unverstellt wahrgenommen. War dies noch der Hannes, der zu ihm sprach, oder war er von einem Dämon besessen? »Sag ›Ich liebe dich‹!«, zischte Hannes, und gerade als Hermann sich fügen wollte, verschränkte Hannes seine Hände hinter Hermanns Nacken, hob seinen Kopf aus dem Kissen, auf dem er gelegen, und zog ihn zu sich heran, an den Unterleib.

Hermann zitterte wie ein verängstigtes Tier. Er berührte Hannes mit den Lippen und spürte ein süßliches Odeur, das ihm unbekannt war. Die Zeit stand still, und Hermann schaute auf zu Hannes mit einem merkwürdigen Gefühl von Losgelöstheit. Es war, als verrichtete Hermann irgendeine kleine Freundlichkeit, eine Kleinigkeit, der er sich gewohnheitsmäßig hingab.

Doch als ihm deutlicher bewusst wurde, was er tat, wurde Hermanns Aufmerksamkeit von Hannes' Körper in Anspruch genommen, der so unähnlich dem seinen war. Was war er doch für ein Idiot! Dem Bund Abrahams war Hannes ja ein Fremder. Sonderbar, dass er noch nie daran gedacht hatte, dass Hannes unbeschnitten war: ein körperlicher Aspekt ihrer Männlichkeit, der sie fundamental unterschied. Hannes ist unrein, dachte er. Es war, als ob Hannes, statt sein engster Freund, sein musikalischer Abgott zu sein, von einer fremdländischen Rasse abstammte, geprägt von der urzeitlichen Weigerung, elementare Hygienestandards zu wahren. Hermann glaubte, ohnmächtig zu werden – dann mühte er sich um Konzentration auf die Vollendung seiner Aufgabe. Eine Welle von Übelkeit überkroch ihn, und da er fürchtete, sich übergeben zu müssen, suchte er Zuflucht nur noch darin, vermöge eines starken Willensakts einen lauten Schrei auszustoßen, mit dem er sich seiner Tortur entriss.

Er war schweißgebadet und spürte einen grässlichen Geschmack im Mund. Ohne zu wissen, wo er war, hob er den Kopf aus dem Kissen und sah Hannes auf der anderen Seite des Zimmers friedlich schlafen. Ihm selbst war speiübel. Es war ein so lebhafter Traum gewesen, dass er sich vergewissern musste, ob er nicht Wirklichkeit gewesen war. Und ob Hannes beim Erwachen nicht seine Gedanken läse, nicht seine unkeuschen Begierden erkennte – denn dann müsste Hannes solchen Ekel empfinden, dass er ihn augenblicks aus seinem Quartier werfen und ihm den Bescheid erteilen würde, nie mehr wiederzukommen – ihre Freundschaft sei ein hohler Schwindel. Zwanghafte Gedanken rasten Hermann durch den Sinn. Er mühte sich, einen kühlen Kopf zu bewahren. Was Träume betraf, war er nicht abergläubisch – doch konnte auch nicht die starken Sinneseindrücke vergessen, die er empfangen, sowie der Scham entrinnen und der scheußlichen Schuld an dem, was er getan hatte. Er musste das Logis verlassen. Er sprang aus dem Bett. Die Dielen quietschten wehklagend, als ginge ein Gespenst um. Hannes, erschreckt, wurde aus dem Schlaf aufgestört.

»Was zum Teufel machst du da, Levi? Es ist noch so früh.« Hannes gähnte gleichmütig, ohne sich die Hand vor den Mund zu halten. Er schaute zufrieden drein, als käme er aus einer anderen Welt. Hermann beneidete ihn. Gleich, wie mühselig seine Arbeit – Hannes fühlte sich wohl in seiner Haut. Einer, der wusste, wer er war. Nie würde er den entsetzlichen Verwirrungen erliegen, die Hermann quälten.

»Hatte einen scheußlichen Traum. Geh' ein bisschen spazieren.«

»Ja, gut. Weck mich, wenn du zurück bist.«

Hermann schloss die Tür hinter sich und marschierte los. Er ging die Landstraße hinunter, in verknautschten Hemdsärmeln und zerknitterter Hose. Von einem Fliegenschwarm abgesehen, rührten sich im Dorf nur die Hähne. Die ganze Episode war albern. Er war entschlossen, nicht weiter darüber nachzudenken. Er hob die Hand ans Kinn und rieb sich kräftig die Wangen, wobei er das starke Wachstum seiner schwarzen Bartstoppeln spürte. Sein Schnurrbart war, wie er merkte, im letzten Jahr dichter geworden. Es entmutigte ihn, dass er älter wurde und sich täglichen Waschungen unterziehen musste, um sein Gesicht glatt zu halten. Hannes' Gesichtsflaum war weiterhin so dünn, dass er drei Tage ohne eine Rasur auskam. Wollte Hermann so lange warten, würde er an einen graubärtigen Infanteristen gemahnen, der gerade aus dem Krieg heimkam. Da noch vierzehn Tage Ferien auf dem Land vor ihm lagen, beschloss er, es sei an der Zeit, sich einen Vollbart wachsen zu lassen: den Bart eines Mannes, der in die Jahre gekommen war.

4. Tag

Hermann hatte Anna sein Kriegstagebuch gegeben, und nun saß sie in sein Gekritzel vertieft, das diese gefahrvolle Zeit vor fast dreißig Jahren heraufbeschwor. Mitgerissen vom patriotischen Furor der Epoche, hatte Hermann sich freiwillig zum Sanitätscorps gemeldet und wurde am elsässischen Rheinufer stationiert. *Soldat angekommen, dem beide Augen ausgeschossen. Verwundete sterben massenweise, kein Wasser. Parlamentarier wegen Aufnahme Verwundeter nach Metz geschickt. Parlamentarier und Trompeter erschossen. Nachttöpfe der Ruhrkranken ausleeren.* Sein Schwager Jules, der als Oberst im feindlichen Heer ein Bataillon befehligt hatte, war gefangen genommen und in ein Feldlager nahe Heidelberg gebracht worden, wo Hermann ihn besuchte. Der Arme war dem Wahnsinn nahe, entsetzt über die französischen Verluste und verbittert über den Sieg der Deutschen. Hermann brachte, wie es einem kultivierten Menschen wohl anstand, sein tiefes Mitgefühl zum Ausdruck und wollte dringend erfahren, ob Emma und die Kinder in Paris wohlauf seien. Jules hatte von ihnen nichts gehört. Alle Kommunikationswege waren unterbrochen. Er war jetzt nur ein einfacher Kriegsgefangener und fast aller Dinge beraubt – nur nicht seiner Würde.

Heines Grenadiere kamen ihm in den Sinn. Hermann hatte das Gedicht seinem Tagebuch eingefügt.

> *Nach Frankreich zogen zwei Grenadier',*
> *Die waren in Russland gefangen.*
> *Und als sie kamen ins deutsche Quartier,*
> *Sie ließen die Köpfe hangen.*

Die Franzosen, hatte Hermann dazu geschrieben, würden sich angesichts der demütigenden Niederlage kaum mit Poesie trösten.

Bismarcks kühne Publikation der Emser Depesche war, wie Anna sich erinnerte, der Funke, der den Ausbruch des Krieges gezündet. Vermöge einer makabren Paradoxie des Schicksals war Annas erster autorisierter Artikel in just derselben Ausgabe der Badischen Landeszeitung erschienen. Es war ein gehaltvoller Aufsatz mit dem Titel *Ein*

Gespräch über die Frauenfrage. Ausgerechnet in dem Moment, da sie die Frauen dazu aufrief, ihre Fähigkeiten so zu entfalten, wie Männer es konnten, machten sich diese Männer daran, Annas friedliche Welt in Stücke zu schlagen. Obwohl sie die Kriegsanstrengungen unterstützte, war ihr bang, so nah an der elsässischen Front zu leben. Den ganzen Tag lang hörte man den heftigen Beschuss der französischen Nachbarstädte am anderen Rheinufer. Sogar die Detonationen vom Bombardement Straßburgs hatte sie gehört. Der Gedanke an die unschuldigen Zivilisten, die ebenso wie die Soldaten in hellen Scharen ums Leben kamen, machte sie wütend. Noch abstoßender war das Siegesjubiläum sieben Wochen später.

Wie viele Menschenleben hatte der Krieg gekostet?

Das Leiden war schrecklich gewesen.

Anna brauchte nicht Hermanns Tagebuch, um sich seiner Lobhudeleien auf Bismarck und den preußischen Kaiser Wilhelm zu erinnern, aber es erstaunte sie doch, dass er Clara Schumann überredet hatte, mit zweien ihrer Töchter das befreite Straßburg zu besichtigen, die Stadt, in der die erste deutsche Bibel gedruckt worden war. Beim Rundgang durch die Ruinen der Stadt notierte sich Hermann, dass der wunderbare Dom zwar unversehrt geblieben sei, die Stadtbewohner aber wie betäubt vor ihren zerbombten Häusern gestanden hätten. Er schien etwas verwundert zu sein, dass niemand den deutschen Sieg feierte.

Erleichtert war Anna, als das Leben in Karlsruhe zur Normalität zurückkehrte. Hermann leitete die Wiedereröffnung des Theaters mit einer Galavorstellung von Mozarts *Don Juan* – die Welt schien wieder im Lot. Und das folgende Frühjahr sah die Ankunft von Brahms mit seinen noch unvollendeten Partituren des *Schicksalslieds* und des *Triumphlieds*. Anna hatte in den Erstaufführungen beider Werke mitgesungen, des ersteren unter Brahms' Leitung, des zweiten unter Hermanns Taktstock. Keinen hätten diese großartigen Kompositionen mehr begeistern können als sie. Ein Besonderes an ihnen war, dass sie annähernd gleichzeitig geschrieben waren – die erstere im Ton einer antikisierenden Resignation, die zweite im »Heil«-Jubel »auf den Sieg der deutschen Waffen«. Nur in dieser Epoche eines zügellosen Militarismus hatte Brahms aus dem Neuen Testament zitieren können, um dem Kaiser zu huldigen, der da saß auf einem weißen Pferd und die deutschen Truppen um sich scharte.

Hermanns Dossier aus jenem Jahre waren Zeitungsausschnitte und Besprechungen der Werke eingefügt, und Anna entsann sich des gewaltigen Eindrucks, den diese seinerzeit gemacht. Mitsamt dem *Deutschen Requiem* markierten sie Brahmsens bis dato größten Erfolg. Doch während das *Triumphlied* als ein mitreißendes Denkmal für die deutsche Sache dastand, nahm das *Schicksalslied* in ihrem Herzen einen bevorzugten Platz ein. In dem Gedicht, das Hölderlins *Hyperion* entnommen war, stellt der Dichter den seligen Genien, den in stiller ewiger Klarheit blickenden Augen der schicksallos atmenden Himmlischen die leidenden Sterblichen gegenüber, denen gegeben ist, *auf keiner Stätte zu ruhen*, sondern wie Wasser *von Klippe zu Klippe* geworfen zu werden, jahrlang ins Ungewisse hinab. Dem menschlichen Geschick ist kein Aufschub gewährt. Damit schließt der Dichter.

Brahms jedoch nicht.

Nachdem er das infernalische Grauen des Absturzes von Klippe zu Klippe geschildert hat, bringt der Komponist das ein, was der Dichter ausgelassen hat – denn es ist ja das irdische Ringen, welches die himmlische Vollkommenheit erst mit Sinn und Bedeutung versieht. Zumindest ist es das, was Anna aus der Apotheose des Schicksalslieds heraushörte, dort, wo das Orchester zurückflutet, empor zum Griechischen Reich der reinen Kunst, und wortlos ein Hoffnungslied anstimmt in einem neuen und unschuldigen Ton von Versöhnung. Hermann, wie sie sich erinnerte, hielt dieses Werk in hohen Ehren. Er liebte es wie kein anderes. Und am Ende war er es, der – entgegen Brahms' ursprünglicher Konzeption – darauf bestand, dass der Chor im Epilog sein *tacet* haben müsse, so dass nur noch die Instrumente allein für den Komponisten sprächen. Brahms stimmte dem Gedanken seines Freundes sogleich zu – so nah beieinander waren die unausgesprochenen Überzeugungen, welche die beiden engen Freunde miteinander verbanden.

London, 6ter März 1870

Mein lieber Johannes,
ich hab' nur Zeit für die kürzeste Bitte, geschrieben unter grauem Himmel. Ich möchte etwas wissen. Schreib' mir, aber nicht als einer Antiwagnerianerin, etwas über die Meistersinger.
Übrigens habe ich gehört, dass unser kleiner Schwarzkopf jetzt in den Bannkreis des gefürchteten Wagner gerät und tatsächlich die lange Fahrt nach München gemacht hat, um die Kostümprobe zum Rheingold *zu besuchen. Ehrlich gesagt, die ungezügelte Begeisterung in seinem Brief finde ich erschreckend. Versuch' doch bitte, Levi etwas Zurückhaltung einzuflößen, ja?*
Im Übrigen geht es mir auch außerordentlich – ich bin enthusiastischer denn je aufgenommen, und habe auch, trotz aller Ängstlichkeit, glücklich gespielt, bin aber schrecklich gequält mit allerlei Erscheinungen in Armen und Fingern; jeder Tag fast bringt mir einen neuen Schreck, immer kommt es wie angeflogen, und immer schone ich mich von einem Konzert zum andern so viel als möglich, was aber höchst unbehaglich ist. Ich halte aber durch, so gut ich kann. Und freue mich aufs Heimkommen. Einstweilen sende ich Dir meine innigen Grüße.

Allezeit, Deine Clara

Wien, 28. März 1870

Liebe Clara,
anbei die Neuigkeiten, nach denen Du gefragt hast:
Die Meistersinger *mussten 5mal an- und abgesetzt werden. Jetzt aber machen die Wiederholungen ebenso viel Umstände. Ich finde das Publikum viel teilnahmsloser, als ich irgend erwartete. Ich schwärme nicht – weder für dies Werk, noch sonst für Wagner. Doch höre ich mir's so aufmerksam wie möglich an, d.h. so oft – ich's aushalten kann. Freilich reizt es, recht viel darüber zu schwatzen. Ich freue mich jedoch, dass ich nicht nötig habe, alles deutlich und laut zu sagen etc. etc.*
Das weiß ich: In allem andern, was ich versuche, trete ich Vorgängern auf die Hacken, die mich genieren. Wagner würde mich durchaus nicht genieren, mit größter Lust an eine Oper zu gehen. Diese Oper übrigens kommt bei meinen vielen Wünschen z.B. noch vor der Musikdirektor-Stelle!

Ich weiß nicht, ob Du den kommenden Sommer Zeit hast, aber wenn ja, dann solltest Du Dir eines auch vornehmen: nach Oberammergau zum Passionsspiel zu fahren. Vielleicht, wenn Du in Karlsbad (oder wo?) fertig bist. Du weißt, dass diese Spiele sich nur alle 10 Jahre wiederholen. Soviel ich weiß, hast Du sie nicht gesehen – aber gewiss oft mit Schwärmerei davon reden hören.

Personalia wollen mir keine einfallen. Für heute lebe wohl, gehe es Dir sonst gut und mit der Hand besser. Grüße Marie und behalte lieb

Deinen Johannes

1871

Prof. Dr. Nietzsche stotterte ein wenig, als er Hermann versicherte, Wagner werde ihm mit der größten Hochachtung beggnen. Der Professor musste es ja wissen. Schließlich war er im Wagnerschen Herrschaftsbereich der Kronprinz: ein brillanter, wenn auch exzentrischer junger Altphilologe, der sich dem inneren Kreis des großen Mannes eingeschmeichelt hatte und von dem es hieß, er sei mit dem Verfassen gelehrter Abhandlungen beschäftigt, die Wagners dramatische Innovationen rühmten. Überdies war es Nietzsche gewesen, der Hermanns Einbestellung nach Mannheim in die Wege geleitet, wo ein Soirée-Concert stattfinden sollte zur Feier der Gründung des Deutschen Allgemeinen Richard-Wagner-Vereins. Als Hermann die Vorladung erhielt, war er zunächst konsterniert – bis ein Brief von Heckel ihm erläuterte, was durchgesickert war: Offenbar war Nietzsche von Basel nach Karlsruhe hinaufgefahren, um sich Hermanns Aufführung der *Meistersinger* anzuhören, und danach so hingerissen gewesen, dass er *stante pede* ein Schreiben an die Wagners aufsetzte, in welchem er ein Loblied sang auf den Musikdirektor. Laudatorische Worte über Karlsruhe, schrieb Heckel, seien ohnehin schon regelmäßig Richtung Tribschen, Wagners Schweizer Refugium, gesegelt. Selbst Madame Viardot – sonst so gar keine Freundin des Musikdramas – habe geschrieben, um Hermann als einen einfühlsamen Künstler zu empfehlen.

Es sei höchste Zeit, beschlossen Herr und Frau Wagner, sich mit Herrn Levi bekannt zu machen.

Nicht, dass Hermann das Konzert versäumt hätte, wäre es öffentlich angekündigt gewesen! Wagner eigene Werke dirigieren zu hören – und dann noch mit Mitgliedern seines Karlsruher Orchesters – war schon an und für sich ein ganz besonderes Ereignis, da der große Mann nur noch selten zum Taktstock griff. Was immer Hermann an Vorbehalten gegenüber Wagner hegte – und wenn man dessen Tirade gegen das Judentum in Rechnung stellte, waren diese nicht unerheblich –, so kam es doch nicht infrage, die Gelegenheit zu verpassen, ihn einmal *in persona* in Augenschein zu nehmen. Und wie's sich ergab, wurden Hermanns Erwartungen sogar übertroffen.

Die Musik und die Finesse, mit der Wagner sie modellierte, beeindruckten Hermann tief, und selbst die vertrauten Orchesterauszüge enthüllten daraufhin Geheimnisse, die ihm bislang verborgen geblieben waren.

Das *Lohengrin*-Vorspiel entfaltete sich in ungezwungener Schönheit. Sein schwereloser Abstieg aus den himmlischen Sphären vollzog sich mit einer so durchdringenden Leuchtkraft, dass er sich fast geblendet fühlte, während sein Puls sich beschleunigte bei dem unerbittlichen Crescendo, das den Gral in den Glanz des D-Dur tauchte.

Und während des erstaunlichen Vorspiels zu *Tristan und Isolde* entlockte der Komponist den Musikern eine solche Einfühlung, dass jede ausdrucksvolle Bewegung seines Armes von ihnen mit gleicher Inbrunst beantwortet wurde. Als Zeuge dieser Demonstration einer Gestaltungskraft ohnegleichen – um den Charakter jeder Phrase zu treffen, scheute Wagner keine Tempomodifikation – fühlte Hermann sein Herz rasen bei jeder Äußerung unstillbaren Verlangens. Als das Orchester sich der nahezu unerträglichen Klimax näherte, wo das Leidensmotiv sich mit dem des Verlangens überlappt, spürte Hermann, dass er nicht länger still sitzen könne – so berauscht, wie er war –, ganz abgesehen davon, dass die Kraft der Orchesterführung schlicht beispiellos war. Von diesem Mann war viel zu lernen.

Nach einer Reihe unwiderstehlicher Auszüge aus dem *Ring* ging die Soirée zu Ende wie in einem Traum – nur dass zuletzt noch eine lachhafte Grußansprache folgte: von keinem anderen als von Hermanns einstigem Lehrer Vincenz Lachner. Dieser verlor sich in einem Sturzbach von Übertreibungen, wobei er sich – man kann's nicht anders ausdrücken – vollkommen zum Narren machte, und schloss damit, dass er Wagner mit Kaiser Wilhelm verglich. Der Vergleich war nicht nur schief, sondern auch äußerst unaufrichtig. Jeder wusste von Lachners Aversion gegen Wagner. Als er vor einigen Jahren den *Fliegenden Holländer* leitete, hatte er sich erfrecht, aus absichtlicher Bosheit die Musik zu Eriks Traumerzählung zu streichen, wobei er eines Abends genau wusste, dass Wagner im Auditorium saß. Empört war der Komponist aus seinem Sperrsitz gestürmt und hatte sich mitten im zweiten Akt geräuschvoll den Weg zum Ausgang gebahnt.

Diesem Skandal zum Trotz sah Lachner keine Veranlassung, sich zu läutern. Denn als sein Intendant ihm eine Produktion der *Meistersinger* aufdrückte, setzte er aufs Neue seinen guten Ruf aufs Spiel, indem er ausgerechnet Sachs' *Wahn*-Monolog strich mit der Begründung, die Musik sei ja eh schon im düsteren Vorspiel zum III. Aufzug zu hören. Dass dieses tiefsinnige Selbstgespräch den Zentralgedanken der ganzen Oper zusammenfasste, war ihm vollkommen gleichgültig. Seine Grußadresse in Mannheim – die ihm die städtischen Behörden aufgenötigt – war allen ein Graus und über die Maßen peinlich, nicht zuletzt auch Hermann, der inständig hoffte, man möchte seine Anwesenheit nicht zur Kenntnis nehmen, da er sonst womöglich als ›Lachners Lieblingsschüler‹ oder dergleichen Unsinn ins Blickfeld geriete.

Vom ersten Wortwechsel an, der sich zwischen ihnen ergab, erwies sich Wagner als ein Muster an Freundlichkeit und Güte.

Das Scheusal, das Hermann sich in seiner Phantasie ausgemalt hatte, war in Wahrheit ein eleganter Endfünfziger, der Charme und Verfeinerung ausstrahlte, auch wenn seine etwas kleinwüchsige Gestalt überraschte. Und obwohl er sich darauf eingestellt hatte, dass Wagner von den Juden eine gehässige Meinung ventilieren werde, klammerte dieser das Thema, zu Hermanns unendlicher Erleichterung, taktvoll aus. Natürlich war das notorische Pamphlet *Das Judenthum in der Musik* nicht aus der Welt zu schaffen. Erstgedruckt unter Pseudonym, war es unter Wagners richtigem Namen vor zwei Jahren wiederveröffentlicht worden.

Hermann ärgerte sich zwar über die Schmähungen, die es ausspie, brachte aber, wiewohl widerwillig, dem Autor auch ein gewisses Verständnis für die Behandlung des schwierigen Themas entgegen. Es war Hannes, der Hermann für seine Unentschiedenheit zur Rede gestellt hatte, als er fragte, wie jemand solches Gefasel lesen könne, das bekanntermaßen mit dem Aufruf an die Judenheit schloss, sich selbst zu zerstören. *Nehmt rückhaltlos an diesem selbstvernichtenden blutigen Kampf Theil, so sind wir einig und untrennbar!* hatte Wagner geschrieben. Hermanns Antwort auf Hannes' Vorwurf lautete, dass Wagners Auffassung, ungeachtet ihrer offenkundig blinden Flecken, als eine aufrichtig vertretene Haltung Respekt verdiene. Die Schmähschrift sei nicht so sehr ein Angriff auf alle Angehörigen einer Religion, denn vielmehr als Verteidigung der Musik gegen die billigen Effekte ihrer Kommerzialisierung zu rechtfertigen. Wie er Hannes darlegte, habe man schließlich die Juden-Broschüre insofern zu verteidigen, als er sie von ernsthaftester künstlerischer Gesinnung diktiert glaubte.

Wagners Verhalten an jenem Abend legte tatsächlich nahe, dass seine Kritik am Judentum sich edelsten Motiven verdankte. Zumindest konnte man kein Zeichen von Antipathie gegen Juden *in persona* entdecken. Ja, wie sonst ließ sich sein herzlicher Empfang Hermanns verstehen? Was ihn, wie Wagner sagte, im vergangenen Jahr besonders bewegt habe, sei Hermanns Weigerung gewesen, die unautorisierten Aufführungen des *Rheingold* und der *Walküre* in München zu dirigieren. Eine so gewissenhafte Standfestigkeit wider erheblichen Druck zeuge von einem Pflichtbewusstsein zugunsten grundlegender Prinzipien des Anstands – ganz zu schweigen von der Achtung, die Hermann den Wünschen des Komponisten erwiesen habe. Das sei ja wohl das mindeste, was man tun könne, dachte Hermann bei sich und erinnerte sich mit einiger Genugtuung daran, dass er das umfängliche Honorar verschmäht hatte, mit dem München ihn gelockt hatte. Man ging nicht rücksichtslos über die Absichten eines Künstlers hinweg, ganz gleich, wie teuer dafür zu zahlen war. Wenn Wagner darauf bestand, den *Ring des Nibelungen* unter seiner persönlichen Aufsicht erst dann zur Uraufführung zu bringen, wenn alle vier Opern vollendet seien, dann war das zweifelsohne sein gutes Recht.

Zusammen mit Herrn Nietzsche, erwähnte Wagner, werde sich seine kleine Reisegesellschaft morgen früh auf den Rückweg machen in die Schweiz, und gern nähme man dabei Hermann bis Karlsruhe mit. Es werde ihm ein besonderes Vergnügen sein, ihre Gespräche über Gegenstände gemeinsamen Interesses unterwegs fortzusetzen. Hermann willigte in das Arrangement erfreut ein, auch wenn es ihn eine schlaflose Nacht bei Wilhelm kostete.

Nachdem er pünktlich um zehn Uhr eingetroffen war, ließ Wagner Hermann in seine gemietete Chaise einsteigen, in der bereits Herr Nietzsche und Frau Cosima in eine freundliche Debatte vertieft saßen. Das Gespräch kreiste um sein demnächst erscheinendes Buch über die *Geburt der Tragödie*. Wagners Musik im besonderen, trug Nietzsche vor, komme einer Reinkarnation des attischen Griechentums gleich. In ihr verschmölzen apollinische Träume mit dionysischem Rausch zu einem ekstatischen Amalgam, das die brüderlichen Bande beider Kunst-Gottheiten in der Tragödie befestige. Eine Vermählung zweier gegensätzlicher Prinzipien sei ihr Ziel: orgiastische Freiheit auf der einen Seite und klassische Ausgewogenheit auf der anderen. – Was Frau Cosima betraf, so konnte sie sich eine Ehe zwischen Dionysos und Apoll ebenso wenig vorstellen wie die Hochzeit eines Mannes mit einem anderen. Stattdessen, hielt sie entgegen, verlange ein männliches Prinzip ein Gegengewicht in Gestalt eines weiblichen gerade so, wie ihr Gatte in Oper und Drama demonstriere, dass der maskuline Same der Dichtung den weiblichen Schoß der Musik befruchte, aus dem dann das Drama zur Welt komme. Bei allem Respekt, wandte Nietzsche ein – aber diese spezielle Paarung müsse schon vor geraumer Weile im Gefolge von *Tristan und Isolde* ins Abseits geraten sein, einem Werk, in dem die Musik als Trägerin des unsprachlichen Willens – und hier habe man an Schopenhauer zu denken – die Notwendigkeit bloßer Sprachzeugung zurücktreten lasse.

Wohlwollend lächelte Wagner, die Gesprächspartner bisweilen milde ermunternd, ein andermal sein Einverständnis kapriziös widerrufend, die ganze Debatte hindurch. Augenscheinlich genoss er die Tatsache, dass, welche Auffassung auch immer sich durchsetzte, der intellektuelle Vorrang ihm zugebilligt wurde.

»Nu ja, all dies Theoretisieren ist ja grundsätzlich ganz nett«, sagte Wagner, »aber was zählt, ist seine Verwirklichung in der Praxis. Und genau deshalb muss man über Bayreuth nachdenken und die Hoffnungen, die wir daran geknüpft haben.«

Nach dieser Vorrede begann er, zu Hermanns Nutz' und Frommen, mit einer Darlegung seines Planes, die vier Abende des *Ring* in einem Sommerfestspiel auf die Bühne zu bringen. Das Festival, das in einem angenehmen Städtchen im Fränkischen stattfinden solle, werde man ankündigen, sobald das nötige Kapital beisammen wäre – daher das dringende Bedürfnis nach Wagner-Gesellschaften: um die Botschaft auszustreuen nah und fern. Ein speziell konstruiertes Theater solle, anders als ein konventionelles Opernhaus, jedem Besucher im Publikum einen unverstellten Blick auf die Szene gewähren. Darüber hinaus würden, durch Überdachung des Orchestergrabens mit einer vorkragenden Schalldecke, alle Musiker einschließlich des Dirigenten zwar dem Publikum unsichtbar, doch den Sängern voll im Blickfeld sein. Der Hör-Eindruck aus diesem tief abgesenkten Graben – er nannte ihn einen »mystischen Abgrund« – würde überragend sein, einzigartig: Ungleich der ruinösen Akustik der meisten Opernhäuser würde der Orchesterklang auf die Bühne reflektiert werden, wo er die Sänger stützen, aber nicht übertönen würde. Von dort aus werde sodann ein einheitliches Klangbild von beispielloser Klarheit ins amphitheatralische Auditorium projiziert.

»Schlichtweg faszinierend!«, sagte Hermann aufrichtig begeistert. »Und wann, darf ich fragen, soll das Festspiel stattfinden?«

»Mit etwas Glück werden wir den Grundstein zum Theater im Sommer legen und den *Ring* für das kommende Jahr ansetzen«, antwortete Wagner. »Und deswegen, Herr Levi, haben wir uns gefragt, ob Sie sich nicht an unserem Unternehmen beteiligen möchten. Ein Musiker Ihres Kalibers … Ich dächte, diese Erfahrung müssten Sie doch interessant finden …« Wagner blickte Hermann eindringlich ins Auge.

Hermann nickte zum Zeichen seiner Zustimmung – errötete dabei jedoch, da ihm erst jetzt bewusst wurde, weshalb ihn die Kutsche nach Karlsruhe mitnahm. Ein bisschen seltsam war sie schon, diese Einladung nach Bayreuth. Wagner wusste doch sicher, dass Hermanns Name unauslöschlich mit dem von Brahms verknüpft war, der als junger Heißsporn eine unkluge Petition gegen die Neudeutsche Schule unterschrieben hatte. Allein, Wagners Angebot war verlockend. Vor Jahren schon hatte Hermann den *Tannhäuser* und den *Lohengrin* dirigiert, ohne sich je mit dem einen oder anderen so recht angefreundet zu haben. In dieser Saison aber hatte er sich auf die *Meistersinger* eingelassen, deren verführerisches Nachglühen ihn, wie er sich nunmehr eingestehen musste, in seinem Zauberbann hielt. Hans Sachs' Seelennot überkam ihn jedes Mal mächtig, wenn er die Partitur dirigierte – ganz zu schweigen von seinem Erstaunen über Wagners kompositionstechnische Meisterschaft, ihre tiefe Humanität, aus der so ergreifende Gesten von Resignation und Verlust aufstiegen.

Einige Passagen – vor allem die, welche die alten Nürnberger Zünfte schilderten – hätten sogar von Brahms stammen können. Hannes gab immer vor, ein bisschen aufgebracht zu sein, wenn Hermann auch nur die offenkundigsten Verwandtschaften zwischen, sagen wir, seinem *Triumphlied* und Wagners *Festwiese* entdeckte. Dabei waren die Affinitäten ja nicht zu leugnen, mochten sie auch zufällig sein. Der arme Johannes! Hätte er nicht diese tief eingewurzelte Furcht vor Rivalität gehabt – selbst mit einem zwanzig Jahre Älteren! –, wäre es ihm viel leichter gefallen, sich mit Wagners Errungenschaften abzufinden. Auf seine eigene, bescheidenere Weise war Hannes ja eine Weile auf ähnlichen Pfaden gewandelt – auch wenn es ihm versagt blieb, eine Oper zu komponieren. Unter anderem die Händel-Variationen, die er Hermann bei ihrem ersten Treffen mitgegeben hatte, zeigten eine Faktur, die derjenigen verwandt war, die man in den *Meistersingern* fand: eine Verschmelzung der alten Welt mit der neuen.

Andererseits ließen sich eine Folge von Klaviervariationen oder eine Chor-Kantate eben doch nicht mit der majestätischen gedanklichen Tiefe einer Oper vergleichen – was Hermann in dem Entschluss bestärkte, bei nächstbester Gelegenheit Hannes aufs neue zu seinen ambitionierten Opernplänen zu ermutigen.

Die Kutsche rollte in Karlsruhe ein und machte am Ende der Bismarckstraße halt. Wagner hatte, ungeachtet der energischen Proteste Hermanns, darauf bestanden, dass man ihn bis vor die Haustür brächte. Seinen Gastgebern überschwänglich dankend, sagte Hermann Professor Nietzsche Adieu und ließ sich vom Kutscher sein Gepäck reichen. Schon im Begriff, sich zum Gehen zu wenden, sah er, wie Wagner vom Wagen abstieg, auf Hermann zuging und ihm beide Hände auf die Schultern legte.

»Herr Levi«, hub er an, »ich möchte Ihnen noch etwas anvertrauen, das mich sehr beschäftigt hat. Was ich Ihnen mitzuteilen habe, wird nur begreiflich sein, wenn Sie es in dem Geist echter Wertschätzung aufnehmen können, in dem es Ihnen geboten wird.«

»Ich bin mir sicher«, stammelte Hermann, »dass alles, was Sie, Herr Wagner, zu sagen haben, von höchstem …«

»Nichts wäre mir unerfreulicher«, unterbrach ihn Wagner, »als der Gedanke, Sie könnten Anstoß nehmen an meinen Bemerkungen. Doch nachdem ich Sie kennengelernt habe, vertraue ich darauf, dass ich auf Ihre Sympathie und Ihr Verständnis zählen kann.«

»Bitte, sprechen Sie nur frei von der Leber weg«, bat Hermann. Ihm schwirrte der Kopf.

»Es geht um Ihren Nachnamen, Herr Levi«, sagte Wagner und hielt um des dramatischen Effektes willen kurz inne. »Ich möchte Sie wissen lassen, dass ich es als Zeichen großer Würde ansehe, dass Sie ihn nicht zwecks Anpassung an die kurrente Mode geändert haben.«

Hermann fehlten die Worte. Was konnte er darauf antworten?

»Jemand mit geringeren Prinzipien, der so wie Sie im Blick der Öffentlichkeit stünde, hätte *Levi* bestimmt in Gott-weiß-was eingetauscht, in Löwe oder Lewin oder dergleichen. Es spricht für Sie, dass Sie keine Anstalten gemacht haben, Ihre Abstammung zu verbergen. Ich bewundere Ihre Haltung, Herr Kapellmeister. Unsere Wege müssen sich wieder kreuzen! Tatsächlich glaube ich, wir beide wissen, dass dies in nicht allzu ferner Zeit geschehen wird. Ich wünsche Ihnen alles, alles Gute.« Und mit diesen Worten zog Wagner Hermann impulsiv an sich heran, drückte ihn an die Brust und gab ihm zu seinem Erstaunen auf die linke Wange einen Kuss.

Wie eingewurzelt stand Hermann im Dezembernebel, bis der Reisewagen seinen Blicken entschwunden war. Dunkle Vorahnungen bedrückten ihm den Sinn, und als er sich niederbeugte, um den Hausschlüssel aus seiner Reisetasche zu angeln, verlor er fast das Gleichgewicht. Was war von Wagners bizarrer Äußerung zu halten? Das wusste nur der Himmel! Als er über die Schwelle des Hauses trat, führte er die Hand ans Gesicht und spürte an der linken Wange ein seltsames Brennen. Augenblicklich – in einem jener Selbsterkenntnis-Blitze, wie sie im Leben nur selten einschlagen – wusste er, dass die Empfindung so bald nicht weichen würde.

5. Tag

Am nächsten Morgen stieg Anna die Treppe hinab zu den trauervollen Klängen des Präludiums in f-Moll von Bach, das ihr aus der Bibliothek entgegenhallte. Es war ein Stück, das sie verehrte, aus dem 2. Teil des Wohltemperierten Klaviers. Verstohlen huschte sie in den Raum, während Hermann seine tägliche Meditation beendete. Aus dem Augenwinkel nahm er ihr Eintreten wahr, doch da sie die Feierlichkeit seines Morgenrituals achtete, konnte er mit der Musik fortfahren, ohne sie grüßen zu müssen. Hermann spielte wie versunken in persönliches Leid, indem jede der sanften Seufzerfiguren mit einer ganz sachten Dehnung der Vorschlagsnoten ausgeziert wurde. Bemerkenswert war auch sein ebenmäßiges Schreiten, und so versank Anna selber Schritt für Schritt in eine Art Trance, in der ihre Aufmerksamkeit über jedem Detail schwebte.

Normalerweise nahm man das Stück nicht so gemächlich, aber Hermann gehörte zu jener raren Gattung Musiker, die einem Stillleben tatsächlich Leben einhauchen konnten, indem er Phrasen mühelos zu bogenähnlichen Kurvaturen formte und die Melodien über ihre wechselvollen Geschicke in der Zeit hinweg nachzeichnete.

Wenn Anna in ihrem Salon sich an diesem Werk versuchte – denn die Noten als solche boten keine Schwierigkeiten –, pflegte sie das Tempo mal anzuziehen, mal zu verlangsamen, wobei sie die großen Künstler, die sie gehört, nachahmte und nur zu gut wusste, dass ihre eigene Herangehensweise ebenso inkohärent wie unbeholfen war. Gleichwohl konnte man diesem Juwel unter den Bach'schen Präludien eigentlich keinen Schaden zufügen, und trotz ihrer pianistischen Unzulänglichkeiten konnte sie sich immer einbilden, sie würde dem Stück doch irgendwie gerecht. Wie liebte sie die Achtelpaare in der rechten Hand! Diese kleinen Duette von Engeln, die traurig ihre Flügelchen hängen ließen und gemeinsam einen kaum hörbaren Schluchzer ausseufzten. Und wenn diese Seufzerfiguren dann plötzlich in miniaturisierte Arpeggien sich verflüssigten, war es, als spänne jede eine kleine Leidensgeschichte aus. Bach, überlegte Anna, war wohl einer der wenigen Komponisten, die selbst nach einer Modulation in die Dur-Tonart Schwermut hervorrufen können.

»Wusstest du, Anna, dass Joseph Rubinstein das Stück oft in Wahnfried gespielt hat?«

Rubinstein, ursprünglich aus Charkow, hatte während der Komposition des *Parsifal* in Wagners Haus Logis nehmen dürfen. Den Bayreuther Antisemiten, die ihn verabscheuten, galt er als des Meisters Hofjude. Selbst Hermann fiel es schwer, ihn zu mögen, so mürrisch war sein Gebaren. Rubinstein war jedoch ein schlauer Fuchs, und bald kam die Zeit, wo dem Meister seine Hilfe, auf die er sich stützte, unentbehrlich wurde. Auf jeden Fall war Rubinstein ein weit besserer Pianist als der Meister. Er konnte sich einfach hinsetzen und am Flügel die *Parsifal*-Skizzen transkribieren. Eine umso größere Leistung, als die Tinte noch nicht getrocknet war und die Stimmen auf nur drei Notenzeilen flüchtig hingekritzelt waren. Nach dem Mittagessen pflegten alle im großen Salon zu sitzen, während Rubinstein getreulich vortrug, was morgens komponiert worden war. Und dazu krähte dann der Meister sämtliche Partien seiner *dramatis personae*. Auf die außergewöhnliche Weise wurde Hermann in die Musik des *Parsifal* eingeführt.

»Ich habe noch im Ohr, wie der Meister kreischte: *Ha! – Dieser Kuss!* – Es war haarsträubend!«

Anna wurde zunehmend gereizt. Wieso musste ihn Hermann immer »der Meister« nennen? Aber darüber war nicht zu rechten. Das war nun mal das Zeichen seiner besonderen Verehrung, um nicht zu sagen Unterwerfung.

Schließlich arrangierte Rubinstein vom *Parsifal* den ersten Klavierauszug – natürlich unter Wagners Aufsicht –, und an den Abenden spielte er jedem, der gerade anwesend war, etwas vor. Zum Beispiel Beethoven-Sonaten oder Präludien und Fugen von Bach.

»Als Musiker verfügte er über eine Sensibilität«, sagte Hermann wehmütig, »die sich zweifellos seinem außerordentlich eingedüsterten Wesen verdankte. Und deswegen hatte er ein besonderes Sensorium für das f-Moll-Präludium.«

»Wenige Menschen könnten eine solche Szene schildern«, sagte Anna ruhig. »Der Hofjude, der im Haus Richard Wagners das Erbe Martin Luthers hütet!«

»Schätze, so könnte man's sehen. Aber ist dir klar, Anna, dass der Meister und Frau Wagner gewaltige Anstrengungen unternommen hatten, ihm unter die Arme zu greifen?«

Eine Zeitlang ging es Rubinstein unter ihrer Schirmherrschaft recht gut. Er war gewissermaßen der Hausliterat und durfte die verschiedensten Aufgaben erledigen. Einmal schrieb er sogar eine Schmähschrift gegen Robert Schumann für die *Bayreuther Blätter*. Die Eingeweihten waren außer sich vor Zorn, dass er als Wagnerianer seine Ansichten vertrat, und verlangten, er solle seinen Artikel zurückziehen. Der schiere Gedanke, ein russischer Jude, und spräche er noch so fließend Deutsch, sollte einen deutschen Komponisten schmälen, ließ sie schäumen vor Wut. Dabei hatte Rubinstein lediglich die Meinungen des Meisters wiedergegeben, die ihm in Wahnfried tagein, tagaus zu Ohren kamen. Am Ende mussten Wagners Jünger mit ihrer Kritik verstummen, wenn sie nicht riskieren wollten, seiner Huld verlustig zu gehen.

»Zugegeben«, fuhr Hermann fort: »Rubinstein wurde in dem Haus ziemlich oft gedemütigt. Aber in seiner Entschlossenheit, auszuharren, wankte er nicht. Den *Parsifal* zur Reife zu bringen, war seine Lebensaufgabe.«

»Die er ja denn auch vollbracht hat«, gab sie zurück. »Doch was für ein merkwürdiger Charakter! Was ist dann aus ihm geworden? Ich entsinne mich nicht, seinen Namen danach noch gehört zu haben.«

»Danach? Je nun, ich fürchte, das ist ein weniger erbauliches Kapitel, liebe Anna. Nach dem Tod des Meisters sprach er wiederholt davon, sich das Leben zu nehmen – er wolle einfach nur noch sterben.«

Nach Russland zurückzukehren stand nicht zur Debatte. Sein Vater war ein wohlhabender Arzt und liebte ihn abgöttisch, hatte aber kein Verständnis dafür, was Musik seinem Sohn bedeutete. Auch das Leben eines Schriftstellers oder Lehrers kam für Rubinstein nicht infrage. Überdies hatte der Bayreuther Clan verfügt, dass er unmittelbar nach dem Tod des Meisters aus dem inneren Kreis hinausgeworfen werden sollte, und das, obwohl er in Wahnfried zum Haushalt gehört hatte.

»Es war schändlich – aber ihr einziger Gedanke war der, ihn von Frau Wagner fernzuhalten«, sagte Hermann kopfschüttelnd. »Weißt du, sie war ja noch in tiefster Trauer. Also schlich er ein paar Jahre lang ohne Sinn und Verstand durch die Gegend und schaute jedes Mal, wenn ich ihm begegnete, verwirrter drein. Dann passierte das Schlimmste. Ich wundere mich, dass du davon nicht gehört hast.«

Anna hatte keine Ahnung, worauf er hinauswollte.

»Tja … wie um mit dem Meister noch Zwiesprache zu halten, machte er eine Wallfahrt nach Tribschen am Vierwaldstätter See, die sich als verhängnisvoll erweisen sollte. Denn als er vor Wagners Hause stand, zog er einen Revolver hervor und jagte sich eine Kugel durch den Kopf.«

»Großer Gott!«, rief Anna entsetzt.

»Das war ein Schock. Man wusste kaum, was man denken sollte.«

»In den Tod getrieben«, flüsterte Anna. »Von den Wagnerianern. Ist ja wohl klar.«

»Schwer zu sagen. Vielleicht hatte ihm Bayreuth nur ein kurzes Gnaden-Intermezzo in einem insgesamt tragischen Schicksal eingeräumt. Ich hab mir immer gedacht«, sagte Hermann, »dass er die Ansichten des Meisters über das Judentum etwas zu wörtlich genommen hat.« Er wandte sich ab, um aus dem Fenster zu schauen, im Vertrauen darauf, mit solchen tendenziösen Erklärungen komme er bei Anna schon durch.

»Du meinst, indem er nur das Negative sah?«, fragte Anna trocken.

»Ich bin mir nicht sicher«, sagte er, darauf bedacht, ihren Sarkasmus zu überhören. »Rubinstein hatte so eine Neigung, seine Lage zu überspitzen. So schrecklich es klingt – aber am Ende dachte er nur noch an Selbstauslöschung.«

»*Die Erlösung Ahasvers: der Untergang!*«, murmelte sie. »Genau so steht es in Wagners Judenbroschüre, stimmts, Hermann?«

Hermann zündete sich seine Zigarre an und pufte ein paar Rauchwölkchen aus. Er hatte nicht vor, auf ihre Provokation zu antworten.

Also hatte des Meisters Wahnfried – *hier, wo mein Wähnen Frieden fand* – einen Juden in Wahnsinn und Tod getrieben. Es war eine grausige Geschichte – aber war jemandem wie Rubinstein wirklich zu helfen? Sie warf sich vor, dass sie nicht fähig war, mehr Mitgefühl für einen Glaubensgefährten aus den rückständigen slawischen Ländern aufzubringen. Traurig zu sagen – aber was konnte man denn anderes erwarten von Menschen, die in einer primitiven Kultur aufgewachsen waren? Indes, wenn man Wagners Phrasendrescherei gegen das Judentum in Rechnung stellte, ließ sich kaum davon sprechen, Rubinstein habe seine Situation überspitzt. In dem Porträt, das Hermann ihr von Rubinstein und seinem desperaten Ende skizziert hatte, lag ein gerüttelt Maß an Oberflächlichkeit, und Anna wollte lieber nicht über eine Seite ihres Freundes weiter nachdenken, die alles andere war als attraktiv.

Und wie war Wagner mit Hermann umgegangen? Das war doch kaum ein erhabeneres Schauspiel gewesen. »Ich nehme an, Frau Wagner war froh, Rubinstein los zu sein.«

»Na ja, aber das Nachspiel der Geschichte wird dich überraschen«, sagte Hermann, und dabei hellten sich seine Augen auf. »Nachdem wir die Nachricht von seinem Tod erhalten hatten, waren alle sich einig, dass etwas zu geschehen habe. Rubinstein hatte kein Testament hinterlassen und fühlte sich von seiner Familie in Charkow entfremdet – nun, abgesehen von ihrer finanziellen Unterstützung –; insofern wars schwierig zu wissen, wie es weitergehen sollte. Frau Wagner entschied dann, dass die sterblichen Überreste des armen Rubinstein aus der Schweiz nach Bayreuth überführt werden sollten.«

Hermanns Vater – so fuhr er fort – stand in freundlichem Kontakt mit dem Rabbiner der Israelitischen Kultusgemeinde in Bayreuth, sodass Hermann anfragte, ob die Begräbnisgesellschaft den Rubinstein, wenn sein Leichnam nach Deutschland überführt wäre, im Jüdischen Friedhof zur letzten Ruhe betten könne. Hermann machte den Rabbiner Dr. Kusznitzki mit Frau Wagners Wünschen bekannt: dass sie den Toten nach Bayreuth überführen lassen und die Bestattungskosten gleichfalls übernehmen wolle. Der Rabbi – den Hermann gut kannte – drückte sein Beileid aus, erinnerte ihn aber daran, dass es sich um Selbstmord handele und der Leichnam daher nicht innerhalb der Friedhofsmauern beigesetzt werden könne.

Nur mit erheblicher Überredungskunst gelang es Hermann, dem Rabbiner die Zusage abzuringen, dass Rubinsteins sterbliche Überreste im Hauptfriedhof willkommen seien – wo sie heute noch ruhten. Gemäß den außerordentlichen Wünschen Frau Wagners, wohlgemerkt.

»Soweit ich weiß«, fuhr Hermann fort, »kümmert sich weiterhin die *Chewra Kadischa* um das Grab, finanziert aus einer immerwährenden testamentarischen Verfügung von Cosima Wagner. Das sollte dir einen Einblick in ihren Charakter verschaffen, Anna.«

Anna war sich sicher, dass die Geschichte, so bemerkenswert sie auch war, über Cosima Wagner und ihren Charakter etwas eher Sinisteres enthüllte. Ihr Ruf als Erzfeindin der jüdischen Rasse wurde von gerade mal einem karitativen Akt schwerlich aufpoliert. Schließlich hatte sie wenig mehr getan, als einem Juden ein Grab zu graben, den sie jahrelang verhöhnt hatte und der am Ende dem Geheiß seiner Peiniger nachgegeben. Annas Deutung war düster, aber man musste der Tatsache ins Auge sehen, dass so viele ihrer Glaubensgenossen immer noch Mühe hatten, ihren Platz in der Welt zu finden.

»Wärs nicht einfacher, frage ich mich, wenn man Wagners Musik bewundern, seine ungenießbaren Anschauungen aber ignorieren könnte?«, fragte sie verdrossen.

Hermann zuckte die Achseln. Den Köder wollte er nicht schlukken. »Aber das ist ja gerade der Punkt. Diese Anschauungen sind nicht ungenießbarer als andere Aussagen über die Welt. Guck mal hier: die kleine Entdeckung, die ich gemacht habe.« Es drängte ihn, das Thema zu wechseln.

Es ging um das Bach-Präludium, das er vorhin gespielt hatte – um etwas, das ihn lange Zeit umgetrieben, seit Rubinstein das Stück in Wahnfried zu Gehör gebracht hatte. Sie gingen wieder hinüber zum Flügel, auf dem Hermann jetzt ein spinnewebichtes Filigran von Sechzehnteln fingerspitzelte, nicht mehr als zwei Takte, kurz vor Ende des Stückes.

»Ich war fest davon überzeugt, Bach habe diese Figur irgendwoher übernommen, konnte die Quelle aber nie aufspüren. Das formelhafte Muster ist für ihn ganz ungewöhnlich.«

Hermann hatte daraufhin begonnen, sich privatim durch Wagners Bibliothek zu wühlen. Wahnfried rühmte sich einer eindrucksvollen Notensammlung, und vielleicht würde von all diesen Ausgaben eine enthüllen, dass Bach jenen Einfall einem seiner Zeitgenossen stibitzt hatte. Doch leider war die Suche vergeblich.

»Immer, wenn ich auf eine Edition mit Alter Musik stieß, ging ich auf Pirsch nach meiner Passage – aber das Glück war mir nicht hold. Das heißt, bis heute. Bis ich vorhin das Stück durchgegangen bin, Anna. Du wirst's mir nicht glauben, aber die Lösung des Rätsels ist mir endlich aufgegangen.«

Hermann räusperte sich und hielt um des dramatischen Effektes wegen inne.

»Ich bin so ein Depp gewesen«, sagte er. »Jahrelang hab ich das Puzzle falsch zusammengesetzt. Denn wie's ausschaut, hat Bach die Idee gar nicht entlehnt. Es war immer voll und ganz die seine gewesen, und keines andern Eigentum. Vielmehr war es Johannes

Brahms – wie mir zu meiner Verblüffung jetzt klar wird –, der es von Bach gemopst hat. Ich bin ein Volltrottel gewesen! Und so viele Jahre hindurch!«

Hannes spielte ihr eine Passage aus den Haydn-Variationen vor, einen kleinen kanonischen Schnipsel aus der zweiten Hälfte der b-Moll-Variation.

»Johannes war ein schlauer Bursche, findest du nicht? Um seine Spuren zu verwischen, hat er die Taktschwerpunkte verschoben. Ich fürchte, du hältst mich für verrückt.«

Verrückt? Nein, Hermann war nicht verrückt.

Was verrückt war, dachte Anna, war das Kettenrund ineinander verhakelter Glieder, das ihr jetzt in den Sinn kam: Ein Ostjude aus Russland – der Bach spielte für den Antisemiten Richard Wagner – der den erzchristlichen *Parsifal* komponierte – den sein jüdischer Verehrer Levi dirigierte – der mit seinem wagnerhassenden Kameraden Brahms gebrochen – der ein Fitzelchen Bach entwendet hatte, um daraus ein eigenes Stück zu schneidern – das sie durch Hermann lieben gelernt hatte. Verrückt, ja. Aber auch wundervoll.

1874

Hermann saß einsam da, blätterte in Goethes *West-östlichem Diwan*, und mühte sich, einem Anfall von akuter Trostlosigkeit zu wehren. Weihnachten rührte das Ärgste in ihm auf, und die Jahre, in denen er sich mit der Frage gequält hatte, warum dies so sein müsse, hatten es nicht leichter gemacht, die Feiertage durchzustehen. Rosige Morgenröten, Jasmin, Hyazinthe und Trunkenheit in Goethes Evokation des Hafis – schwül dampfende persische Uferbänke, gesäumt von Thüringens Gefilden – erwiesen sich immerhin als linderndes Antidotum gegen ein pausbäckiges bayerisches Christfest. Das waren Gedichte, die er hätte besser kennen sollen – aber selbst unter Goethe-Verehrern genoss der Diwan ja keinen großen Ruf.

Aus eigenem Antrieb hatte er sich in Oberbayern in ein komfortables Hotel geflüchtet, das auf den Tegernsee hinausschaute. Die Berge und der See glitzerten im Neuschnee, und die Wadenwärmer in den Schlitten draußen waren fast so tröstlich gewesen, wie es die brausenden Kaminfeuer drinnen waren – trotzdem fühlte er sich noch ausgekühlt von einer Exkursion auf den Wallberg an diesem Nachmittag.

Das Schicksal der Marie Reizenstein lastete schwer auf ihm. Ihre Chance auf Genesung war nur gering. Wie die Dinge standen, verschlimmerten sich ihre Erkrankung und Entkräftung mehr und mehr. Marie, die sein Vater ihm mit großer Ernsthaftigkeit ans Herz gelegt hatte, stammte aus einer guten, in Fürth ansässigen Rabbinerfamilie, hatte einen wendigen Kopf und war auf ihre Weise hochintelligent, litt aber an einer von Sporen infizierten Lunge: ein Zustand, der sie von Tag zu Tag mehr schwächte, und der schließlich ihre Einweisung in die Lungenklinik von Badenweiler nötig machte. Kraft überragender Willensstärke präsentierte sie sich bei Hermanns Besuch als scheinbar wohlauf. Ihr kastanienbraunes Haar, am Hinterkopf zu einem adretten Knoten gestrafft, ließ eine Stirnpartie frei, aus der Aufrichtigkeit und Mitgefühl sprachen. Doch ihre Haut war von fahler Blässe überzogen, und als sie, sich entschuldigend, das Zimmer verließ, konnte Hermann ihren rasselnden Atem und ein gequältes Würgen hören, aus dem er schloss, dass sie Blut hustete.

Marie war eine einnehmende Gesprächspartnerin, randvoll mit unerwarteten Beobachtungen, und ließ eine sympathetische Aufmerksamkeit für Hermanns schwierige Arbeit erkennen. Mit ihr konnte er über alles reden. Na ja, über fast alles.

Bei seinem letzten Klinikbesuch im September hatte sie die Ränke des Theaterintendanten, dem Hermann unterstellt war, rasch durchschaut. Sie gab ihm das Gefühl, dass er, mit einer guten Frau hinter sich, seine Aufgaben mit der nötigen Zuversicht würde bewältigen können. Die Komplikationen des Umgangs selbst mit einem schwierigen Charakter wie Hannes waren ihr durchaus verständlich, und ihr kluger Rat trug zu Hermanns Entschluss bei, sich von Hannes nicht zu einem größeren Streit über Wagner hinreißen zu lassen.

Marie und Hermann hatten danach einen verbindlicheren Briefwechsel in Gang gesetzt – und er begann bereits von einer gemeinsamen Zukunft mit ihr zu träumen. Waren das ernsthafte Träume? Schwer zu sagen. Von den dauernden Intrigen im Opernhause zermürbt, malte er sich eine Märchenhochzeit unter dem traditionellen jüdischen Traubaldachin aus. Ach, verfügte Marie doch nur über eine kräftigere Konstitution, um wieder gesund zu werden! Dann könnte sie jenes feste Fundament bieten, auf das der Mann sein Glück baut. Es war schon recht, dass sein Vater von der bloßen Aussicht auf ein erfolgreiches Verlöbnis mit einer Frau aus solcher Familie schier aus dem Häuschen war – jenes aber der Außenwelt jetzt schon anzukündigen, das sei, wie er beipflichtete, unter den gegebenen Umständen voreilig.

Hermann konnte sich durchaus befriedigende eheliche Verhältnisse vorstellen, die auf Vertrauen, Respekt und wechselseitiger Fürsorge beruhten.

Allein – Marie war schwerkrank und verhehlte ihren Zustand niemandem. Aus diesem Grund deutete er ihre informelle Verlobung nur ein paar wenigen, engen Freunden an. Hannes zum Beispiel wurden nur die oberflächlichsten Fakten über sie erzählt, doch hinter dieser Auslassung steckte eine weitere, unausgesprochene Erwägung. Indem er seine Beziehung zu Marie geheim hielt, sorgte Hermann dafür, dass niemand die Nachricht als eine Gelegenheit ergreifen konnte, sie zum Anlass gezwungener Fröhlichkeit zu nehmen.

Beim schieren Gedanken, er könnte mit Hannes seine Verlobung feiern, wurde ihm übel.

Da Hannes schon von Allgeyer etwas über Marie vernommen haben würde, musste es ihn kränken, dass Hermann ihm zuvor noch nichts verraten hatte. Zum Glück sollte das Thema nie aufkommen.

Hermann litt unter der beklemmenden Unentschiedenheit, als er darüber nachsann, wo er Weihnachten verbringen könne. Eine jüdische Vermeidungs-Weihnacht mit Vater wäre grauslig: so ein nüchterner Unheiligabend namens Nittel Nacht, an dem man die Karten austeilt zum Sechsundsechzig-Spiel, während die Standuhr das steinerne Schweigen mit ihrem Ticktack punktiert. Nein. Das kam nicht infrage.

Lebendiger, munterer wäre es mit Emma, Jules und den Kindern – doch Paris lag in weiter Ferne, und die internationalen Expresszüge fuhren, bei all den Winterstürmen, nur unregelmäßig. Die von Poetzens aus Karlsruhe hatten ihn in den vergangenen Jahren immer eingeladen, waren aber diesmal zu Verwandtenbesuchen unterwegs.

Was also dann? Jede Möglichkeit schien weniger wünschenswert als die nächste. Zuletzt kabelte Hermann, um endlich, bevor Weihnachten auf ihn einstürzte, zu einem Entschluss zu kommen, dem Wirtshaus am Tegernsee seine Anfrage, ob noch ein Zimmer mit Seeblick frei sei. Zumindest konnte er dort stille Bergluft atmen in Anonymität und Komfort.

Hannes hatte einen neuen Band mit Liedern nach München geschickt, aber Hermann hatte es bisher noch nicht übers Herz gebracht, einen Blick hineinzuwerfen. In München hatte er ein volles Arbeitsprogramm – *Tristan, Figaro,* und die ganzen Italiener – und in der vergangenen Saison alle Hände voll zu tun gehabt mit der Bewältigung des Repertoires, ganz zu schweigen von der Verteidigung seiner Stellung gegen all die internen Machinationen im Theater. Verglichen damit war eine Sammlung Brahms-Lieder das reinste Leichtgewicht.

Abgesehen davon, dass jede Musik von Hannes ihn an ihren Wagner-Konflikt gemahnte.

Das Grundmuster war immer dasselbe, wenn sie sich trafen: Hannes riss einen geschmacklosen Witz über den *Ring* oder über das, was er die *wagnerischen Prätensionen* nannte, und Hermann beeilte sich, Wagner zu verteidigen. Sodann ritt Hannes eine regelrechte Attacke, indem er die These aufstellte, es gebe in all diesen Opern nicht *einen* Aufzug, in dem nicht alles überdimensioniert, zu dick aufgetragen sei, und Hermann musste dann immer den Grundgedanken erläutern, der der dramatischen Form zugrunde lag, wobei er Hannes beschuldigte, sich kindisch und intolerant zu gebärden. Hannes zitierte en détail Passagen aus Wagners Partituren, die er sorgfältig studiert hatte – und sogar bewunderte –, zeterte dann aber, beim Hören dieser Musik bekomme er die Krätze. Nach all diesen Jahren des Zauderns war Hannes weiterhin so verwegen, zu behaupten, eines Tages würden seine eigenen Opern diejenigen Wagners aus dem Felde schlagen. »Von Wagner habe ich nichts zu fürchten«, pflegte er zu prahlen. O nein, natürlich nicht, Hannes, du, des Wahnsinns fette Beute!

Verärgert warf Hermann die Arme auf. Er wusste doch, dass Hannes nie eine Oper schreiben würde – dass gerade Wagner, seine Größe und seine Meisterschaft Hannes davon abhielten, je eine zu komponieren. Hannes aber wollte lieber verdammt sein, als dies zuzugeben.

Das Schrecklichste war ja nicht dieses kleinliche Hickhack, sondern das Schweigen, das giftig einsickerte in die Zeit, die sie gemeinsam verbrachten. Denn wenn Hermann mit Hannes über seine neu entdeckte Leidenschaft nicht mehr reden konnte – wenn er die Freude am gemeinsamen Durchhämmern der Wagner?schen Partituren am Klavier mit ihm nicht teilen konnte, diese Begeisterung über die kraftvollen Harmonien, die atemberaubenden Verwandlungen des melodischen Materials, die meisterlichen Übergänge – was blieb dann noch von ihrer Freundschaft?

Hermann kannte die Antwort auf diese Frage.

Ihre Freundschaft beruhte auf einer exklusiven künstlerischen Loyalität: einer Loyalität, die jetzt bis ins Mark erschüttert war. Hannes' Ablehnung Wagners war Anathema. Wenn Wagner erst die *Götterdämmerung* abgeschlossen und Hannes die Tetralogie auf einen Schlag gehört hätte, würde er nicht umhin können, von der überwältigenden Erfahrung des ganzen Dramas mitgerissen zu werden. Den letzten Akt *Siegfried*, der höchste Ehrfurcht einflößte, hatte Wagner schon Hermann zu hören gegeben. Dieser hatte auch bereits Orchesterskizzen zur *Götterdämmerung* gesehen, die in ihrer Wucht eine geradezu revolutionäre Wirkung versprach.

Es war berauschend, die Komplettierung von Wagners *Ring* mitzuerleben, und der Meister drängte ihn, ihm im kommenden Sommer in Bayreuth bei der Leitung der Vorproben zu assistieren. Hermanns

Rolle würde vorerst eine bescheidene sein – man konnte ja auch nicht erwarten, dass der Meister ihn einlüde, die Festspielpremiere zu dirigieren –, aber bei der Realisierung des *Ring des Nibelungen* wenigstens einen kleinen Part zu spielen war nichts, das sich Hermann entgehen lassen wollte. Wie konnte es sein, dass Hannes nicht aufgewühlt war von diesem künstlerischen Jahrhundertereignis? Wie konnte er nicht jubeln für seinen Freund?

Allnächtlich schlief Hermann mit Wagners Musik im Kopf ein, träumte von ihm und hörte beim Erwachen noch Wagnersche Fortschreitungen, die ihn in reißend strudelnden Wirbeln umschlangen.

Insofern war nicht zu erwarten gewesen, dass er es an diesem einsamen Heiligabend doch tatsächlich vermochte, die Noten von Hannes' neuen Liedern aufzuschlagen und für eines von ihnen spontan Zuneigung zu empfinden.

Wie denn auch nicht? Es war das Lied *Phänomen* aus eben dem *Westöstlichen Diwan*, in dem er gelesen hatte. Die Wahlverwandtschaften des Weimarer Genies hatten die beiden Freunde wieder einmal vereinigt.

Es war ein Duett für Sopran und Alt, in dem der Dichter, fern aller romantischen Schwärmerei, das Erhabene in der Natur als eine Chiffre liest für das dem Menschen Tröstliche. Eine Regenwand, zu der sich die Sonne gesellt, blüht zu einem farbigen Regenbogen auf, wird aber im Nebel zu einem ungewöhnlichen weißen Himmelsbogen. Und mag dieses Himmelswunder auch selten sein, so trägt es sich in der Natur so zu, wie du, weißhaariger muntrer Alter, doch lieben wirst. Das Gedicht, fand Hermann, war fast schon ein Ghasel: diese hypnotische orientalische Form, die überreich ist an schwülen, mesmerisierenden Wiederholungen.

Oder beschwor das Gedicht eher die Zeilen der *Harzreise im Winter* herauf, in der Goethe seinen verzweifelten Freund tröstet: eine Hymne, die Brahms mit seiner *Altrhapsodie* in Musik gesetzt?

Hannes hatte ein Lied für sich selbst komponiert, das die Hoffnung auf eine ideale Gefährtin im späteren Leben beschwor. Aber mit einundvierzig – um Himmels willen – war er doch noch fern von jenem siebten Lebensjahrzehnt, in dem Goethe diese Dichtung geschrieben hatte! Hier jedenfalls waren zwei Männer – Hermann und Hannes –, die womöglich nie zu Eintracht in der Liebe fanden, und deren einziges Heil in Poesie lag. Hermann hatte gesehen, dass im Salon des Parterres ein Flügel stand, auf dem er Hannes' Stück wohl unbelauscht würde durchspielen können.

Nachdem er den leeren Raum betreten hatte, von dessen hoher Zimmerdecke das Mondlicht widerschimmerte, blickte er sich um. Er wollte sichergehen, dass er allein sei. Es war schon spät, und die meisten Hotelgäste hatten sich bereits zur Nacht retiriert. Als er sich an die Tasten setzte, gedachte er der alten Tage: wie sein Empfindungsvermögen von Hannes' scharfer Urteilskraft verfeinert worden war – was alles er, noch vor wenigen Jahren, geopfert hätte für seinen Freund. Merkwürdig, dass Hannes die Worte der Dichter so oft für Frauenstimmen setzte! Indem er durch den Mund der Musen sprach, kaschierte er aufs Neue, dass hier ein Mann zu einem anderen sprach. Hannes hatte ja nichts zu verbergen, sondern erlag dem Lockreiz weiblicher Stimmen, die die Dichterworte intonierten, kurvenreicher Wesenheiten, verflochten in jener geschmeidig kanonischen Stimmführung, die den neblichten Dunst malte.

Das Lied war süperb, ein vollendetes Juwel, auch wenn es nicht danach strebte, etwas welterschütternd Neues zu sagen. *Doch wirst du lieben* spricht der Dichter zum Beschluss, woraufhin das Nachspiel im Klavier von bittersüßestem Verlangen zeugt. Hermann spielte das Stück noch einmal durch und sang sich die schönen Worte mit gedämpfter Stimme vor, wobei er aufs neue die Empfindung der spezifischen Brahmsischen Schwermut durchlebte. Hannes war die Unschuld in Person, ein Mensch, der seine tiefsten Sehnsüchte fest unter Verschluss zu halten pflegte. Doch vielleicht war er, gerade aus diesem Grund, Hermann teurer als irgendwer sonst auf der Welt.

Es war ein frappierendes Eingeständnis – aber in diesem Moment hatte Hermann alles Sehnen des Wagnerschen *Tristan* vergessen und fühlte sich statt dessen in den Armen seines alten Freundes sicher und geborgen.

Beseelte Gespräche aus dem zurückliegenden Jahrzehnt kamen ihm wieder in den Sinn. Er wusste, wie viel sie Hannes bedeutet hatten – wie ungleich verteilt sie auch zwischen ihnen und wie unrein Hermanns eigene Antriebe auch gewesen sein mochten. Hatte Hannes denn nicht frohlockt ob Hermanns Zuneigung? Hatte er dies, bei mehreren trunkenen Anlässen, nicht zugegeben? Hermann klappte die Noten zu, griff sich von einem Tisch in der Nähe Schreibmaterial und entwarf ein Schriftstück an Hannes.

Tegernsee, 24. Dezember 1874

*Mein lieber Freund,
die H-Dur-Melodie, ›Wenn zu der Regenwand‹ plagt mich dermaßen, dass ich als letztes Mittel, sie loszuwerden, zum Briefpapier greifen muss. Könnte ich Dir doch sagen, wie mich dies Lied gepackt und gerührt hat! Ich wollte, Du lägst wieder einmal in meinem Bett, und ich säße vor Dir und könnte Dir die Stirne streicheln – Ich habe eine abscheuliche Sehnsucht, Dich wiederzusehen. – Es ist Weihnachts-Abend; ich sitze einsam und allein im Wirtshaus von Tegernsee, halb erfroren von einer langen Schlittenfahrt. Poetzens haben dieses Jahr keine Bescherung; bei gleichgültigeren Menschen mocht' ich nicht sein, da habe ich mich denn ins Gebirge aufgemacht. Es ist ein zaubrischer Abend; von meinem Zimmer überschaue ich den ganzen See, der taghell beleuchtet ist, – morgen geht's noch tiefer in die Berge hinein.*

*Ich denke Dein in herzlicher Liebe.
Dein
Hermann Levi*

Mit dem Abschreiben des Briefes hatte es bis zum Morgen keine Eile, da die Post die nächsten paar Tage über nicht abgehen würde.

Jetzt, da Hannes das Goethe-Lied als Friedensangebot geschickt hatte, fühlte er sich ruhiger. Das Lied war eine persönliche Botschaft, codiert in lyrischer Verschlüsselung. Und wer hätte zu sagen vermocht, ob das Naturphänomen, das da schweigend wie ein wunderbares Tableau sich hinter den Salonfenstern ausbreitete, nicht auch eine harmonische Wiedervereinigung weissagte?

1875

Der Besuch an jenem Abend hatte ganz freundlich begonnen. Hannes hatte sich eine dicke Zigarre angezündet und auf dem Tisch einen Manuskripthaufen ausgebreitet, um Hermann zu zeigen, was er letzthin vollbracht. Das neue Streichquartett in B, dachte Hermann, sah vielversprechend aus mit seinen übermütigen Eröffnungstakten, die an die ungetrübte Fröhlichkeit von Mozarts Jagdquartett in derselben Tonart erinnerten. Kaum jemand außer Brahms zeigte in diesen Tagen solche Affinität zu Kammermusik.

Hannes hatte sich auf den Klavierhocker gesetzt und erzählte gerade die letzten Neuigkeiten aus Wien, als Hermann gewahrte, wie sein Blick auf die massige Vollpartitur von Wagners *Walküre* zu seiner Linken fiel. In prekärer Balance ragte diese über einen Notenstapel hinaus, auf dem sie lag, und der Ausdruck in Hannes' Miene war nicht zu verkennen: so als wäre jene ein unansehnlicher Auswuchs, ein obszöner Gegenstand. Zu dumm, dass Hermann die Noten auf dem Piano nicht ordentlich aufgeschichtet, aber Hannes hatte einen Frühzug genommen und schon eine Stunde vor seiner vermuteten Ankunft die Glocke zur Wohnung in der Arcisstraße geschellt.

»Willst du nicht Andreas bitten, uns einen Cognac zu bringen?«, fragte Hannes. »Ich bin schon ganz ausgedörrt vor Durst.«

»Tja, Andreas ist leider nicht mehr bei uns«, erwiderte Hermann nüchtern. »Ich hol' uns den Weinbrand selbst.«

»Was meinst du damit? Herrje, der war doch ein braver Kerl, der Andreas. Konnt' ihn gut leiden. Was ist mit ihm passiert? Hat er ein Mädchen geschwängert oder wie oder was?«, kicherte Hannes. Er liebte Klatsch und Tratsch dieser Art.

»Eher nicht«, antwortete Hermann. »Um die Wahrheit zu sagen: Ich hab ihn beim Stehlen erwischt.«

»Beim Stehlen?«, fragte Hannes ungläubig. »Andreas? Was hat er denn gestohlen?«

»Zigarren.«

»Levi, ich glaub dir kein Wort. Du verkohlst mich.«

»Ich wollte, es wär so. Ich hatt' ihn ja auch gern.«

»Levi, du kündigst nicht einem Bediensteten, weil er Zigarren klaut.«

»Mir blieb nichts anderes übrig.«

»Und wieso nicht, wenn ich fragen darf?«

»Weil ich ihn fragte, ob er sich meine Zigarren einstecke, und er dies abstritt. Das war unverzeihlich.«

»Um Himmels willen, Levi, welche Antwort hast du von dem Mann denn erwartet?«

»Ich hatte erwartet, dass er's zugibt. Dass er sagt: Ja, ich habe Ihre Zigarren genommen. Dann hätten wir die Sache auf sich beruhen lassen können. Ich hab ihm die Zigarren ja nicht missgönnt – aber seine Unehrlichkeit verachtet.«

»Er hats nicht zugegeben. Na und?«

»Tja, und das hörte nicht auf.«

»Was hörte nicht auf?«, fragte Hannes.

»Die verdammte Dieberei!«, sagte Hermann entrüstet. »Meine Zigarren bewahre ich hier in dieser Schublade auf. Ich hab sie nie abgeschlossen und hatte auch nicht vor, sie künftig zu verschließen. Und wirst du's glauben? Die Klauerei ging weiter!«

»Du meinst, du hast ihn eingeladen, sich bei deinen Zigarren zu bedienen?«

»Red' keinen Unsinn«, sagte Hermann. »Ich hab ihn nicht eingeladen, die Zigarren zu entwenden. Ich konnte einfach nicht mehr mit einem Kammerdiener leben, dem ich nicht vertrauen kann.«

»Aber Andreas war doch in jeder anderen Hinsicht vertrauenswürdig«, sagte Hannes.

»Das ist nicht der Punkt, Johannes. Die Sache musste zur Entscheidung gebracht werden. Ich überlegte, und beschloss dann, ihm einen Zettel zu hinterlegen.«

»Einen Zettel. Wo?«

»In der Schublade natürlich.«

»Du hast ihm einen Zettel in der Schublade hinterlegt? Du musst völlig plemplem sein!«, sagte Hannes. »Wie konntest du dich zu solcher Fallenstellerei erniedrigen?«

»Ich legte ihm einen Zettel in die Schublade, auf dem stand: ‚Ist Zigarrendiebstahl kein Diebstahl?'«

»Ich sags noch mal: Du bist verrückt.«

»Am nächsten Morgen klopfte Andreas, den Zettel in der Hand, an die Tür meines Arbeitszimmers und bat um seine Entlassung«, sagte Hermann.

»Die du eingefädelt und mit der du dir selbst den glänzendsten Dienst erwiesen hast«, sagte Hannes.

»Mir selbst habe ich damit ganz und gar nicht gedient. Was ich erwartet hatte, war ein volles Geständnis und eine Entschuldigung. Schließlich wusste er nur zu gut, dass ich ihm nicht länger vertrauen konnte. Er musste gehen.«

»Levi, ehrlich – ich bin fassungslos.« Empört stand Hannes auf. Kopfschüttelnd durchquerte er das Zimmer bis zur Wand gegenüber. »Da zeigt sich, wie verschieden wir sind. Einen treuen Diener zu demütigen wegen einer Handvoll Zigarren!«

»Aber es war doch nicht ich, der ihn gedemütigt hat. Es war er, der das Risiko einging, mich zu demütigen, wenn er fortfuhr, Zigarren zu stehlen.«

»Ist dir klar, Levi, wie wenig du von der Natur des Menschen verstehst?«

»Wie kommst du denn auf sowas?«, fragte Hermann gereizt.

»Weil es doch auf der Hand lag, was du hättest tun sollen«, gab Hannes zur Antwort.

»Und was wäre das gewesen?«

»Die verdammte Schublade zu verschließen!«, sagte Hannes.

Hermann verstummte. Es war schlimm genug, dass er Andreas verloren hatte, der seit der Übersiedlung nach München bei ihm in Dienst gestanden.

»Siehst du denn nicht, Levi: Du hast eine Falle gestellt – mit der unverschlossenen Schublade den Mann in Versuchung geführt – abgewartet, ob er nach dem Köder schnappt. Was er getan hat, wie jeder normale Mensch es tun würde. Wie viel, glaubst du, kosteten deine Zigarren? Die, die er stibitzt hat.«

»Ich nehme an, du glaubst, es geht mir ums Geld?«

»Ja tut's das denn nicht? Wenn du nur ein bisschen Mitgefühl hättest für Andreas' Stellung … für den anständigen Kerl, der er war …«

Das war zu viel. Hannes wusste doch, wie übergroßzügig Hermann war. Dass er immer ein bisschen mehr gab als nötig – seine Freunde verschwenderisch mit Geschenken verwöhnte – vom Gewohnten abwich, um auch nur dem kleinsten Vorwurf, er sei filzig, zu entgehen. Hannes' Schlag ging unter die Gürtellinie. Das konnte nur eine miese kleine Gehässigkeit sein, ein judenfeindliches Klischee, das ihm herausgerutscht war.

»Ich versichere dich, es ging mir ums Prinzip«, sagte Hermann frostig. »Und schlag' jetzt vor, wir wechseln das Thema.«

»Gut«, sagte Hannes. »Bin schon still.«

Weder wollte er sich Hermanns Sichtweise annähern, noch wenigstens einen Anflug von Bedauern äußern über das, was er gesagt hatte. Es war höchst unerfreulich.

Hermann ging zum Getränkeregal, entsiegelte die Kappe einer Cognacflasche und goss je ein Quantum in die Schwenker. Als er sich umwandte, um Hannes sein Glas zu reichen, fand er ihn in die *Walküre* vertieft. Rasch klappte Hannes die Noten zu, als wollte er den Eindruck erwecken, er habe soeben nur oberflächlich mehrere Notenbände durchgeblättert. Das amüsierte Hermann. Er hatte ja nur auf den Moment gewartet, da Brahms' Zurückhaltung einen Knacks bekäme – da sein Herz sich für Wagner öffnen würde.

»Du weißt ja, Levi, ich kann diese Musik nicht sehr lange ertragen.«

»Was meinst du mit ›ertragen‹?«

»Der Mann weigert sich, seine Talente zu zügeln.«

Hannes konnte es nicht einmal über sich bringen, den Meister beim Namen zu nennen, so groß war sein Neid.

»Eine Seite *Tristan* zu studieren, ist großartig«, fuhr Hannes fort, »und das hab ich mit viel Gewinn ja auch getan.« Er zündete sich seine Zigarre an. »Aber all diese Stunden im Theater ... da gibts kein Entrinnen, das macht mich rasend.«

»Dabei ist's ja nicht so, als hättest du im Theater schon viele Stunden durchlitten. Also quält Wagner dich leibhaftig?«, spöttelte Hermann.

Hannes griff sich vom Piano eine *Tristan*-Partitur und blickte Hannes steinernen Antlitzes ins Auge. »Guck mal: Ich schlag das hier irgendwo auf – und find' da etwas durchaus Schätzenswertes.« Er senkte den Blick auf eine Passage in der Mitte des Bandes, den er aufs Geratewohl geöffnet.

»Hier«, sagte er. »Ein brillanter Abschnitt aus dem II. Aufzug.« Es war das Liebesduett. »Die Harmonik? Glänzend. Die Stimmführung? Makellos. Aber je mehr ich das studiere, desto mehr fällt mir auf, wie unangebracht –«

»Unangebracht? Inwiefern? Da gibt's doch in den fünf Stunden nicht eine Note, die nicht am richtigen Platz säße!«, sagte Hermann empört.

»Es ist dieses regellos Schweifende. Das Fehlen eines festen Grundes. Diese Zügellosigkeit eines Schöpfers, der ziellos sich treiben lässt.«
»Sagt der Philister. Das ist unter deinem Niveau, Johannes«, sprach Hermann und schenkte ihm einen weiteren Cognac ein.
»Wenn du die Wahrheit wissen willst: Es ist eine Art geistiger Bequemlichkeit. Diese ewigen Wiederholungen –«
»Bequemlichkeit?«, brüllte Hermann. »Als hättest du dich je an ein Werk dieser Dimensionen gewagt!«
»Zufällig sind mir Wagners Tricks klar geworden«, sagte Hannes triumphierend. Er war jetzt böse. »Und es ist offenkundig, auf welche Weise er sie zustande bringt. Ich kann ihn richtig vor mir sehen, den alten Scharlatan, wie er am Tisch sitzt und seinen nächsten Trug ausheckt.«
»Und was sind diese Tricks, wie du sie nennst? Dieser Trug? Das möcht' ich gerne wissen.«
»Also dann, hier, diese Passage: Der Text könnte nicht passender sein. *Getäuscht von ihm, der dich getäuscht.* Schau dir jetzt die Vorzeichen an. Nur so als Richtschnur, wohlgemerkt. Dieser kurze Abschnitt hier steht in G-Dur, die nächsten dann sind in As … dann in E … dann wieder in As …« Mit wildem Umblättern überflog Hannes die großformatigen Seiten, als wärs ihm gleich, wenn er dabei die Partitur in Fetzen riss. »Wagner legt dich rein, siehst du das nicht? Er tut so, als wäre er in einer Tonart – dabei ist er de facto in jeder beliebigen Richtung unterwegs. Ohne die Konsequenzen zu ziehen. Das ist Schmu, das ist oberfaul!«
»Als würde deine Harmonik nie in die verschiedensten Richtungen mäandern«, warf Hermann ein, den diese Verleumdung anwiderte.
»Lass mich ausreden«, sagte Hannes. »Es geht noch weiter. Die Probe aufs Exempel machen die Kadenzen, die dein Meister obendrein immer mal wieder hie und da in sein zielloses Schweifen einschiebt. Damit kann er behaupten, er hätte eine Phrase mit einem regelrechten Schlusspunkt abgerundet. Aber das haut nicht hin, Levi. Ein Recht auf eine Kadenz hat er nicht verdient. Das sind alles Taschenspielertricks, ein harmonischer Schwindel nach dem anderen.«
»Dämmert dir nicht, dass Wagners Harmonik womöglich schon die Grenzen deiner sogenannten verdienten Kadenzen überschritten hat? Sollen diese Kadenzen so was wie die Zinscoupons sein, die Wilhelm für dich abschnippelt? Wenn man die Fortschreitungen erkennt und

die Hauptthemen und -motive ... Die kompositorische Logik ist doch so stringent wie nur irgendwo bei Bach oder Schubert«, entgegnete Hermann. Hannes' Kränkungen versuchte er zu ignorieren. »Dein Meister«, ja, ja.

»Ich bezweifle nicht, dass man sich an Wagners Schludrigkeit gewöhnen kann«, höhnte Hannes. »Aber das entschuldigt nicht seine Unredlichkeit. Ingeniöse Unredlichkeit – aber Unredlichkeit auf jeden Fall. Verstehst du nicht, was ich meine, Levi?«

»Ich verstehe, dass du bereit bist, Wagner mehr Zugeständnisse zu machen, als du's bisher getan hast. Und das macht dich nervös.«

»Unsinn«, knurrte Brahms. »Ich hab nichts zugestanden.«

»Du bist doch schon ganz nah dran! Und dann findest du wieder was Neues, über das du dich echauffieren kannst. Bevor's dich ganz verschlingt.«

»Verschlingt! Als wärst du nicht selber schon verschlungen, mit all deinen ... persönlichen Wandlungen!« Hannes spie die letzten beiden Worte aus. Der Cognac hatte seine Wirkung getan.

Darauf war Hermann nicht gefasst. Der Angriff kam unerwartet. »Und was soll diese Redewendung besagen?«

»Du weißt genau, was ich meine«, entgegnete Hannes. »Der Mann hat dich verführt. Und du hast dich verführen lassen: von der falschen Musik und von noch schlimmeren Ideen dazu. Du bist so tief gefallen, dass du nicht siehst –«

Hier musste Hermann unterbrechen. »Erlaube mir eine Frage, Johannes. Du glaubst doch nicht im Ernst, meine Achtung vor Wagner hätte mein Eintreten für dich, für deine Musik, kompromittiert – oder?« Er ließ die Frage einen Augenblick nachwirken. »Wenn ja ...«

»Na, hat sie's denn nicht? Bist du nicht kompromittiert von deiner, deiner ... *Wagnerei*?«, fragte Hannes. »Offen gestanden, ich sehe nicht, dass du dieser Tage an irgendwas sonst interessiert wärst.«

»Das ist doch Blödsinn«, protestierte Hermann erregt. »Du weißt doch, wie beschäftigt ich bin, an der Oper, mit den Odeon-Konzerten ... Was verlangst du denn? Eine kindische Form von Loyalität, die es ganz unmöglich macht ...«

»Ich versuche nur, dir anzudeuten, dass du dir vorläufig etwas vorgemacht hast«, sagte Hannes in der Hoffnung, verlorenes Terrain wiederzugewinnen. »Du solltest dir wirklich noch mal überlegen, wo du dich positionieren willst. Bevor's zu spät ist.«

»Ich muss dich bitten, Schluss zu machen mit diesem –«
»Du hörst mir gar nicht mehr zu, stimmt's?«
»Was ich höre, mein lieber Freund«, sagte Hermann mit sorgfältiger Aussprache in der Hoffnung, das Sprechtempo zu verlangsamen, »ist, dass du die gleiche veraltete Anschauung nachbetest wie Clara Schumann, nur mit anderen Worten.«
»Levi, du bist verrückt. Und das weißt du auch.«
»Der *Tristan* enthält die unwiderstehlichste Musik, die je geschrieben wurde«, sagte Hermann, in dem der Zorn wieder aufstieg. »Zumindest ist das die Meinung aller unvoreingenommenen Musiker. Also muss man sich wundern, muss fragen, ob es nicht der Ausdruck sinnlichen Verlangens ist, der dich so offenkundig abstößt.«
»So ein Quatsch!«, schrie Hannes und starrte Hermann kalt an.
»Ich finde, du bist schon richtig greisenhaft geworden, Johannes. Wann ist dir zum letzten Mal dein Rückzug vom normalen Leben aufgefallen? Siehst du nicht, was aus deinem Wunsch nach Liebe geworden ist? Nach Leidenschaft?«
»Levi, du täuschst dich gewaltig. Allgeyer hat recht«, sagte Hannes. »Du bist süchtig geworden nach einer gefährlichen Droge. Kannst von ihr nicht loskommen.«
»Unverschämtheit!«, brüllte Hermann. Wütend wandte er sich ab. »Du weißt ganz genau, dass du Unsinn redest.«
»Und dann als Jude dich so mit Schuld zu belasten, so verliebt – ja, kein anderes Wort passt hier – so verliebt zu sein in einen Mann, der von der Ausmerzung des Judentums schwadroniert … Mensch, hast du keinen Stolz im Leibe?«
Das ging jetzt zu weit. »Stolz, worauf genau? Als Jude, sagst du. Wenn ich dich richtig verstehe, unterstellst du, ich sei was anderes als ein Deutscher, weil ich Jude bin. Ist es das, was du meinst, Johannes? Mach bitte ganz deutlich, was du da insinuierst, ja?«
»Ach Unsinn«, murrte Hannes, doch ein Schwanken in seinem Tonfall verriet eine gewisse Unruhe. Er hatte eine Anstandsgrenze übertreten – und das wusste er.
Es war der Tropfen, der das Fass zum Überlaufen gebracht: Hannes' demütigende Anspielung auf Wagners *Judentum in der Musik* – als hätte Hermann dessen zerstörerische Botschaft nicht zurückgewiesen, um statt ihrer seine künstlerische zu verteidigen.
»Jedenfalls hast du missverstanden, was ich gesagt habe«.

»Hab ich das? Um ganz offen zu sein, Johannes: Ich frag mich allmählich, ob Wagners Ansichten von den Juden nicht ein klein bisschen aufrichtiger sind als die deinen. Bei ihm zumindest weiß man, woran man ist.«

Hannes holte tief Luft. »Schau, Levi … Hermann … Das ist nicht mehr dein altes Ich. Du hast dich bis zur Unkenntlichkeit gewandelt. Das musst du doch sehen!«

»Das sehe ich zufällig ganz und gar nicht so.«

»Als brauchtest du einen Gott, dem du huldigen kannst. Und das ist nur Wagner, Wagner, immerfort Wagner.«

Solche Huldigung war dir freilich willkommen, als du mein einziges Idol warst, dachte Hermann bei sich. Nur Liebe zu Wagner soll Fanatismus sein. Hermann stand auf, verzweifelt und erschüttert.

»Es gibt nichts mehr zu sagen. Ich schlage vor, wir brechen diese fruchtlose Debatte ab. An ihr ist kein Segen. Für keinen von uns.«

Ein längeres Schweigen trat ein.

»Was das betrifft, stimme ich aus ganzem Herzen zu«, sagte Hannes bissig, abgewandten Blickes.

»Ich geh jetzt ins Bett«, sagte Hermann und schenkte ihm und sich noch einen letzten Cognac ein. »Du weißt ja, wo dein Gästezimmer ist. Ich hab's dir selber bereitet. Lass uns beim Frühstück neu beginnen, ja? Morgen, dachte ich, könnten wir in den Englischen Garten spazieren. Was meinst du?«

Hannes gab keine Antwort, sondern starrte nur mit steinerner Miene auf die Wand gegenüber. Ein rauher Husten überfiel ihn und ließ ihn sonderbar grob und grantig aussehen. Wann immer grausame Dinge zur Sprache kamen, büßte er sein gutes Aussehen ein.

»Levi, wir gehen zu weit zurück. Ich versuche die ganze Zeit, dir eine große Enttäuschung zu ersparen. Siehst du das nicht? Wenn du am Ende aus dieser Wolke von Begeisterung, aus dieser Woge von Glaubenseifer auftauchst … Du kennst ja deine Maßlosigkeit …«

Hermann taumelte aus dem Zimmer mit dem Gefühl, ein scharfes Messer wäre ihm ins Eingeweide gerammt.

Als er am nächsten Morgen erwachte, war Hannes verschwunden. Nur der Gestank von Alkohol und Zigarrenrauch sowie zwei schmutzige Gläser waren geblieben. Oh, und eine Partitur lag noch da, aufgeschlagen zu einer Doppelseite aus *Tristans* II. Akt.

München, 5. Mai 1875

Verehrter Freund,
ich hatte dies Mal von unserem Zusammensein einen argen Katzenjammer, war so gar nicht auf Deine plötzliche Abreise vorbereitet; gerade für den folgenden Vormittag, den ich mir dienstfrei gemacht, hatte ich mir so Manches vorbehalten. Auch hatten mich Deine Äußerungen gestern Abend tief geschmerzt. Ich will nicht noch einmal darauf zurückkommen, nur das Eine möchte ich Dir zu bedenken geben: dass ich nun einmal mein Leben einer Sache geweiht habe, welche ich hochhalten muss. Ich bemühe mich, meinen Beruf voll und ganz auszufüllen. Das kann aber nur unter der Bedingung geschehen, dass ich mit vollem Herzen dabei bin.

Ich würde es als ein Unglück ansehen, wenn ich der Sache, die ich als Opernkapellmeister zu reproduzieren und zu vertreten berufen bin, fremd und feindlich gegenüberstände. Wer wie Du fest in sich beruht, der mag unbeirrt von der eigenen Zeit seinen Weg gehen, und – darüberstehen.

Bei mir war zuerst die Genugtuung des Kapellmeisters, die technischen Schwierigkeiten überwunden zu haben, dann wirkliches Interesse des Bühnenmenschen, und schließlich das Bedürfnis, mir von diesem Interesse Rechenschaft zu geben und es Andersgesinnten gegenüber zu verteidigen. Mit »Wandlungen« hat das, meine ich, nichts zu tun. Es ist mehr eine natürliche Folge, und wer mich z. B. kürzlich nach Deinem Schicksalsliede gesehen hat, der wird mir nicht zutrauen, dass irgend Etwas, was ich je geliebt habe, vor neuen Eindrücken verblasst wäre. Auch dass ich jede entfernte Gemeinschaft mit der Zukunftsbande scheue, und von ihr bestens gehasst bin, mag Dir zu überlegen geben, ob ich Deine – recht harten Worte auch verdient habe.

Ich habe Dich, seit wir uns kennen, nicht oft mit eigenen Angelegenheiten geplagt, und will es auch heute bei dieser kurzen oratio pro domo bewenden lassen. Wenn du einmal jemanden brauchst, der für Dich in ein großes Wasser springen soll, so wende Dich zu mir. Und übrigens – um mit Goethe zu reden – geht es Dich gar nichts an, wenn ich Dich lieb habe.

In unwandelbarer Treue und Verehrung Dein
Hermann Levi

Trotz eines Federbettes aus weichsten Gänsedaunen, und obwohl Frau Stiller ihr, wenn auch widerwillig, eine Tasse Schokolade gebracht hatte, fand Anna in jener Nacht wenig Schlaf. Zu viele Gedanken an die Vergangenheit, an ihre eigene und diejenige Hermanns, kreisten ihr im Kopf. Je mehr sie sich ihnen zu entwinden suchte, desto mehr sah sie sich von der nagenden Sehnsucht gequält, jemand möchte sie in den Armen halten. In Momenten wie diesen kamen ihr Gerhards Umarmungen wieder in den Sinn. Es war so grausam: dieses Vorüber, dieses Vorbei einer körperlichen Vereinigung, die man zuvor für selbstverständlich gehalten hatte.

Es war hoffnungslos. Sie konnte nicht einschlafen. Vielleicht war es besser, aufzustehen und ein Weilchen etwas zu lesen. Als sie das Petroleumlämpchen auf ihrem Nachttisch entzündete, sah Anna verärgert, dass sie ihre Brille in der Bibliothek vergessen hatte.

Noch während sie sich in ihren Morgenmantel hüllte, über den sie einen dicken Wollschal schlang, gewahrte sie, dass im Stiegenhaus elektrisches Licht brannte, und stellte das Lämpchen auf den Nachttisch zurück. Das Haus lag in tiefem Schlummer. Anna hielt kurz inne, um eine freche Kaulbachsche Karikatur der Wagners zu bewundern, die über der Treppe hing. Dass Hermann es wagte, solch eine Respektlosigkeit gegenüber der Heiligen Familie von Bayreuth offen zur Schau zu stellen, war wirklich überraschend.

Auf Zehenspitzen, die lange Treppe hinunter, die zum Hauptkorridor führte, näherte sie sich dem Arbeitszimmer. Kurz vor den letzten Stufen hielt sie erschrocken inne. Die mit Schnitzwerk verzierte Eichentür war nur angelehnt, und der Gedanke war Anna peinlich, sie würde sich den Stillers erklären müssen, wenn diese gerade den Kamin ausfegten oder Hermanns Zigarrenreste entfernten.

Am besten wars, ganz still einen Schritt nach dem anderen zu setzen, um einen raschen Rückzug anzutreten, falls auch nur die entfernteste Möglichkeit einer unangenehmen Konfrontation drohte. Sie blieb vor der Tür stehen, horchte gespannt, vernahm aber nichts. Wären die Stillers dort drin, gäbe es sicher mehr Geräusch.

Um durch den Türspalt zu spähen, neigte Anna vorsichtig den Kopf und sah, dass der Kamin in der Bibliothek ein mattes Glosen ausstrahlte, der Raum ansonsten jedoch in tiefes Dunkel getaucht war. Nachdem sich ihre Augen allmählich an das Dämmerlicht gewöhnt hatten, erkannte sie eine Gestalt, die nahe am Kamin kauerte.

Es war Hermann. In einen langen schwarzen, seidenen Morgenmantel gehüllt und in verrenkter Haltung vorgebeugt, mühte er sich mithilfe einer Brille etwas zu lesen, das aussah wie ein Bündel alter Briefe. Die Flammen warfen einen fahlen Widerschein auf sein Gesicht, auf die gerundeten Schultern und den gekrümmten Rücken. Was sich ihr zeigte, war das Bild eines gebrochenen, untröstlichen Mannes.

Zu ihrem großen Erschrecken fing er an, Papiere in die Flammen zu werfen, wobei er in erstarrter Haltung jedes Mal einige Augenblicke wartete, bis das Feuer wieder ein Blatt verzehrt hatte. Anna war entsetzt über diese flattrige Geschäftigkeit, und gleichzeitig schämte sie sich, in die Privatsphäre ihres Freundes eingedrungen zu sein. Sie sah nicht, was sie tun, wie sie reagieren sollte. Wegzulaufen war unmöglich. Eine Zeitlang stand sie einfach nur da wie festgenagelt.

Seine gewöhnlich so beseelten Züge muteten grimmig an und ausdruckslos zugleich. Seiner sich hebenden und senkenden Brust konnte sie ansehen, dass er bebend um Atem rang.

Anna fühlte sich unbehaglich. Ihr war bewusst, dass sie Zeugin einer Szene war, die Hermann vor ihr verbergen wollte. Also huschte sie geräuschlos in ihr Zimmer zurück und schloss die Tür. Zum Zeichen ihres glücklichen Entkommens drückte sie diese mit dem Rücken fest in den Rahmen und wurde dann am ganzen Leib von einem unkontrollierbaren Schüttelfrost gepackt.

Im Zimmer war es kalt. Sie warf sich aufs Bett und wiegte sich wie ein Kind hin und her – nicht imstande, ihr rhythmisches Geschaukel zu steuern, und so hilflos, dass sie nicht einmal unter die Bettdecke kriechen konnte. Es war, als läge sie im Bann eines verstörenden Phantoms, dessen Befehle sie nicht zu ergründen vermochte.

Sie flehte um Erlösung, hatte aber nicht die Kraft, sie zu erlangen. Harsche Wagnersche Dissonanzen stürzten auf sie ein, Musik von trostloser Unfassbarkeit, während das, wonach sie suchte, doch das Tröstende eines Wiegenliedes war.

1885

Als Anna im Anhalter Bahnhof aus dem Freitagnachmittags-Express stieg, griff sie nach ihrem Täschchen – Gerhard hatte ihr nahegelegt, nur mit leichtem Gepäck zu reisen – und begab sich zum Potsdamer Bahnhof weiter, um dort den Anschluss zur Wannsee-Bahn zu bekommen. Diesem Zug entstieg sie in Zehlendorf, das an einen verschlafenen Weiler grenzte, etwa neun Kilometer hinter dem berühmten Hundekopf der Berliner Ringbahn. Nachdem sie auf den abgetretenen Stufen der Holztreppe zu seiten der erhöhten Gleise hinuntergestiegen war, wandte sie sich dem Stand der Blumenhändlerin unter der Brücke zu und bewunderte die gelben Rosen. Ein Anhauch ihres Duftes sang von Hoffnung und Freude.

»Heute früh erst jeschnitten, Frollein.«

Die Frau setzte einfach voraus, Anna sei unverheiratet – womit sie ja recht hatte.

Die Blumen würden das Zimmer im Gasthaus aufheitern und Anna die Verlegenheit ob ihres Besuches nehmen. »Haben Sie den Mann mit der Droschke gesehen, der hier gewöhnlich unter der Brücke wartet?«

»Meinense den Herrn Jäger?«

»Der mich immer nach Teltow fährt.«

»Is vor unjefähr zehn Minuten abjedampft. Bringt die Frau Heinemann nach Dahlem.« Gegen vier aber, sagte die Frau, würde der Bahnhof wimmeln von Droschken. Sie sprach im nassforschen Berliner Stakkato-Dialekt.

»So lange möchte ich eigentlich nicht warten.«

»Verwandte in Teltow? Wohl auf Besuch, wa?«, fragte die Blumenfrau mit unziemlicher Neugier.

»Äh-ja, eine ältere Tante, alleinstehend«, antwortete Anna errötend. Warum zum Kuckuck war es ihr peinlich, eine Blumenhändlerin anzulügen?

Die Frau fügte die Rosen zusammen und schlang zuletzt ein farbiges Bändel um das braune Einwickelpapier. »Hab Sie hier doch schoma jesehn. Tragen immer dit kleene Reisetäschchen. Is wohl nich mehr so jut auf'n Beinen, wa?«

»Wer?«, fragte Anna zerstreut.

»Ihre Tante.«

»Wie kommen Sie denn darauf?« Anna war verärgert und schloss den Handel ab, indem sie rasch zahlte.

Das Weib hatte bestimmt mit Herrn Jäger getratscht. Die wusste genau, dass er Anna zum Gasthof in Teltow brachte, nicht zu einer Privatadresse. Allerdings wars unwahrscheinlich, dass eine Blumenfrau Schwierigkeiten machen würde.

Erleichtert sah Anna, dass Herrn Jägers Droschke die Hauptstraße herunterrollte.

Berliner waren, selbst kilometerweit entfernt vom Brandenburger Tor, zwar gewitzt, aber dafür war ihnen auch nichts Menschliches fremd. Anna nahm ihre Tasche auf und entfernte sich vom Blumenstand, um Herrn Jäger ein Stück weit entgegenzugehen – und wärs nur zu dem Zweck, dass das Weib nicht zu hören bekäme, wie ihr Fahrziel hieß. Herr Jäger war ein schläfriger Kerl, aber ganz freundlich. Eigentlich gehörte er nicht zu denen, die mit schnüffligen Blumenweibern Klatsch austauschten.

»Zum Gasthof Teltow, richtig?«

»Sie haben ein gutes Gedächtnis«, erwiderte Anna lächelnd und reichte Herrn Jäger ihre Tasche. Dann erklomm sie den Sitz auf dem Kutschbock neben ihm.

»Is nich oft, dass ich nach Teltow rübermach'. Meistens gehts in die Gegenrichtung.«

Die Blumenfrau warf Anna einen Blick zu, und diese wandte sich ab.

Von Zehlendorf waren es nur vier Kilometer die Teltower Chaussee hinunter – und dann fühlte man sich gänzlich fern von der geschäftigen Reichsmetropole. Gerhard würde sie trösten und bemitleiden ob der Entbehrungen, die sie zu ertragen hatte. Diese ersten Augenblicke ihrer Wiedervereinigung waren immer die innigsten – mit Umarmungen, die die ganze Welt ausschlossen und sie beide in ein erfülltes Schweigen hüllten. Er verstand sie gut.

Das Beste von allem war die Beseelung, die über seine Züge huschte, wenn sie über Literatur und Kunst stritten. Zwei Jahre wars jetzt her, dass er im Hintergrund des Vortragssaales umhergeschritten war, als Anna eine Rede vor der Damenliga des örtlichen Richard-Wagner-Vereins hielt. Als er sich danach durch ein Dickicht gestärkter Kleider, die sich vor dem Ausgang drängten, zu ihr durchgekämpft hatte, stellte dieser sympathische Mann mit seinem gewichsten Schnurrbart sich vor, entschuldigte sich für seine Direktheit und sagte, er habe da eine Frage: So sehr ihn ihr Vortrag beeindruckt habe – aber sei Fräulein Ettlinger wirklich der Ansicht, dass der Inzest Siegmunds mit Sieglinde eine Befürwortung der Frauenemanzipation bei Wagner anzeige? Es sei zwar richtig, dass Siegmund seine Zwillingsschwester aus einer lieblosen Ehe befreie – aber Brünnhildes Unterwerfung vor Siegfried zeige doch, dass sie zur Liebe, nicht zur Aktion prädestiniert sei und nur da ganz weiblich werde, wo sie der trügerischen Wehr ihres Helms und Schildes sich entledige. Stimme sie dem nicht zu?

Anna blickte in ein Augenpaar, das in einem intensiven Graublau strahlte – während der Mann den absurdesten Unfug von sich gab – oder wars etwa keiner? Sie hatte seinen Namen zuerst nicht richtig verstanden. Gerhard Papke. Streitfreudige Berliner mit Grips gefielen ihr. Sie würde schon Mittel und Wege finden, diesen Mann kennenzulernen.

Im Verlauf ihrer Affäre erfuhr Gerhard, dass ein Mann den Anschein weiblicher Unterlegenheit nicht nötig hatte, um sich als dominanter Partner in der Liebe zu fühlen. Es war diese Einstellung, ihre interessanteste, welche ihn auch am meisten reizte. Über Wagner zu reden ließ dieses Thema so natürlich erscheinen wie ein Gespräch über das Wetter. Für diesen Vorwand war sie dem Meister aus Bayreuth dankbar – gleich, ob er ihre Ansichten billigte oder nicht.

Sie gedachte dieser ihrer überraschenden Eroberung, bei der Worte sogar wirkungsvoller verführt hatten als gutes Aussehen. Innerhalb weniger Wochen, nach immer leidenschaftlicheren Briefen, hatte Gerhard auf einem Treffen bestanden – dann, wenn sie wieder nach Berlin komme, um vor der Damenliga zu sprechen. Nach einem Glas Sekt am frühen Nachmittag im Café Bauer hatte er gefragt, und ihr dabei den Arm gedrückt, ob sie einander nicht mit dem informellen »Du« anreden sollten.

Er war ein lieber Kerl – und wundervoll eloquent –, auch wenn Anna die Klagen über seine Frau Marlise nicht hören wollte, die sich, wie er sagte, jedem Intimverkehr mit ihm verweigere.

Da ein Ende der Herrschaft des roten Königs noch nicht abzusehen war – somit auch ihre Furcht vor Schwangerschaft nicht –, war Anna dankbar, dass sie in Berlin Freundinnen mit Zugang zu den neuesten empfängnisverhütenden Mitteln hatte. Sie hielt Gerhard so lange auf Abstand, bis sie das Problem gelöst hatte. Wer hätte gedacht, dass diese erhitzten Debatten über Contraceptiva so bald schon zu einer praktischen Anwendung drängen würden? Dass die Genossinnen ihre Solidarität mit ihr auf so private Art und Weise würden unter Beweis stellen können?

Binnen weniger Monate hatten Anna und Gerhard ihr Verhältnis in einen angenehmen Rhythmus gebracht, indem sie sich in Teltow so oft trafen, wie sie konnten. Im vergangenen Sommer hatten sie's sogar geschafft, eine Woche am Thunersee zu verbringen, wo Anna sich als Frau Papke ausgab.

Jetzt hatte sie in ihre Reisetasche ihr neuestes Manuskript gesteckt, das er ihr an diesem Wochenende durchzulesen versprochen hatte. Über das Thema hatten sie seit einer halben Ewigkeit schon debattiert. Obwohl Gerhard Germanistik eher als Sprach- denn als Literaturwissenschaft studiert hatte, war seine Begabung als Lektor unübertroffen, und Anna freute sich auf die Demonstration seines kritischen Scharfblicks. Zum Beispiel war sie sich nicht sicher, ob der Titel so ganz stimmig war: *Die Romantische Schule, unter besonderer Berücksichtigung Richard Wagners*.

Erscheinen würde der Aufsatz, wie sie hoffte, im neuen Richard-Wagner-Jahrbuch, das in Stuttgart herauskommen sollte, einer Zeitschrift, die weniger doktrinär zu werden versprach als das offizielle Bayreuther Organ –; und so hatte sie tief darüber nachgedacht, wie man die Hochblüte der Subjektivität bei Novalis und Hölderlin verknüpfen könne mit neueren Theorien des Willens, wie sie Wagner im *Ring des Nibelungen* verficht.

Gerhard würde ihr Manuskript auf dem Bett lesen: neben ihr liegend und den Arm eng um ihre Schultern geschlungen. Einen blauen Stift in der Hand, würde er sich aufmerksam in ihren Text versenken, hier und da ein Deleatur vorschlagen und dann und wann innehalten, um ihr den Nacken zu küssen oder ihre Brust in seine Hand zu schmiegen.

Nachdem sie die rumplige Brücke über ein murmelndes Bächlein am Ende der Landstraße überquert hatte, fuhr die Droschke in Teltow ein. Es war ein verschlafenes Dorf mit einem unscheinbaren Gasthof und einem einsamen Gemischtwarenladen, der zugleich als Postamt diente. Wenigstens hier zog man keine Aufmerksamkeit auf sich.

Es war nicht zu leugnen: Sie, als Frau und als Frauenrechtlerin, hatte Gerhards Frau betrogen. Und dennoch – Anna fühlte sich nie so eins mit der Welt, wie wenn die Liebenden wiedervereinigt waren in ihrem ländlichen Versteck. Für Gerhard war's leicht, sich aus Schöneberg fortzustehlen, wobei er nach Teltow auf immer wechselnden Wegen gelangte. Während er sein Bedürfnis nach Wanderungen durch die Mark Brandenburg – Wanderungen im Geiste seines Idols Theodor Fontane – geltend machte, war Marlise, wie er berichtete, erleichtert, die Wohnung übers Wochenende für sich allein zu haben.

Der Gastwirt wies Anna ihr vertrautes Zimmer zu, das auf einen Wald hinausschaute, der nach Birken und Kiefern duftete. Das Einatmen der Düfte erregte sie. Es war, als begänne sie mit der einbrechenden Dämmerung, das zu erleben, was ein selbstgewolltes Eindringen in den nächtlichen Schoß des Verlangens war. Niemand, fand sie, hatte diese Empfindung besser eingefangen als Wagner, dessen *Tristan* und *Isolde,* um ihre weltliche Existenz auszulöschen, die Nacht der Liebe anflehten, herniederzusinken bis in unterirdische Tiefen. Fing Wagner damit ein präexistentes Gefühl ein? Oder handelte es sich um die Neuprägung einer Wahrnehmung, welche noch nie zuvor so empfunden wurde? Ja, es war die Musik, die sie erst dazu machte. War es das Wissen darum, dass dem Glück der Liebenden Verrat und Tod auf den Fersen folgten, was Anna ihre flüchtigen Augenblicke mit Gerhard so teuer machte? Ach, das waren theoretische Fragen.

Anna konnte sich ebenso wenig enthalten, ihre eigene *Hymne an die Nacht* zu singen, wie sie etwa aufhören könnte, zu atmen.

Mit Schwung flog die Tür auf, und Gerhard stürzte herein – allzu gewaltsam sein Griff, mit dem er sie umfasste.

»Gerhard! Du tust mir weh.«

Er nahm Anna bei der Hand und zerrte sie zum Bett. Das Manuskript warf er auf einen Seitentisch und lockerte sich die Krawatte. Sie legte ihm eine Hand auf den Arm, wich aber gleich zurück. Sein Hemdsärmel war schweißgetränkt. Sein harter Gesichtsausdruck, seine glasigen Augen machten ihr angst.

Nachdem sie aus einem kleinen Regal über der Wasserschüssel ein Handtuch genommen, setzte sie sich auf die Bettkante und wischte ihm die Stirn wie einem kranken Kind.

»Es ist wegen Marlise, stimmts?«

»Sie hat mich zur Rede gestellt, Anna. Das war kein Spaß.«

Wie auch nur eine Frau die Untreue ihres Gatten nicht wahrnehmen könne, war Anna unbegreiflich. Sie hatte angenommen, Marlise, eine verbitterte Seele, die körperliche Liebe verabscheute, habe beschlossen, über Gerhards Treulosigkeit hinwegzusehen.

»Also weiß sie über uns Bescheid«, sagte Anna gefasst.

»Ich brauch Zeit zum Nachdenken«, sagte Gerhard. »Ich weiß nicht, was ich machen soll.«

Sie äußerte irgendetwas Beruhigendes, aber Annas rationale Seite arbeitete rasch und ersah das bevorstehende jähe Ende ihrer Affäre, den Verlust all dessen, wonach sie sich sehnte.

Plötzlich sprang Gerhard auf und drehte den Schlüssel im Türschloss um.

»Das kann nicht dein Ernst sein, Gerhard. Marlise kann nicht wissen, wo du bist. Oder? Weiß sie's?« Anna wurde von banger Sorge erfasst, eine Szene zu riskieren, in der man sie als Hure verdammte.

Sein Atem ging hastig, stoßweise.

»Möglich ist es – dass sie mir gefolgt ist. Da war eine Droschke hinter mir. Ab Schlachtensee ... nackter Wahnsinn!« Unkontrolliert rieb er sich die Schläfen. Er war nicht imstande, Anna ins Auge zu sehen.

Zum ersten Mal erkannte sie in seinem Charakter eine lähmende Schwäche. Ihm fehlte die innere Kraft, der Lage mit Würde zu begegnen. Ja, sie hatten seine Frau betrogen. Aber sie waren doch verliebt. Sollte das nichts zählen?

»Wenn ich jetzt nicht zurückfahre«, sagte er, »machts die Sache nur noch schlimmer. Wir sehen uns ja wieder! Versprochen!«

Für Versprechungen wars zu früh. Und zu spät. Anna musste Haltung bewahren. Gerhards stockende, doch voraussagbare Worte hörte sie sich geduldig an. Einer von ihnen würde stark bleiben.

»Du musst tun, was dir das Rechte scheint«, sagte Anna.

Sie wandte sich ab, um das Fenster zu öffnen. Frische Luft würde ihr gestatten, sehr tief durchzuatmen. Die Rosen, die sie mitgebracht, sahen im Lichte des Zimmers welk aus, wenn nicht schmutzig und vulgär. Sie wollte sie nur noch aus dem Fenster werfen. Doch theatralisches Getue war hier fehl am Platz. Sie musste rasch überlegen.

Zuerst würde sie eine Damenpension in der Stadt finden müssen – sie wusste von einer unweit vom Alexanderplatz. Und wenn sie dort die Zimmertür hinter sich geschlossen hätte, würde sie sogar einige Gewebefetzen reißen aus ihrem Kleid. Ja, so wie ihre Mutter es tat, als ihr Vater gestorben war. Eine rituelle Handlung, mit der die jüdische Sitte zu trauern eröffnet wurde. Anderntags würde sie nach Karlsruhe zurückkehren, in ihr Heim, ihre Zuflucht. Sie war nicht mehr jung. Die Dinge mussten ihren natürlichen Gang gehen. Indem sie ihr Manuskript sorgsam wieder in den Ordner heftete, kümmerte sie sich nicht mehr um Gerhard. Sie packte ihr Reisetäschlein und hüllte sich in einen Schal. Er krümmte sich über der Wasserschüssel, elend in seiner Rückgratlosigkeit.

»Ich geh runter und schau', ob uns der Gastwirt zum Bahnhof zurückfahren kann.« Nicht einmal mehr küssen wollte er sie.

Im Spiegel erblickte Anna eine immer noch attraktive und intelligente Frau. Sie würde sich erholen von diesem Schlag. Aber als sie die Endgültigkeit in den Schritten Gerhards auf den knarrenden Treppenstufen des Gasthofs vernahm, war es unmöglich, die Tränen zurückzuhalten. Ach, könnte sie doch all ihre weltlichen Besitztümer über Bord werfen, ihre Familie und Freunde vergessen, alles tun, um diesen Mann zu überzeugen, dass ein Leben ohne sie ein Ding der Unmöglichkeit sei!

Das sollte nicht sein.

Hier und jetzt beschloss sie, Gerhard nie wiederzusehen.

Es würde schmerzhaft sein, aber nur auf diese Weise konnte sie die Erinnerung an das bewahren, was einst gewesen. Von dessen ungustiösem Ende wurde ihr übel. *Tristan* und *Isolde* klammerten sich doch wenigstens bei der Aufdeckung ihrer verbotenen Liebe noch aneinander, bevor der Held von Karneol sich Melots Schwert entgegenstürzte, um sich selbst die tödliche Wunde zuzufügen. Hier, in diesem schäbigen Landgasthof mit seinen zerschlissenen Bettdecken und billigen Spitzengardinen, hatte man nur Leere vor Augen: die düsteren Passagen, mit denen der II. Aufzug endet, dachte sie. Die Musik des Tristan sprach wahrer als seine Handlung. Wenn das grelle Licht des Tages den Geist überströmt, lösen sich die mystischen Harmonien der Nacht auf und – sind nicht mehr.

Bayreuth, 6. Juni 1875

Geehrtester Herr Brahms,
ich ersuche Sie, mein Manuskript der von mir umgearbeiteten zweiten Szenen des Tannhäuser, *dessen ich zur Herausgabe einer Neubearbeitung der Partitur bedarf, mir zuzuschicken. Zwar ist mir berichtet worden, dass Sie, vermöge einer Schenkung durch Peter Cornelius an Sie, Eigentumsansprüche an dieses Manuskript erheben; doch glaube ich dieser Meldung keine Folge geben zu dürfen, da Cornelius, dem ich dieses Manuskript eben nur gelassen, keineswegs geschenkt hatte, unmöglich desselben sich an einen Dritten entäußern konnte, welches nie getan zu haben er mir auf das Teuerste versichert hat.*

Vermutlich ist es meinerseits sehr unnötig, Sie an dieses Verhältnis zu erinnern, und es wird keinerlei weiterer Auseinandersetzung bedürfen, Sie zu bestimmen, dieses Manuskript, welches Ihnen nur als Kuriosität von Wert sein kann, während es meinem Sohn Siegfried als teures Andenken verbleiben könnte, gern und freundlich mir zurückzustellen.

Mit größter Hochachtung, Ihr ergebenster
Richard Wagner

Ziegelhausen bei Heidelberg, am 15. Juni 1875

Hochgeehrtester Herr,
wenn ich gleich sage, dass ich Ihnen das fragliche Manuskript gern und freundlich zurückstelle, so muss ich mir doch wohl trotzdem erlauben, einige Worte beizufügen. Ihre Frau Gemahlin ging mich schon vor Jahren um die Rückgabe jenes Manuskripts an; mich sollte jedoch damals so vielerlei dazu veranlassen, dass ich schließlich nur das eine empfinden konnte: Es sei mir eben der Besitz Ihrer Handschrift nicht gegönnt. Leider muss ich dem Sinn Ihres Briefes wohl Gewalt antun, will ich etwas anderes herauslesen, und damals wie jetzt hätte ich einem einfachen Wunsch von Ihnen jedenfalls lieber das Opfer gebracht.

Ihrem Sohn kann doch – gegenüber der großen Summe Ihrer Arbeiten – der Besitz dieser Szene nicht so wertvoll sein wie mir, der ich, ohne eigentlich Sammler zu sein, doch gern Handschriften, die mir wert sind, bewahre. »Kuriositäten« sammle ich nicht.

Es hätte keinen Sinn zu wiederholen, warum ich glaube, dass das Manuskript rechtens mir gehört. Wahrscheinlich ist Ihnen bei anderer Gelegenheit erklärt worden, dass Cornelius und Tausig es mir zum Geschenk machten und ihre Absichten nicht klarer hätten machen können. Im Rückblick wäre es vielleicht besser gewesen, sie hätten mir ihre Übereilung nachträglich eingestanden, und dass das Manuskript tatsächlich nicht in ihrem Besitz gewesen, um an einen Dritten entäußert werden zu dürfen.

Ich meine fast, mir gegenüber die Verpflichtung zu haben, eingehender Ihrem Schreiben und nachträglich denen Ihrer Frau Gemahlin zu erwidern – doch muss ich wohl fürchten, Missdeutungen in keinem Fall entgehen zu können, denn, wenn Sie erlauben, das Sprichwort vom Kirschenessen ist wohl nicht leicht besser angewandt als bei unsereinem Ihnen gegenüber. Möglicherweise ist es Ihnen nun ganz angenehm, wenn ich nicht mehr glauben darf, Ihnen etwas geschenkt zu haben. Für diesen Fall nun sage ich, dass, wenn Sie meiner Handschriftensammlung einen Schatz rauben, es mich sehr erfreuen würde, wenn meine Bibliothek durch eines mehr Ihrer Werke, etwa die **Meistersinger**, *bereichert würde.*

Dass Sie Ihre Meinung ändern, darf ich wohl nicht hoffen, und so schreibe ich heute noch nach Wien, um mir die Mappe, welche Ihr Manuskript enthält, kommen zu lassen Ich ersuche recht dringend, mir seinerzeit den Empfang freundlichst durch einige Worte anzeigen zu wollen.

Ihr in ausgezeichneter Hochachtung und Verehrung ergebener Joh. Brahms

Bayreuth, 26. Juni 1875

Geehrtester Herr Brahms!
Ich danke Ihnen sehr für das soeben zurückerhaltene Manuskript, welches sich allerdings, da es seinerzeit in der Pariser Kopie sehr übel hergerichtet wurde, durch äußere Anmut nicht auszeichnet, mir aber – außer allen empfindsamen Gründen – deswegen von Wert ist, weil es vollständiger ist als die damals von Cornelius mit einem großen Strich versehene Abschrift.
Es tut mir nun leid, Ihnen statt der gewünschten **Meistersinger**-*Partitur (welche mir, nach wiederholter Nachlieferung von Schott, gänzlich wiederum ausgegangen ist) nichts Besseres als ein Exemplar der Partitur des* **Rheingold** *anbieten zu können. Ohne Ihre Zustimmung zu erwarten, sende ich Ihnen dieses heute zu, weil es sich dadurch auszeichnet, dass es das Prachtexemplar ist, welches Schott seinerzeit auf der Wiener Weltausstellung prangen ließ. Man hat mir manchmal sagen lassen, dass meine Musiken Theaterdekorationen seien: Das* **Rheingold** *wird stark unter diesem Vorwurf zu leiden haben. Indessen dürfte es vielleicht nicht uninteressant sein, im Verfolgen der weiteren Partituren des* **Ringes des Nibelungen** *wahrzunehmen, dass ich aus den hier aufgepflanzten Theaterkulissen allerhand musikalisch Thematisches zu bilden verstand. In diesem Sinn dürfte vielleicht gerade das* **Rheingold** *eine freundliche Beachtung bei Ihnen finden.*

Hochachtungsvollst grüßt Sie Ihr ergebener und verpflichteter
Richard Wagner

Ziegelhausen bei Heidelberg, 29. Juni 1875

Verehrtester Herr,
Sie haben mir durch Ihre Sendung eine so außerordentliche Freude gemacht, dass ich nicht unterlassen kann, Ihnen dies mit wenig Worten zu sagen, und wie von Herzen dankbar ich Ihnen bin für das prachtvolle Geschenk, das ich Ihrer Güte verdanke. Den besten und richtigsten Dank sage ich freilich täglich dem Werk selbst – es liegt nicht ungenützt bei mir. Vielleicht reizt dieser Teil anfangs weniger zu dem eingehenden Studium, das Ihr ganzes großes Werk verlangt; dieses Rheingold *aber ging noch besonders durch Ihre Hand, und da mag die* Walküre *ihre Schönheit hell leuchten lassen, dass sie den zufälligen Vorteil überstrahlt. Doch verzeihen Sie solche Bemerkung! Näher liegt wohl die Ursache, dass wir schwer einem Teil gerecht werden, dass uns über ihn hinaus und das Ganze zu sehen verlangt. Bei diesem Werk gar bescheiden wir uns gern noch mehr und länger.*

Wir haben ja den, wohl ergreifenden, doch eigentümlichen Genuss – wie etwa die Römer beim Ausgraben einer riesigen Statue – Ihr eines Werk sich teilweise erheben und ins Leben treten zu sehen. Bei Ihrem undankbaren Geschäft, unserem Erstaunen und Widerspruch zuzusehen, hilft dann freilich einzig das sichere Gefühl in der Brust und eine immer allgemeiner und größer werdende Achtung, welche Ihrem großartigen Schaffen folgt.

Ich wiederhole meinen besten Dank und bin in ausgezeichneter Verehrung.

Ihr sehr ergebener Johs. Brahms

München, 30. August 1875

Lieber Vater,
von Marie bekomme ich ziemlich gute Nachrichten. Unser Zusammensein war über alle Beschreibung schön und heiter. Den Tag vor meiner Ankunft war sie bei einem berühmten Arzt in Freiburg – Professor Kussmaul. Auch der sprach ungünstig, aber die Hoffnung in ihr ist stärker als alle Aussprüche der Ärzte, und das ist ein großes Glück. Zwischenhinein kommen dann immer wieder furchtbar melancholische, verzweifelte Stimmungen, aber sie halten nicht vor. Über deinen Brief sprach sie ruhig und schön. Sie sieht wohl ein, wie sehr Du recht hast. Es hat keinen Sinn, irgendwem von der Verlobung zu erzählen.

Noch drei Wochen wird sie in Badenweiler bleiben, dann auf ein paar Tage herkommen, um von hier aus wieder nach dem Süden zu gehen. Es ist ein Wunder, wie sie solches Leben erträgt. Ich kann nicht glauben, dass sie den nächsten Winter noch überlebt, bin eigentlich täglich auf das Allerschlimmste gefasst: Und Alles das vergesse ich beim Zusammensein, gebe mich ganz dem Zauber ihres Wesens hin. – Ich kann nur schwer über die Sache sprechen. Du musst mit Tatsächlichem vorliebnehmen, und zwischen den Zeilen lesen ...

Vom 9ten bis 13ten war ich in Bayreuth, habe die Proben von **Siegfried** und **Götterdämmerung** mit angehört. War ganz überwältigt von dem Eindruck der Werke, des Hauses, und der Aufführung. Gerade ich, der ich auf großen Umwegen und nach vielen inneren Kämpfen **Wagnerianer*** geworden bin, habe vielleicht ein freieres Urteil. Ich bin alt genug, um mir Nichts mehr weis zu machen – und ich sage Dir, dass das, was sich künftiges Jahr in Bayreuth vollziehen wird, eine radikale Umwälzung in unserem Kunstleben hervorbringen wird. Die Werke Wagners mögen vergehen, nicht aber seine reformatorischen oder vielmehr reactionären Ideen. Dass dieser Mann – ein simpler deutscher Musikant, es erreicht hat, seine Ideen zur Tat werden zu lassen, das ist's, was mir in Bayreuth so imponiert hat.

Schon der erste Eindruck des Hauses ist hinreißend. Alles zweckmäßig, einfach. Es ist fast nicht zu begreifen, dass man je von dieser Bauweise abgekommen ist. Man hört und sieht von jedem Platz gleich gut, das Orchester ist unsichtbar (unter das Podium der Bühne hineingebaut); es klingt zauberisch schön, niemals voll, und doch deutlich, nicht verschwommen; der Sänger ist nie geduckt, man versteht jedes Wort und jedes **piano**, trotzdem nie ein zahlreicheres Orchester in einem Theater versammelt war

(32 Geigen, 10 Contrabässe! im Ganzen 110 Menschen). Jeden Morgen wurde ein Akt von dem Orchester allein durchgespielt, derselbe abends mit den Sängern wiederholt. Es wurde vortrefflich vom Blatte gelesen. Natürlich fehlen noch die Nuancen. Die Blasinstrumente – (eines ausgenommen) sind bei uns in München viel besser. Ich werde auch nächstes Jahr noch ein Paar von uns hinschicken.

Jeden Abend von 9 – ½ 11 Uhr war ich bei Wagner. Er war sehr liebenswürdig mit mir, empfing mich aufs herzlichste.

Nun genug für heute. Grüße Hannchen freundlichst.

Von ganzem Herzen Dein treuer Sohn
Hermann

---

*Wagnerianer ist ein dummes Wort; man versteht eigentlich nur die Radicalen darunter, zu denen ich nie gehören werde. Der Clique werde ich nach wie vor fern bleiben.

Berlin, 18. September 1875

Lieber Johannes,

Du fragst nach der Manfred-*Aufführung in München. Leider wurde mein Vergnügen daran von dem folgenden Abend verdorben, denn da ich nun einmal in München war, musst ich auch den* Tristan *sehen, und sei's nur, um Levi eine Freude zu machen. Das Ehepaar Vogl singt gewiss großartig, aber ich kann mich nicht entsinnen, je etwas Widerwärtigeres gesehen oder gehört zu haben als diese Oper. Den ganzen Abend einen solchen Liebeswahnsinn mit ansehen und hören zu müssen, wobei sich Einem jedes Sittlichkeitsgefühl empört, und darüber das Publikum nicht allein, sondern auch die Musiker entzückt zu sehen, das ist doch das Traurigste, was mir noch je in meinem Künstlerleben vorgekommen ist.*

Ich hielt bis zum Schluss aus, wollte es ganz gehört haben.

Den ganzen zweiten Akt hindurch schlafen und singen die beiden, den ganzen letzten Akt stirbt der Tristan, volle 40 Minuten, und das nennen sie dramatisch!!! *Levi sagt, Wagner sei ein viel besserer Musiker als Gluck! Und Joachim? Er hat nicht den Mut gegen die Andern aufzutreten. Sind sie denn nur alle Narren oder bin ich es?*

Ich finde das Sujet so elend; ein Liebeswahnsinn durch einen Trank herbeigeführt, kann man sich da noch im Geringsten für die Liebenden interessieren? Das sind ja nicht mehr Gefühle, das ist eine Krankheit, sie reißen sich förmlich das Herz aus dem Leibe und die Musik versinnlicht das in den widerlichsten Klängen! Ach! Ich könnte nicht fertig werden zu klagen, ach und weh zu rufen!

Wer immer sich an dieser Scheußlichkeit zu ergötzen vermag, muss gewiss jedes moralischen Gefühles ermangeln. Dass sie's wagten, ein solches Stück einem kultivierten Publikum vorzusetzen, bzw. einem, das den Anspruch erhebt, kultiviert zu sein, ist ein trauriges Indiz für die Demoralisierung unseres Zeitalters. Auch nur darüber nachzudenken, lässt mich schon kochen vor Entrüstung. Also: – kein Wort mehr darüber! –

Deine zutiefst verstörte
Clara

Mannheim, 25ter Mai 1877

Liebster Bruder,

ich meine, Du solltest erfahren, dass ich von Brahms einen merkwürdigen Brief erhalten habe. Nach all diesen Jahren bittet er mich, ob ich so gut sein möchte, all seine Geldanlagen, die ich für ihn betreue – vorwiegend mündelsichere Wertpapiere & Aktien-Zertifikate, dazu noch einige Goldpapiere – an Simrock in Berlin zu transferieren. In finanziellem Betracht weiß ich nichts über Simrock, glaube aber, dass es nicht anständig wäre, wenn ich nicht darauf hinwiese, dass ein solcher Anlagen-Transfer in diesen Zeiten womöglich ein unkluger Schritt wäre, zumal ich gerade mit der planmäßigen Abwicklung des Tausches einiger alter Aktienbeteiligungen gegen neue begonnen hatte. Ich bin mir nicht im klaren, ob Dir bewusst ist, wie selten wir über die Jahre die Einzelheiten erörtert haben, von ein paar Fragen zu Zinsvergütungen oder dergleichen abgesehen. Das Entscheidende ist, dass Brahms sich als jemand erzeigt hat, der sein Capital einem reputierlichen Bankier anvertraut und im Übrigen auf das Beste hofft. Immerhin hatte er nichts dagegen, den Jahresbericht, den ich ihm immer im Januar vorlege, mit seiner Unterschrift gegenzuzeichnen. Aufbewahrt habe ich seine Wertpapiere in einer Stahlkassette in meinem Bureau, wobei ich es tunlichst vermied, seine Angelegenheiten in Ladenburgs Rechnungsbüchern anzuführen – wir Bankmenschen übernehmen ja häufig diese Art Privatanlage als eine Gefälligkeit für Freunde – so, wie ich etwa auch Vaters Aktien verwalte.

Brahms verrät nicht, warum er wünscht, die Cassette möchte an Simrock übersandt werden. Er sagt nur, dass seine Einkünfte ausreichen, um von ihnen zu leben; das deponierte Kapital setze er nicht für Transaktionen ein, wolle es auch nicht für sich selbst aufbrauchen, sondern seinen Erben vermachen. Wie du, lieber Bruder, ersehen wirst, hat er keinen plausiblen Grund angeführt für diese, meines Erachtens überstürzte, Aktion, die mich ein bisschen stutzig macht. Ich weiß, dass zwischen euch beiden die Dinge seit geraumer Weile nicht mehr zum Besten stehen – also kann ich nur den Schluss ziehen: Brahms möchte vollständig brechen mit jedem, der mit Hermann Levi in Verbindung steht, selbst mit einem wie mir, der ich nicht einmal mehr denselben Namen trage! In meiner Antwort habe ich ihn versichert, dass er, sollte er je wieder meiner Dienste bedürfen, die gleiche Bereitschaft erwarten dürfe wie zuvor, und dies mit der Sorgfalt eines selbstlosen **Pater Familias** *etc.*

Du wirst mir diese heiklen Nachrichten verzeihen, die ich Dir nicht vorenthalten zu dürfen glaubte. In gewisser Weise hätte Brahms ja nicht liebenswürdiger mit der ganzen Sache umgehen können: indem er mir, in einem separaten Couvert, etwas zu singen gesandt hat, ein Lied mit dem Titel Feldeinsamkeit – kennst Du das? Jetzt sag bloß nicht Ja! – denn geschrieben ist es auf einem losen Blatt Schreibpapier – wiewohl dies daher kommen mag, dass er's extra für meine Bassstimme tiefer transponiert hat.

Wie Du Dir gut vorstellen kannst, bin ich gerührt und werde diese generöse Gabe – die Brahms gefälligerweise mir gewidmet hat – in hohen Ehren halten. Ich habe das Lied schon mit einem Freund durchgesungen, und es sitzt meiner Stimme wie angegossen – selbst nach all diesen Jahren des Handelns mit Aktien & Wertpapieren. Der Dichter, Hermann Allmers, ist mir unbekannt. Ich nehme nicht an, dies könnte ein versteckter Verweis auf dich sein, Brüderlein? Nein, natürlich nicht! Nach meinem Eindruck prima vista kann ich Dir sagen, dass das Lied auf seine Weise ausnehmend schön ist. Auf jeden Fall kann ich mich des Gefühls nicht erwehren, dass ich mit dieser Gabe vollständig entlohnt bin, und zwar mit Zins & Zinseszins!

Lass Dir bitte gesagt sein, dass ich nicht einen Augenblick die Aufmerksamkeit bereue, die ich über all die Jahre als Brahms' Vermögensverwalter seinen Finanzen gewidmet habe. Es war eine Aufgabe, die ich gern auf mich genommen habe. Auch bin ich, wenn ich das sagen darf, ein bisschen stolz auf sein Portfolio. Seine Investitionen haben ihm, selbst bei der gegenwärtigen Volatilität der Märkte, einen hübschen Gewinn eingebracht. Da mithin auf keiner Seite Vorwürfe im Raum stehen sollten, wollte ich Dir, liebster Bruder, mitteilen, dass das Schlusskapitel unserer Brahmsischen Banken-Saga demnächst geschrieben sein wird. Ich werde die Cassette an Simrock versenden, sobald ich weiteres weiß.

In der Zwischenzeit sende ich Dir liebe Grüße, auch von Emma und den Kindern an ihren geliebten Schwager und Onkel.

Stets Dein Wilhelm

P. S.: Ich vergaß zu erwähnen, dass Brahms mir vor ein paar Monaten schrieb, er bedaure, dass er letzthin nicht von Sylt nach Bayreuth zu den Festspielen gefahren sei. Nach dem, was andere ihm berichtet, habe er das Gefühl, ein bedeutendes Ereignis verpasst zu haben – unerachtet seiner persönlichen Vorbehalte gegen Wagner und seinen magischen Ring. Mir ist bewusst, dass Du in dieser Sache feste Überzeugungen hegst, die nachvollziehen zu können ich nie behaupten würde, doch selbst Vater meint, Du solltest Brahms schreiben (vielleicht ihn in Wien treffen!) und die Dinge zwischen euch bereinigen. Notabene: Dies hat nichts zu tun mit Zinsberechnen & Coupon-Abschneiden!

W.

Herrn Hofkapellmeister Hermann Levi
Hof-Theater München

27. Februar 1879

Lieber Freund!
Meine Frau wird nicht fertig damit, von Ihrem liebenswürdigen Benehmen gegen sie zu erzählen, so dass ich zu einem Autographen für Sie greifen muss, welchen Sie sich ja dann für Ihre Sammlung kopieren können. Was ich Ihnen darin zu sagen habe, wird nicht viel heißen, es wäre denn, dass Ihnen der Ausdruck meiner großen Freude über Sie für etwas gelten könnte. Mit dieser Schätzung meiner »Freude« möchte ich aber nicht für anmaßend gehalten werden, als ob es einen Wert hätte, wenn ich mich freue; hier liegen aber ernste und tiefe Geheimnisse zu Grunde, und wer sie vollständig sich an das Licht der Vernunft brächte, würde z. B. in meiner »Freude über Sie« einen guten Anhalt für eine Konstruktion zukünftiger Gestaltungen der menschlichen Dinge gewinnen, unter deren edler Harmonie uns gereinigt wiederzufinden uns Beiden nicht ganz untröstlich dünken müsste. –
Social-Metaphysik!!

Herzlichen Dank und Gruß von
Ihrem sehr ergebenen Richard Wagner

Herrn Kapellmeister Levi
Königl. Hof-Theater
München

Mannheim, 5ter April 1879

Lieber Hermann,
obgleich's mir keine Freude macht, diesen Brief zu schreiben, kann ich nicht länger umhin, Dir genau das zu sagen, was Du nicht hören magst.

Du, Hermann, bittest mich, künstlerische Differenzen zu respektieren. Du bittest mich, die Grundprinzipien preiszugeben, nach denen ich mich als Musiker gerichtet habe. Das kann ich nicht. Ich bin ein alter Mann. Und meine Prinzipien sind nicht nur mein eigenes, hart erworbenes Kapital – sie waren auch der Grundstock, von dem ich wähnte, ich hätte ihn geteilt mit Dir, mit jenem Hermann, von dem ich hoffte, er würde, wenn er in die Welt hinauszöge, stolz das Banner all dessen schwenken, was in der Musik schön und wahr ist. Stattdessen sehe ich nun, dass Du vollkommen in Geiselhaft genommen bist von einem Schurken, einem Richard Wagner.

Mit seiner endlosen Selbstbeweihräucherung und seinem Abstieg ins Reich des Unsäglichen ist der nämliche Wagner nichts weniger als ein Schuft, der die Deutsche Musik in die Knie gezwungen hat. Eine Frechheit, dass so ein Mann sich einbildet, Menschen, welche Musik um ihrer natürlichen Schönheit wegen lieben, sollten sich der abscheulichen Weitschweifigkeit unterwerfen, wie man sie in jeder seiner Partituren antrifft. Ich habe sie ja selbst noch erlebt: die lustlose Langeweile derjenigen, die Wagner im Opernhause ertragen mussten – deren Augen glasig wurden vor unendlicher Ermattung, während der formlosen Masse der Harmonien jeglicher rechte Halteplatz verwehrt wurde. Es ist doch geradezu pervers, solch ein unberechenbar wucherndes Umherschweifen »Musik« zu nennen! Ich kann mich kaum schlimmerer Momente in meinen über dreißig Jahren am Theater entsinnen, als jener, wo ich gezwungen war, mir mühsam einen Pfad durch jenes Dickicht zu bahnen, das sich Wagner?sches »Musikdrama« nennt.

Dass Du Dich nicht nur mit Richard Wagner gemeinmachst, sondern Dich eng an seine Brust hast ziehen lassen, ist ein Gedanke, der kaum auszuhalten ist. So sehe ich denn Dich, einen der berufensten Priester der Kunst, für immer an eine Sache angeschmiedet, die ich als eine Krankheit, ja als ein nationales Unglück ansehen muss. Du erscheinst mir als das Opfer einer geistreichen, blendenden, aber innerlich unechten, verderblichen Sache! Ich bin zu dem Schluss gelangt, dass Du nimmer einen Weg finden wirst, seinen Klauen zu entrinnen. Stattdessen wirst Du wohl sein leitender musikalischer Repräsentant. Und was das Fass zum Überlaufen bringt, ist, dass Du in Bayreuth dirigieren sollst: eine Aussicht, die mich ganz krank macht im Herzensgrunde.

Bedrückten Gemütes entferne ich Dich aus meinen Gedanken und zärtlichen Gefühlen.

Mit tiefstem Bedauern, Dein
Vincenz Lachner

6. Tag

Die Türglocke hatte geschellt – und Frau Stiller brachte einen Umschlag herein. Umständlich schnitt Hermann das Couvert mit dem Brieföffner auf. Das Schreiben war von Richard Strauss aus Garmisch, der rechtzeitig zu Ostern eingetroffen war.

»Er schlägt eine Partie Skat vor. Lust auf einen Kartenabend, Anna? Falls nicht, könnten er und ich immer noch zu zweit Grabuge spielen.«

Es war noch gar nicht lange her, dass Strauss mit einer abgefeimten Intrigenkampagne Hermann beinahe vorzeitig unter die Erde gebracht hatte. Obendrein hatte er Hermanns Dirigieren einmal »typisch semitisch« genannt.

Allerdings war er seither milder geworden und jetzt nicht mehr der Judenbeißer wie einst. Nach jener Misshelligkeit, die Hermann gezwungen hatte, sein Abschiedsgesuch einzureichen, war alles vergessen. Sie standen nun – mehr oder weniger – auf bestem Fuße miteinander und vergnügten sich mit Kartenspielen. Opernklatsch war dabei streng verpönt, desgleichen Witze über dumme Tenöre. Anna würde, auch wenn sie Karten hasste, den Abend genießen und die bezaubernde Pauline kennenlernen. Alten Groll müsse man halt begraben und Jugendsünden vergeben. Strauss sei damals unter den Einfluss eines üblen Mannes namens Alexander Ritter geraten, dem Ehemann von Wagners Nichte Franziska, der seinen Kopf mit gehässigem Gerede vollgestopft habe.

Und dann gab's da ja noch Strauss' Vater Franz – *requiescat in pace* –, den berüchtigten Hornisten in Hermanns Orchester. Als Hermann seine Musiker aufgefordert hatte, zum Eingedenken an Wagners Hinschied sich für eine Schweigeminute zu erheben, hatte Franz sich geweigert und war sitzengeblieben in sturem Protest. Geweigert deswegen, weil Wagner Hermann erlaubt hatte, den *Parsifal* zu dirigieren, ein Werk, das Franz verabscheute. Ein verbitterter alter Narr, der am Ende in Pension geschickt werden musste – zur nicht geringen Erleichterung aller.

»Weißt du, Anna, manche Leute bleiben halt lebenslang Sklaven ihrer kleinkarierten Vorurteile. Ich mag nicht meine wertvolle Zeit damit verschwenden, dass ich mir darüber den Kopf zerbreche. Im übrigen ist Richard Strauss ein erstklassiger Musiker«, sagte Hermann, »und das ist es, was zählt.«

»Kleinkarierte Vorurteile, sagst du? Willst du damit Wagners Antisemitismus kennzeichnen?«

»Jetzt mach aber mal 'nen Punkt, Anna!«, protestierte Hermann. »Verzeih, wenn ich grob werde – tut mir wirklich leid –, aber beim Wort Antisemitismus in Verbindung mit Wagner stellen sich mir alle Nackenhaare auf! Es war immerhin Wagner, der sich von den antisemitischen Politikern distanzierte.«

Der Meister habe, berichtete er, keinen Moment gezögert, die infame Petition zurückzuweisen – das müsse '78 oder so gewesen sein; er selbst habe Hermann davon erzählt. So handelte kein politischer Antisemit!

»Als würden Wagners Schmähschriften nicht einen blinden Hass auf alles Jüdische bekunden«, sagte sie bissig. Asche von Hermanns Zigarre war ihr aufs Kleid gerieselt, und allmählich wurde ihr der Rauch zuwider.

Es seien nicht so sehr jüdische Menschen, die Wagner verabscheute, erläuterte Hermann geduldig. Es sei das Judentum als Idee. Wie sonst hätte ihm, Hermann, der Meister seine Gedanken anvertrauen können? Von Angelo Neumann, Heinrich Porges, Joseph Rubinstein und den übrigen ganz zu schweigen.

Von der Religion ihrer Väter wusste Wagner herzlich wenig. Nein, das Judentum war ein Potenzial, das in jedem schlummerte, sei dieser Deutscher oder Jude.

Sie beide, Anna und er, hätten doch auch Verwandte, die, so lieb und fürsorglich sie einerseits seien, einen doch andererseits mit ihrem vulgären Materialismus schier zur Verzweiflung brächten. Man könne schlechterdings nicht so tun, als gäbe es keine Beziehung zwischen dem jüdischen Leben im Ghetto und einer Kunst, die vom Kommerz erniedrigt werde. Und es sei Wagner gewesen, der, wie Anna sehr gut wisse, jene Tendenz mit Komponisten wie Meyerbeer und Halévy gleichgesetzt habe.

»Und deswegen, nehme ich an, wars nötig, Heine und Mendelssohn gleichermaßen anzuschwärzen. Eine Schande ist das!« Sie war außer sich vor Ärger über Hermanns Beschwichtigungen.

»Anna, erinnerst du dich nicht an Heines Stichelei wider den Judaismus? Der sei gar keine Religion, sondern ein Unglück!«

Wieder im Ernst erzählte Hermann von den Privatvorstellungen der *Hugenotten* von Meyerbeer, die er für den König dirigiert hatte. Diese Effekthascherei, dieses Pompöse eines Werkes, dessen Unredlichkeit Wagner schon vor fünfzig Jahren aufgedeckt hatte! Musik, die sich selbst prostituierte!

Ein gewieftes Bühnenmachwerk, kein Zweifel, ein *grand spectacle* – aber doch nichts weiter als eine billige Abfolge von Nervenkitzel, von Gedankenarmut – Absenz von Tiefsinn – schwächlicher Handhabung der Traditionen …

Hermann saß auf hohem Ross und konnte alle polemischen Schlagworte aus dem Kopf hersagen.

Natürlich gab er Meyerbeer persönlich keine Schuld.

Geschichte habe ihn in diese Position gezwungen. Weswegen es sich zieme, über Wagners Ideen, so unangenehm sie einem auch sein mochten, noch einmal nachzudenken. Immerhin sei's ja nicht so viele Generationen her, dass die Juden, wie Anna gut wisse, dem Elend der Ghettos entkommen seien. Und man dürfe nicht die Verzweiflung vergessen, die mit solchen Bedrängnissen einhergehe, diesen Sumpf aus abergläubischen Bräuchen.

Warum wohl, glaube sie, habe Dr. Levi solche Kämpfe ausgefochten, um der religiösen Praxis etwas gesunden Menschenverstand einzupflanzen? Heine, sagte Hermann, ebenso wie – und hier stockte ihm kurz der Atem – Wagner hätten recht damit, dass es den Juden, wenn man ihre Vergangenheit berücksichtige, natürlich ums Überleben gegangen sei. Und deswegen habe Meyerbeer ins Bild gepasst – ja, deswegen habe er mehr als nur überlebt – deswegen sei sein Aufstieg von materiellem Erfolg gekrönt worden.

Hermann sprach sodann von *Rienzi*, Wagners erstem Triumph, einem aufgeblasenen Spektakel in fünf Akten. Die Oper war nichts, auf das man stolz sein konnte. Selbst Frau Wagner hatte sie auf Dauer aus Bayreuth verbannt.

»Man darf nicht vergessen: *Rienzi* war seine Hommage an Meyerbeer, die ihm seinerzeit in den vierziger Jahren riesigen Beifall eingebracht hatte. So dass man hinter des Meisters Auffassung vom *Judenthum in der Musik* erahnen kann, wie peinlich ihm das Werk geworden war. Wahrscheinlich schämte er sich seiner. Natürlich wär's vermessen«, sagte Hermann, »dies vor irgendwem zu äußern – außer vor dir, meine Gute.«

»Ich bezweifle, ob die Wagnerianer diese Deutung begrüßen würden, zumal wenn sie von dir oder deinesgleichen käme«, sagte sie, und traf dabei einen wunden Punkt. Der Gedanke an sich war einleuchtend, vermochte es aber schwerlich, Wagners feindselige Meinungen zu entschuldigen.

Ein Anflug von Verbitterung streifte seine Züge. Natürlich sei es für ihn, Hermann, mit einigen der fanatischeren Wagnerianer nie einfach gewesen. Die Schlimmsten von ihnen, gab er zu, hätten ständig, über Jahre hinweg, heimtückisch gegen ihn das Messer gewetzt. Und die politischen Ziele, die von den offiziellen Wagnerschen Organen seit '83 verfolgt wurden, waren zugegebenermaßen dubios. Aber was sollte man machen? Natürlich, er hatte einen gewissen Einfluss gehabt und war bei mehr als einer Gelegenheit gegen die Hetze aktiv eingeschritten.

»Aber ich bin froh, zu vermelden, dass alle Versuche der Bayreuther Meute, mich zu diskreditieren, jedes Mal von Frau Wagner persönlich im Keim erstickt wurden«, sagte Hermann selbstgerecht und blickte aus dem Fenster.

Was er sagte, war offenkundig unwahr. Er stand auf und ging zu seinem Aktenregal hinüber. Nachdem er einen Ordner durchgeblättert hatte, hielt er Anna einen Brief vor Augen. Er war von Richard Wagner an Hermann, geschrieben anno 1882, einige Monate vor der *Parsifal*-Premiere. Er begann mit »Liebes Alter Ego!«

»Gerade dir muss bewusst sein, was dieser Brief anzeigte«, sagte er. »Es war die größte Ehre, die mir je im Leben widerfahren ist.« Als des Meisters Bevollmächtigter für die Leitung des *Parsifal*, als sein zweites Ich, war Hermann gezwungen gewesen, sich tief auf Wagners Gedankenwelt einzulassen. Bevor Liszt die Premiere des *Lohengrin* in Weimar leitete, habe Wagner jenem, wie Hermann berichtete, als einem anderen seiner »Alter Egos« die autographe Partitur des *Lohengrin* dediziert und damit sein Vertrauen auf Liszts musikalisches Urteil dankbar bestätigt. Und später sei der Hermelin eben auf Hermanns Schultern gefallen.

Der Brief war nicht nur eine rührende Achtungsbezeigung, sondern warf auch Licht auf eine Zeit großer Drangsal, als Stimmen sich erhoben, welche sagten, *Parsifal*, das große christliche Werk, dürfe nicht besudelt werden von den Händen eines Juden. Das Entscheidende war hier – und Frau Wagner wurde nie müde, dies vor Hermann zu unterstreichen –, dass der Meister eine endgültige Entscheidung getroffen hatte, die für ihn ein heiliges Vertrauensgut war. Was es sonst an Kleinlichkeiten gegeben, war demgegenüber völlig unbedeutend.

»Ich kanns dir nicht nachdrücklich genug vor Augen stellen, Anna, dass diese Oper mich etwas lehrte, was weit über religiöse Fragen hinausgeht.«

Hermann hustete ein paarmal, drückte seine Zigarre in einem schwarz lackierten Aschenbecher aus, warf einen Blick auf eine große Taschenuhr, die er aus seinem Morgenmantel gezogen, und lächelte.

»Wolltest du heute morgen nicht über Brahms sprechen?«

»Wir sind etwas abgeschweift, aber auf ein überaus fesselndes Gebiet«, sagte Anna.

Dass Hermann zu diesem Terrain Zutritt gewährt hatte, überraschte ihn selbst.

Eine ferne Glocke ertönte aus dem Speisezimmer.

»Frau Stiller hat unser Essen fertig. Lass uns rübergehen, ja?«

Anna klappte ihr Notizbuch zu, dankbar dafür, dass Hermann das Thema wechseln wollte. Wagners Judenhass lastete auf ihr mit drückender Macht.

»Nebenbei bemerkt, Anna – wie findest du dieses Paradoxon? –: Wagner, berüchtigt für seine Angriffe auf das Judentum, lud mich ein, den *Parsifal* zu dirigieren, während Brahms, mein guter Kamerad, dem alle Juden lieb und teuer waren, die Uraufführung seines Deutschen Requiems mir nicht anvertraute.«

Hermann hatte diese Kränkung nie zuvor erwähnt.

»Es hat schon seinen Grund, lieber Hermann, weshalb du ein Mann des Theaters geworden bist.«

Das war eher eine unbeholfene Gegenüberstellung gewesen als irgendetwas anderes – ein offenkundiger Versuch, zu frappieren.

Dennoch erinnerte sie sich, etwas dergleichen schon geargwöhnt zu haben. Das war, als sie erfuhr, dass nicht Karlsruhe die erste Chance auf das Requiem bekäme, weil es stattdessen im Bremer Dom uraufgeführt werden sollte. Ein Verdacht war ihr damals durch den Kopf gehuscht, den sie, selbst gegenüber ihren Schwestern, nie zu äußern wagte: dass Brahms es für unpassend ansähe, wenn jemand namens Levi ein Deutsches Requiem dirigierte.

Hermann stand auf und reckte sich, ohne eigentlich der Stütze zu bedürfen, die ihm die Rückenlehnen der Bibliothekssessel boten, und geleitete Anna am Arm ins Speisezimmer. Er fühlte sich gestärkt: von seiner Provokation, von diesem gut gezielten Einwurf seines beiläufigen Aparte.

Anna verzichtete darauf, einzuräumen, dass Hermann sie mit ihren eigenen Waffen geschlagen habe.

»Hast Du nicht gesagt, wir könnten heute abend eine Flasche Riesling aufmachen?«, fragte sie.

1881

Hermann näherte sich den Pforten Wahnfrieds mit dem jungen Felix Weingartner im Gefolge. Nachdem Felix eingeladen worden war, in Bayreuth die *Parsifal*-Proben zu besuchen, war er, der am Leipziger Konservatorium studierte, um Hermann wie ein junges Hündchen herumgehüpft, so ehrfürchtig huldigte er dem Musikertum seines Mentors. Hermann fand es rührend, dass dieser kultivierte Neunzehnjährige darauf bestand, ihn Papa zu nennen, und dass er, nachdem Hermann ihn eingeladen hatte, zu einem Spätnachmittags-Salon bei den Wagners ihn zu begleiten, so aufgeregt war. In Erwartung, dem Meister zu begegnen, schwitzte Felix an dem heißen Junitag stark, und diese Nervosität, dachte Hermann, war nur zu begreiflich. Aber Felix würde bestimmt einen guten Eindruck machen.

Max, der Leibdiener der Wagners, begrüßte Hermann und seinen Begleiter respektvoll und versuchte, Marke, des Meisters Hund, zu verscheuchen, welcher bedrohlich knurrte und dabei nach Hermanns Fersen schnappte.

»Na, na, na, Hoheit«, sprach Hermann zu dem Köter, wobei er ihn an jemand anderen weiterzuschieben trachtete. Als dabei sein Fuß unabsichtlich auf eine Hinterpfote König Markes trat, jaulte der Hund laut auf. »Unser Verhältnis ist nicht das herzlichste«, sagte Hermann entschuldigend zu Felix.

Da der Hund sah, dass Wagner die Treppe herunterkam, rannte er zu ihm in die Vorhalle, um seine – garantiert überschwenglichen – Liebkosungen einzuheimsen. Hermann gewahrte, dass der Meister unter seinem Jackett eine neue Weste aus Goldbrokat über einem weißen Seidenhemd trug.

»Ah! Freund Levi, der uns einen jungen Akolythen bringt! Wen haben wir denn da?«

Hermann nahm die Hand, die Wagner ihm reichte, neigte das Haupt und küsste sie. Felix' beklommener Blick bohrte sich in Hermanns Nacken.

»Darf ich vorstellen –: Felix Weingartner – ein vielversprechender junger Musiker. Ist unserer Sache gefolgt seit dem zwölften Lebensjahr. Kennt den *Ring* auswendig.«

»Ach tatsächlich?«, sprach Wagner und betrachtete ihn mit dem prüfenden Blick eines Eigentümers.

»Es ist mir eine große Ehre, hier zu sein und Sie kennenzulernen, mein Herr«, sagte Felix.

Wagner nickte beifällig.

»Felix ist überwältigt von der Möglichkeit, nächstes Jahr den *Parsifal* zu hören«, sagte Hermann. »Ich bin mir sicher, dass das Patronat so großzügig sein wird, ihm seine Anwesenheit zu verstatten.«

»Zweifellos, zweifellos«, sagte Wagner. »Vielleicht können wir sogar irgendeine nützliche Arbeit für ihn finden. Wo sind Sie her, junger Mann?«

»Aus Zara in Dalmatien«, gab Felix zur Antwort.

»Gewiss eine abgeschiedene Örtlichkeit. Aber Sie kommen aus einem guten deutschen Stall, wie Ihrem Gesicht deutlich anzusehen ist«, sagte Wagner.

Hermann fand diesen Kommentar seltsam, da Felix' Antlitz das Kernige des Teutonen mit dem kartoffelicht Gedrungenen des südslawischen Bauern vereinte – trotz seiner aristokratischen Herkunft.

»Ich habe ja kaum mehr Gelegenheit, echte Deutsche kennenzulernen, wie's scheint«, scherzte Wagner.

Dann erhob er seine Stimme so, dass sie von der ganzen versammelten Gesellschaft zu hören war.

»Ei verbibbsch, Sie müssen doch zugeben, Herr Levi, dass Wahnfried mit Ihnen und mit Neumann und mit Rubinstein und mit Porges bald so aussieht wie eine Synagoge, nicht?«

Im Raum erhob sich Gelächter, als die versammelten Gäste das volle Gewicht dessen erfassten, was Wagner soeben gesagt hatte. Hermann hatte den Satz zuvor schon gehört. Natürlich lag eine gewisse Ironie darin.

»Willkommen in Wahnfried«, sagte Wagner zu Felix, und fuhr fort: »Wir müssen Sie jetzt öfter zu Besuch haben. – Lieber Herr Levi, Sie werden gewiss Sorge tragen, diesen jungen Mann Frau Wagner vorzustellen?«

Hermann senkte den Blick und verbeugte sich steif. Seines etwas gestelzten Benehmens war er sich bewusst. Es ging ja nicht jeden Tag in Wahnfried so zu.

»Aber warum küssen Sie ihm die Hand?«, wisperte Felix, als der Meister sich nicht mehr in Hörweite befand.

»Ach das …«, flüsterte Hermann, »… äh – werd' ich später erläutern.« Es gab halt Mysterien, die ein junger Novize nie verstehen würde.

Hermann wartete unweit der Hausherrin darauf, ihr Felix zu präsentieren. Die Gnädigste befand sich gerade in einem intensiven Gespräch mit dem Maler Paul von Joukowsky, der für den *Parsifal* die Kostüme und Szenenbilder entwarf.

»Der arme Meister!«, sprach sie soeben. »Jetzt hat er schon Träume, in denen er sich nicht mehr retten kann vor Juden. Vergangene Nacht wachte er schweißgebadet auf. Die Juden hatten alles um ihn her in Gewürm verwandelt. – Ach, der Herr Major? Wir haben einen neuen Gast, sehe ich?«

Hermann stellte Felix vor und ging hinüber, um für Frau Wagner ein Glas Wein zu holen. Wie sein Spitzname zustande kam, musste er Felix erklären. Der Major-Domo. Selbst die Kinder Wagners hatten schon begonnen, ihn in ihren Briefen so anzureden. Unterdes saß der Meister in seinem Sessel beim Flügel und tadelte eine Geschichte von Turgenjew. Der russische Autor habe die Frechheit gehabt, einen deutschen Freund der Wagners zu verspotten.

»Ich meine«, sagte Wagner, »wie wenig wissen die Franzosen doch von Deutschland! Dasselbe gilt für alle Fremden, die mit ihnen zu tun haben. Die behaupten, wir brächten nichts anderes hervor als die Wurst und die Pfeife. Ich bin ja der erste, der mit den Deutschen oft unglücklich ist – aber wenn ich eine solche Oberflächlichkeit höre, sage ich denen immer, Bismarck hat doch recht …«

»Die Urteile der Deutschen über die Russen finde ich nicht minder vorurteilsvoll«, hielt Joukowsky selbstbewusst dawider.

Er zupfte sich einen losen Faden aus seinem Seidenhemd und schloss sich der Gruppe um den Meister an. Sein Deutsch war perfekt, bis auf einen leicht östlichen Zungenschlag in manchen Wendungen. Sein weltläufiger Vater Wassili, der bedeutende Dichter und Freund Puschkins, hatte Zar Alexander II. als Knaben unterrichtet, ehe er sich vom russischen Hofe zurückzog, um sich bei Düsseldorf niederzulassen. Dort heiratete er Pauls Mutter, die Tochter des deutschen Malers von Reutern, der Goethe zu seinen Freunden zählte. Nach seinem Schulabschluss in Petersburg hatte Paul keine Schwierigkeiten, sich in Russland, Deutschland, Frankreich oder Italien zu Hause zu fühlen.

»Ja«, hielt Wagner verbindlich dagegen, »aber das ist doch etwas ganz anderes. In Russland liegt alles mit einer gewissen barbarischen Anmut offen zutage, während wir hier sehr schwer zu verstehen sind. Und was wir von den Russen wissen, wissen wir durch ihre Schriftsteller wie Turgenjew und Gogol – während uns Heutige kein Dichter schildert und man uns, selbst durch unsere guten Schriftsteller, gar nicht kennenlernen kann.« Wegwerfend schüttelte er den Kopf.

Alle kicherten. Wie Hermann wusste, hatte sich Turgenjew mit Joukowsky in Paris angefreundet. Gegenüber Paul hätte sich Hermann sogar seiner eigenen Bekanntschaft mit dem Autor von *Väter und Söhne* rühmen können, aus den Zeiten von Madame Viardots Soiréen und seinen Sommern in Baden-Baden. Der Romancier hatte Paul unter seine Fittiche genommen – daher hegte dieser natürlich den Wunsch, ihn zu verteidigen.

»Man muss aber zur Kenntnis nehmen«, sagte Frau Wagner, als es im Salon wieder still geworden war, »dass sich alle Nationen in einem Zustand der Fluktuation befinden. Man nehme zum Beispiel die Franzosen. Ich habe gerade ein paar Briefe von George Sand an meine Mutter gelesen und muss Ihnen sagen: die sind genial! Diese Einsichten in die verschiedenen Nationalcharaktere! Es ist atemberaubend, wie sie die beschreibt.«

»Heutzutage sind alle Nationalcharaktere verwässert: aus Gründen, die uns allen nur zu gut bekannt sind. Es ist die Allgegenwart der Juden, die wie Mikroben ganz Europa infiziert haben, und nirgendwo schlimmer als hierzulande – mit allem schuldigen Respekt, Herr Levi«, sagte Wagner mit einer überflüssigen Geste seiner Rechten zu Hermann hinüber.

Der hielt den Mund.

Diese Diskussionen ergaben sich viel zu oft. Wollte man sich daran beteiligen, handelte man sich bloß Ärger ein.

»Bei den Deutschen stellt sich nur die Frage«, fuhr der Meister fort, »ob es früher mehr Juden gab als heute, oder: wie sie einst waren – und wie jetzt.«

»Ich nehme an, die Zahlen sind annähernd die gleichen«, sagte Frau Cosima. »Was sich geändert hat, ist ihre Einstellung, ihre Haltung. Vor Jahren fühlten sich Juden selten wohl, wenn sie ans Licht der Öffentlichkeit traten. Wohingegen heute ihr Einfluss ganzen Nationen ihre Politik diktiert.« Sie kniff die Lippen zusammen und hielt sie in dieser Stellung wie zur Bekräftigung der Selbstverständlichkeit ihrer Aussage.

Felix lehnte sich herüber und wisperte: »Wer ist denn der junge Mann, der da drüben in der Ecke auf der Gitarre schrammelt?«

»Das ist Peppino«, flüsterte Hermann bedeutungsvoll. »Joukowskys Gefährte.«

»Spielt Volksmusik in Wagners Salon?« Felix war entrüstet.

»Den mag hier jeder. Hat eine wunderschöne Stimme«, sagte Hermann sotto voce. Felix war noch zu jung, um über Peppino aufgeklärt zu werden, den Joukowsky letztes Jahr in Neapel aufgegabelt und nach Bayreuth mitgebracht hatte. Hermann hatte gehört, Joukowsky habe sogar schon Schritte unternommen, ihn zu adoptieren. Die beiden waren unzertrennlich, wenngleich Peppino als waschechter Süditaliener schwer unter Heimweh litt und seine Mamma vermisste. Die Wagners, die sich über die unorthodoxe Beziehung völlig im klaren waren, hatten ihn bei sich aufgenommen, um Joukowsky, dem besonderen Günstling des Meisters, gefällig zu sein. Peppino sang oft bei Familientreffen zum Entzücken aller, die ihn hörten.

Adolf von Groß, der die Festspielfinanzen verwaltete, betrat den Salon, um zu verkünden, draußen im Garten solle eine Gruppenfotografie gemacht werden. Alle stöhnten auf.

»Tut mir schrecklich leid«, sagte er, »aber diese Versammlung ist viel zu erlaucht, um nicht für die Archive festgehalten zu werden.«

Der Meister schien verstimmt. »Dann posieren wir eben für eine Fotografie, wenns nicht zu lang dauert.« Und an seine Gesellschaft gewandt, sagte er: »So findet sich in der heutigen Welt die Bildende Kunst mit der Fotografie ab, wie die Musik mit den Liedertafeln …«

Alle gingen hinaus, bis auf Peppino, der still in seiner Ecke saß und nichts mitbekam von dem, was vor sich ging, da er kaum ein Wort Deutsch sprach.

Beim Wiedereintreten, nachdem die Fotografie gemacht war, nahm Wagner Hermann am Arm.

»Wissen Sie, es wäre keine schlechte Idee, wenn Sie mit Herrn von Joukowsky besser bekannt würden. Wie Sie wissen, halten wir große Stücke auf ihn.«

»Gern würde ich ihn näher kennenlernen. Er ist ja geistreich und charmant«, sagte Hermann, als sie den Salon betraten.

»Auch wenn er seine *Peccadillos* hat«, setzte Wagner hinzu, mit einer Kopfbewegung in Richtung Peppino, der in der Ecke, gedankenverloren, seine Gitarre zur Seite gelegt hatte.

»Kleine Sünden wider die Normalität«, bestätigte Hermann und versuchte dabei, sachlich zu wirken. Er konnte kaum dem Drang widerstehen, auf den südländischen Peppino zu starren, der ein Wunder war aus jettschwarzem Haar, olivfarbener Haut und einem Büschel struppichten Brusthaars, das unter seinen Schlüsselbeinen hervorquoll.

»Auf solche Dinge bin ich früher schon gestoßen«, sprach Wagner. »Wie Sie wohl auch schon. Und dann gabs da ja die alten Griechen, und vor allem die Spartaner. – Nun, falls Sie, Herr Levi, eine ähnliche Liaison eingehen wollten, hätte ich persönlich nichts dagegen. Aber als Jude müssten Sie sich dann zwei ziemlich schwere Lasten aufbürden, meinen Sie nicht auch?«

Hermann mühte sich, Haltung zu wahren, auch wenn es ihm die Sprache verschlagen hatte.

Wagner unterstellte doch nicht – oder? –, dass Hermanns Interesse an dem jungen Felix Weingartner ein mehr als väterliches sei?

Der Meister wollte ihn wohl nur necken.

»Mit Joukowsky verhält es sich anders«, fuhr Wagner fort. »Er ist von Adel, also leidet er nicht darunter. Ich vermute, seine Neigung zur platonischen Liebe ist Teil seines Charmes.«

Hermann spürte das Bedürfnis, sich von dem Kloß in seinem Hals zu befreien.

»Natürlich leidet er bisweilen«, sagte Wagner. »Aber nicht oft, denk' ich – obwohl ich glaube, dass er sich früher ziemlich gequält hat. Weswegen er den *Parsifal* so gut versteht. Da er jede Hoffnung auf eine richtige Häuslichkeit aufgegeben hat, bringt ihn seine Seelenqual so vielen meiner Figuren nahe, etwa der Kundry oder dem Amfortas. Vielleicht erfasst er sogar noch schärfer die Kategorien des Männlichen und des Weiblichen, ohne welche die Kunst zum Stillstand verurteilt ist. Begreift, dass jene nicht immer in einem Körper desselben Typus hausen müssen. Doch da sage ich Ihnen zweifellos etwas, das Sie schon wissen, lieber Freund.« Wagner musterte Hermann mit einem durchdringenden Blick.

Es war nicht möglich, dass der Meister durchschaute, was ihm, Hermann, durch den Sinn ging – doch Wagner hatte so eine Art, einem in die Augen zu starren, die, wie Hermann fühlte, bis ins tiefste Innere drang.

»Vielleicht hat er eine besondere Affinität zu Klingsor«, schlug Hermann vor.

»Wie hellsichtig Sie sind, mein lieber Herr Hofkapellmeister«, erwiderte Wagner lächelnd. »Klingsor! In der Tat!«

»*Ha! – Er ist schön, der Knabe!*«, sang Hermann, angetan von seiner eigenen geistreichen Bemerkung, aus dem II. Aufzug. »Natürlich könnte Klingsor Parsifal im Sinne Kundrys bewundert haben«, fügte er schalkhaft hinzu.

»Ja, damit haben Sie auf Anhieb ins Schwarze getroffen. Es ist Klingsor, der Parsifal begehrenswert findet«, sagte der Meister. »Und warum eigentlich auch nicht?« Er kicherte, als wäre Klingsors bemerkenswerter Ausruf ein Scherz für Eingeweihte.

Also wäre Klingsor ein Päderast? Oder ein jüdischer Päderast – insofern, als seine Selbstentmannung für einen ziemlich schlechten Witz über eine verpfuschte Beschneidung herhalten konnte? Zumindest wars das, was Hermann mutmaßte, nachdem er gehört hatte, wie der Meister über das Barbarische des jüdischen Rituals herzog. Das sei eine Art Metzelei, hatte dieser gesagt, kaum weniger viehisch als das Verbrechen der Vivisektion. Allein, nichts davon konnte auf die Figur des Klingsor auf der Bühne zutreffen. Und erst gestern hatte der Meister enthüllt, dass Klingsor über die Eigenschaft verfüge, welche das Christentum der Welt gebracht habe. Klingsor glaube nicht an das Gute im Menschen, behauptete er, ganz wie die Jesuiten.

»Joukowskys einziger wirklicher Schwachpunkt ist«, fuhr Wagner fort, »dass er so wenig Zeit erübrigt, die Damen zu umgarnen. Aber nehmen Sie sich die Zeit, mit ihm bekannt zu werden, Herr Levi! Wir werden dieses Jahr ja alle eng zusammenarbeiten.«

Hermann entschuldigte sich, er müsse sich um den jungen Felix kümmern, der verzweifelt den Fängen des Herrn von Joukowsky zu entkommen suchte, welcher ihm den Arm tätschelte.

1882

Staunend betrachtete Hermann den Klavierauszug des *Parsifal*, den Rubinstein ihm frisch aus der Druckerei zugesandt hatte. Als genialer Bearbeiter kannte dieser den *Parsifal* besser als jedes andere musikalische Werk, und für die Arbeit mit den Sängern würde die neue Ausgabe ein Segen sein. Bis zur Premiere waren es nur noch wenige Monate, und die Aufgaben, die Hermann oblagen, waren knapp disponiert. In München waren zum Einstudieren nur wenige Wochen angesetzt – die meisten Proben würden in Bayreuth erfolgen, wo ein fiebriger, ja frenetischer Arbeitsrhythmus herrschen würde. Der Klavierauszug, der ihm jetzt vorlag, machte alles anschaulicher und war ein gutes Vorzeichen für den Erfolg der Oper.

Hermann schlug die erste Seite der Edition auf und genoss es, seine Finger über das frisch gedruckte Notenbild laufen zu lassen.

Die flirrend schimmernde Begleitung des Abendmahlsthemas war, auf einem Tasteninstrument gespielt, unvermeidlich im Lisztschen Stil – aber je nun, Rubinstein hatte kaum eine andere Wahl, als es so zu arrangieren. Bei den Vorproben mit den Sängern hatte Hermann eine ähnliche Art Tremolo improvisiert. Doch hier lag nun das ganze Werk in einer kompakten Ausgabe vor und konnte auf dem Klavier verwirklicht werden.

Man konnte stundenlang sitzen und – gefesselt und elektrisiert zugleich – die Oper durchspielen, dieses Bühnenweihfestspiel, wie Wagner es genannt: von Gurnemanz' lebendiger Erzählung und dem Pfeilschuss auf den Schwan über die Gralsszene bis hin zu den Blumenmädchen, zu Kundrys misslungenem Kuss, der Wiedergewinnung des Speers, dem Karfreitagszauber, der Ernennung Parsifals zum Gralskönig und am Ende der Heilung von Amfortas' Wunde. *Erlösung dem Erlöser!*

Vom ersten bis zum letzten *As* fünf Stunden später bildete die Oper eine traumhafte Einheit, ein organisches Ganzes. Es war kaum glaublich, dass ein menschliches Wesen sich erkühnt hatte, Musik von solcher Kraft und Originalität zu komponieren und dabei Siegfrieds Trauermarsch, Brünnhildes Opferung, ja sogar noch die wahnhaften Fieberschreie des tödlich verwundeten Tristan zu übertreffen.

Und dann war da noch der Kuss.

Jener berüchtigte Kuss, den Kundry, die ewige Jüdin, dem reinen Toren aufzwingt im Drang, ihn zu verführen, nach Generationen des Leidens: ihr Fluch als Folge dessen, dass sie über den Heiland am Kreuz gelacht hatte – ihre Flucht in ein obsessives Begehren als ein Mittel, diesem Fluch zu entrinnen, ihre Schuld abzubüßen. Und Parsifal, dem durch diese machtvolle weibliche Umgarnung das Trügerische sinnlichen Verlangens bewusst wird, die Nichtigkeit eines Eros, dem es an Mitleid gebricht. In Parsifals Zurückweisung Kundrys, in seinem Begreifen von Amfortas' Hinfälligkeit erkannte Hermann sich selbst und zugleich das, was der Meister in ihm sah.

Nietzsche hatte auf den *Parsifal* eingeprügelt, noch ehe er einen Blick auf eine einzige Note geworfen hatte. Wagner, schrieb er, habe die Knie gebeugt vor dem römischen Papst, habe kapituliert vor einem degenerierten Christentum. So ein Unfug! So wirr in seinem Fehlurteil über das Drama, so ohne Verständnis für die Musik! Köselitz hatte enthüllt, dass der Philosoph, als er das Vorspiel in Monte Carlo gehört – denn in Bayreuth war er da schon *persona non grata* –, wie ein kleines Kind geweint und behauptet hatte, Wagner habe sich selbst übertroffen, habe – gleich was er, Nietzsche, geschrieben hatte – nie etwas Schöneres komponiert. Die Geschichte klang glaubhaft, fand Hermann. So viel zum musikalischen Verständnis dilettierender Amateure.

Indes, so aufwühlend seine dramatische Wirkung auf der Bühne auch war – *Parsifal* war doch vor allem ein Triumph der Musik. Ihr gedanklicher Zusammenhalt hatte in keinem anderen je komponierten Werk, zumindest dieses Ausmaßes, seinesgleichen. Die subtilen Beziehungen zwischen den musikalischen Themen und Motiven waren nur das eine. Erst unlängst hatte Hermann dieses bemerkenswerte Phänomen dem jüngeren Strauss erläutert, der sich einbildete, er kenne die Partitur aus dem Effeff. Das Abendmahl, der Gral, Parsifal, die Glocken, Lohengrins Schwan, das Wunder: All dies, erklärte Hermann, beruhe auf den gleichen vier Noten, die das Vorspiel zum I. Aufzug eröffneten, und wenn diese vier Noten dann mit chromatischen Ketten befrachtet würden, schlichen sie sich verstohlen in das Reich Klingsors und seiner schwarzen Magie ein, in dieses Reich grauenerregender Selbstverstümmelung, sinnlicher Impotenz, Hexerei und des Verführungskusses der Kundry.

Und als wäre dies noch nicht genug, kam dann noch der III. Aufzug.

Hier, in der Beschwörung der Kreuzigung, des Sinnbilds für das ganze Leiden der Menschheit, und der unbeherrschten Hysterie Kundrys, in genau diesem Moment ließ der Meister seine zwei Ideen zu einem Amalgam verschmelzen. Mitten in der Inszenierung des christlichen Mysteriums zeigten die geheimnisvollen Chiffren auf dem Notenblatt, wie Leiden und Leidensüberwindung unablöslich ineinander verschränkt waren. Es war eine Erfahrung, wie sie nur Musik vermitteln konnte: dass eins ununterscheidbar vom anderen war, oder besser: dass die Erlösung vom Schmerz des Lebens aus Mitleid mit Qual erwuchs. In der Musik stellte sich heraus, dass schwarze Magie nur ein verzerrtes Alter Ego des Karfreitagszaubers war.

Wagners Einsichten, wenn auch durch die Optik des Christentums gewonnen, waren von universeller Bedeutung.

Einige kindische Wagnerianer wandten ein, die Musik des *Parsifal* sei zwar schön, erreiche aber nicht die von Wagner selbst gesetzten Maßstäbe. Diesen Zweiflern schienen die Bruchstücke, auf die sie einen Blick geworfen hatten, weltmüde, unentschieden, das Werk eines Mannes, der sich auf den Tod vorbereite. Hermann wusste, dass das nicht stimmte, und es war ein Trost, zu wissen, dass die Geschichte ihm recht geben und der *Parsifal* weiterleben würde – ja, sogar dank der rastlosen Bemühungen, die zugunsten des Meisters darauf verwandt wurden, um als das anerkannt zu werden, was er war: Wagners *opus summum*. Selbst die Enthusiasten hatten die Tiefen dieser erstaunlichen Partitur erst noch auszuloten. Hermann selbst hatte noch eine Fülle von Entdeckungen zu machen – Entdeckungen, die seine Wiedergabe auf eine jedermann unmittelbar einleuchtende Weise vertiefen würde. Und dies alles zum Ruhm einer Idee, der Richard Wagner den Odem des Lebens eingehaucht.

Das Leiden, an dem Hermann in seinem eigenen Leben trug, das Dissonante seiner Persönlichkeit, hatte, seitdem es ihn zu *Parsifal* gezogen, neue Bedeutung gewonnen. Die erotische Wunde, die Amfortas quält, das Grauen, das Klingsor erfasst, die Pein zwanghafter Liebe, die Kundry befällt, der einsame Pilgerweg Parsifals, das Mitleid, das ein Mensch für den anderen empfindet: Dies waren nicht lediglich Allegorien für die Bühne. Sie waren Fleisch von seinem Fleisch, Wunden, die ihm in die Seele gedrungen und nie heilen würden.

Zumindest aber erlangten sie temporäre Versöhnung im Frieden der tränennass betauten Aue.

Beim Dirigieren des III. Aufzugs konnte Hermann die Augen schließen und seinen Stab nach einem inneren Puls schwingen, im Wissen darum, dass die Sänger – ja, alle Musiker – mit ihm vereint waren. Dass die Musik in Wellen lindernden Balsams über jeden hinflutete.

Da Wagner im *Parsifal* wahr gesprochen hatte, konnte sich Hermann eine Verleugnung des Meisters ebenso wenig vorstellen, wie sich selbst das Leben zu nehmen.

Mit Rubinsteins Klavierauszug zur Hand war sein Glaube an dieses Werk neu geweckt, und so dankte er dem Schicksal, dass er zu einem Gralshüter erhöht worden war.

Bayreuth, Donnerstag 31. August 1882

Lieber Vater!

Der schöne Traum ist ausgeträumt; die Stadt ist wie ausgestorben; nur Schleinitzens und ich sind noch hier. Einige Tage werde ich noch bleiben, habe mit dem Meister noch allerlei zu bereden. Sonntag oder Montag reise ich direkt nach Baden-Baden. Onkel Leopold wird auch in Baden-Baden bei Rosette sein. Was mir weniger angenehm ist. (Werde auch möglichst kurz dortbleiben.) Dann geht's wahrscheinlich nach Fontainebleau, um Emma und die Kinder zu besuchen.

Vorgestern nach der Vorstellung brach ich einfach zusammen, schlief den ganzen folgenden Tag und den heutigen bis 1 Uhr (aber wirklich, und zwar im Bett). War eben bei Wagners zu Mittag mit Joukowsky, der ein lieber Freund geworden ist. Jetzt fühle ich mich wieder ganz wohl.

Die letzte Parsifal-Vorstellung war herrlich. Während der Verwandlungsmusik kam der Meister ins Orchester, krabbelte bis zu meinem Pult hinauf, nahm mir den Stab aus der Hand und dirigierte die Vorstellung zu Ende. – – – – –

Ich blieb neben ihm stehen, weil ich in Sorge war, er könne sich einmal versehen, aber diese Sorge war ganz unnütz – er dirigierte mit einer Sicherheit, als ob er sein ganzes Leben immer nur Kapellmeister gewesen wäre. Am Schluss des Werkes brach im Publikum ein Jubel los, der jeder Beschreibung spottet. Aber der Meister zeigte sich nicht, blieb immer unter Musikanten sitzen, machte schlechte Witze und als nach 10 Minuten der Lärm im Publikum noch immer nicht aufhören wollte, schrie ich aus Leibeskräften: Ruhe! Ruhe! Das wurde oben gehört, man beruhigte sich wirklich, und nun fing der Meister (immer vom Pult aus) an, zu reden, erst zu mir und dem Orchester, dann wurde der Vorhang aufgezogen, das ganze Sänger- und technische Personal war oben versammelt, der Meister sprach mit einer Herzlichkeit, dass Alles zu weinen anfing – es war ein unvergesslicher Moment! – – – – – – –

Lebe wohl, tausend herzliche Grüße, von denen ich einige Hannchen zu übernehmen bitte,
von Deinem
treuen Sohn
Hermann

1883

Auf einer Chaiselongue räkelte sich Paul von Joukowsky und zwirbelte sich den Schnurrbart.

Dann reckte er den Arm nach den Streichhölzern, um sich eine Zigarette anzuzünden.

Hermann, ihm gegenüber, rührte mit einem Löffel in seinem Punschglas. Er kämpfte mit einer Erkältung. Es war ein außergewöhnlicher Abend gewesen, an dem sie mit ihren Masken und Kostümmänteln durch die Stadt geschlendert waren und dabei den bunt-phantastischen, zugleich fremdländischen wie kunstvollen Mummenschanz der Volksmenge Revue passieren ließen. Nur in Venedig, an einem verregneten Februarabend, konnte man sich diesen Ausbruch zügelloser Schwärmerei und glutvoller Turbulenz vorstellen. Der Meister, dessen Unwohlsein allen Sorgen machte, hatte sich, nachdem Joukowsky, auf Frau Wagners Bitte hin, eine Porträtskizze von ihm angefertigt, wieder etwas besser gefühlt und schien den Trubel des Karnevals zu genießen. Er hatte den jungen Siegfried bei der Hand genommen, sein bestes Italienisch aus dem Gedächtnis hervorgekramt und erklärt, was die verschiedenen Kostüme bedeuteten. Frau Wagner, Isolde und Eva hatten beim Gehen, um sich nicht zu verlieren, einander eingehakt, während Hermann und Joukowsky die Nachhut bildeten.

Aus einem engen Vicolo waren sie hinausgetreten auf den St.-Markus-Platz und hatten nun einen freien Blick hinüber zum Dogenpalast. Ein jähes Schweigen befiel die kleine Gruppe, als sie des Schauspiels innewurde: Tausende von Fackeln erhellten auf ganzer Länge die Piazza, auf der die Feiernden sich drängten. Es war, als hätte man die Bühne eines raffiniert choreografierten Balletts betreten, so anmutig bewegten sich die Venezianer. Unter chevaleresken Verbeugungen tauschten maskierte Herren ihre Compliments aus, während verschleierte Damen rund um den Platz ihren Putz wirbeln ließen wie hauchzarte Sonnenschirme. Hermann, der den Meister als einer aus seiner Entourage hatte begleiten dürfen, fühlte sich in den Stand der Gnade erhoben, und vergaß darüber sogar seine rheumatischen Beschwerden.

»Ist dir aufgefallen, Hermann, wie oft mir seit kurzem der Meister den jungen Siegfried aufgedrängt hat? Genauer gesagt, uns beiden.«
»Keine Ahnung, was du damit sagen willst.« Hermann hatte sich an Pauls empörende Ansichten schon gewöhnt.
»Was ich damit sagen will, ist ...: Der Meister ist ja so ein Freigeist, wenn es um diese Dinge geht. Verstehst du, es ist, als hätte er erkannt, dass Siegfried auf ein Leben als Invertierter zusteuert ...«
»Scheußliches Wort. Warum nimmst du's in den Mund?«
»Hach, na gut«, sagte Paul, »dann eben: als einer aus der Bruderschaft.«
»Du tust so, als gäbe es eine Menschenrasse, die –«, unterbrach ihn Hermann.
»Ja, ist's denn nicht so?«
»Um Himmels willen, Paul, der Junge ist noch nicht mal vierzehn. Mach dich nicht lächerlich. Ich glaube kaum, dass der Meister –«
»Hermann, jetzt hör mir mal gut zu. Es ist ganz normal. Ein Mann erkennt, dass sein Sohn, sagen wir mal, besondere Neigungen hat, und stellt auf die liebevollste Weise sicher, dass er die nötige Fürsorge und Erziehung erhält. Wenn du verstehst, was ich meine.« Zufrieden paffte Paul seine türkische Zigarette, als bliese er den selbstverständlichsten Common Sense hervor. »Deswegen bittet er uns, mit Siegfried Zeit zu verbringen, ihn in Venedig herumzuführen ...«
»Paul, du bist unverbesserlich. Was für ein Einfall! – Der Meister soll wünschen, dass sein eigener Sohn verdorben wird?« Es war schockierend.
»Verdorben? Wohl kaum«, sagte Paul trocken. »Du missverstehst mich, lieber Hermann. Hach, egal – ich gehöre sowieso nicht zu denen, die bartlose Jugend präferieren; du wirst dich immerhin an meinen glorios behaarten Peppino erinnern. Nein – was ich sagen wollte, war: Der Meister wünscht, vielleicht ohne sich dessen bewusst zu sein, dass Siegfried Bekanntschaft schließen soll mit Männern unserer Neigung – mit Männern, die ihn leiten und anregen können. Die ihn in seiner Zwittrigkeit bestärken. Eigentlich vernünftig, in der Tat.« Paul legte es darauf an, wie ein englischer Gentleman zu tönen.
»Eine außergewöhnliche Annahme«, sagte Hermann skeptisch.
Er dachte, Paul könnte recht haben mit den Beweggründen des Meisters – aber die Begriffsprägung »Männer unserer Neigung« stieß

ihm weiterhin übel auf. Gerade über diesen Punkt hatten Paul und er oft gestritten.

»Weißt du, der Meister verhielt sich mir gegenüber eine Zeitlang höchst besitzergreifend. Als wäre ich sein Spielzeug. Wiewohl mir jede Minute teuer ist, die ich mit ihm verbringe. Na ja, fast jede Minute.« Paul blickte auf, um Hermanns Reaktion einzuschätzen. »Das versteht sich ja wohl von selbst.«

»Nicht unbedingt«, scherzte Hermann. »Weswegen du, nach allen Grausamkeiten, die du bei den Kostümproben erduldet hast, für mehrere Monate nach Weimar entschwunden bist: nur um dein seelisches Gleichgewicht wiederzugewinnen.«

»Gut, das ist nicht zu leugnen«, gab Paul zu. »Aber die Haltung des Meisters mir gegenüber in dieser rauschhaften Phase war völlig untypisch.«

So sehr sie beide Wagner ergeben waren, so strapaziös konnte es mitunter für sie sein, mit ihm Zeit zu verbringen.

»Aber weißt du, was ich so niedlich finde? Dass er richtig böse wird, wenn ich weggehe«, sagte Paul. »Er mag es nicht, dass sich etwas entfernt, was er als zu sich gehörend empfindet. Wenn er die Rosen blühen sieht, möchte er sie mir zeigen. Hat er so gesagt.«

»Jetzt redest du aber Blödsinn. Du hegst doch nicht im Ernst die Vorstellung, dass –«

»Dass er ein Auge auf mich geworfen hat? Sei nicht albern, Hermannchen. Er hat mir mal gesagt, päderastische Liebe sei etwas, für das er zwar Verstand, aber keinen Sinn habe.«

»Da hörst du's ja selbst«, sagte Hermann fasziniert, nachdem ihm der Atem gestockt. Was für ein Eingeständnis!

»Was nicht heißen soll, dass es ihn nicht freut, wenn Männer sich in ihn verlieben – euer guter Monarch, um nur das schlagendste Beispiel zu nennen.«

»Damit magst du recht haben, aber noch keinen Beweis …«

»Vielleicht nicht«, sagte Paul, »aber der Meister hielt mit seiner Liebe zum König durchaus nicht hinterm Berge, besonders in den mageren Jahren. Und Ludwig seinerseits gewährte seine Gunst weit über das Maß der üblichen königlichen Huld hinaus.«

»Die Eigentümlichkeiten des Königs sind jedem bekannt.«

»Als ich den lieben Peppino zurück nach Neapel schickte, was mir das Herz brach, sagte der Meister die rührendsten Sachen.«

»Das wusste ich nicht«, sagte Hermann bewegt – auch wenn es einleuchtend klang, da Wagner in solchen Dingen weniger unverlässlich war als in der Judenfrage.

»Er sagte, worauf es bei allen Verhältnissen an meisten ankomme, sei das, was wir hineinlegen. Es sei alles Illusion, Einbildung. Vielleicht hat er ja recht?«

»Ich glaube kaum«, hielt Hermann entgegen, »dass die Meisterin sich mit diesem Gedanken würde anfreunden wollen.«

»Natürlich nicht. Obwohl sie ja vertraut ist mit einem Gatten, der ungewöhnliche Bedürfnisse und Sehnsüchte verkörpert. Typisch für große Künstler.«

»Es ist *eine* Sache, Attraktionskräfte anzuerkennen«, warf Hermann ein, »aber ich glaube nicht eine Minute lang, dass der Meister je untreu gewesen ist.«

»Nicht, dass ich wüsste«, sagte Paul. »Aber ich könnte mir denken, dass es mit der Demoiselle Gautier ein paar amouröse Tändeleien gegeben hat. Na gut, vielleicht wars nicht mehr als ein Techtelmechtel – aber habe ich dir je erzählt, was der Meister mir von ihr verraten hat?«

»Du weißt ganz genau, dass du nichts erzählt hast«, sagte Hermann, den die Spielchen seines Freundes anödeten.

»Es war vor etwa zwei Jahren auf einem Spaziergang. Notabene, nur wir beide, bei Neapel. Da sprachen wir über Klingsors Zaubergarten. Wie der sich anfühlen, wonach er duften sollte.«

Joukowsky schwang seinen Handrücken zur Nase auf und strich ihn flüchtig an seinen Nüstern entlang.

»Des Meisters duftende Blumenmädchen!«

Jeder liebte die Szene im II. Aufzug.

»Was du aber nicht weißt, ist, dass Fräulein Gautier gebeten wurde, aus Paris regelmäßig einen Vorrat an Blumendüften zu schicken. In Gestalt von Ölen, aber auch als Puder, der sich für Textilien besser eignet. Alles während der Komposition des Zaubergartens. *Otto de rose* heißt das Zeug. Um zum Komponieren inspiriert zu werden, musste er sich vollständig einnebeln in dieses höchst extravagante Parfüm.«

Es stimmte, dass der Meister Blumendüfte liebte. Hermann malte sich aus, wie er im Obergeschoss Wahnfrieds sich mit seinen olfaktorischen Amüsements unterhielt.

»Was sich gut vertrug mit der Satinunterwäsche, die sie ihm ebenfalls zuschickte«, sagte Joukowsky maliziös. »Blassrosa Satin aus einem Laden in der Rue de Rivoli – was Minderes durfte's nicht sein. Das hat er mir in aller Unschuld erzählt. Das kostbar zarte Gewebe direkt auf seiner Haut riefe ihm Kundrys erotischen Reiz hervor.«

Hermann war verblüfft, wenn auch nicht gänzlich überrascht.

»Du siehst also: Unserem Meister ist seine weibliche Seite nicht fremd«, fuhr Joukowsky fort. »Woraus erhellt, warum er der Liebe zwischen Männern ziemlich tolerant gegenübersteht. Und warum ihn so viele von uns so schrecklich lieb haben. Natürlich irrt er sich nur in der Annahme, wir alle wüssten, wie wohlig sich weiche Stoffe auf der Haut anfühlen. Habe ich dir schon sein grausliges Wortspiel mit Goethes Ewig-Weiblichem zitiert?«

»Ich bin mir nicht sicher«, erwiderte Hermann.

»Das lautet so:

Das sanft Bestreichliche
Hat uns getan,
Das angenehm Weichliche
Zieht man gern an.«

Hermann zuckte zusammen. »Oh je. Wie kläglich. Und stimmt gar nicht. Ich würd' nicht im Traum mir so was anziehen!«

»Weil dein Geschmack nicht das Weibliche erfasst. Du hast es lieber, wenn Frauen feminin und Männer maskulin sind.«

»Schätze, ich ziehe genau das vor«, sagte Hermann in Hochachtung vor Pauls Kenntnis der Geschlechter, Kenntnis auch der Seiten seines Ich, die er nie zuvor einem anderen enthüllt hatte.

»Weshalb es mich überrascht – ehrlich, mein lieber Hermann! –, dass du letzte Nacht zum jungen Giuseppe nicht so nett warst.«

Hermann errötete. »Paul, heute am Morgen hatte ich dich ausdrücklich darum gebeten, auf diesen unseligen Vorfall nie wieder zurückzukommen.«

»Aber es ist zu deinem eigenen Besten, mein Freund, wenn ich darauf bestehe, es zu tun.«

Joukowsky setzte sich auf, als beabsichtigte er, einen Vortrag zu halten. »Es ist *eine* Sache, sich zu Wünschen zu bekennen, die zu den natürlichsten –«

»– natürlich nur für die Entarteten!«, warf Hermann äußerst entrüstet ein.

»… zu den natürlichsten gehören – aber eine ganz andere, nach ihnen zu handeln. Aber »natürlich« sind sie! – Und es ist nur das beschränkteste christliche Vorurteil, welches das Gegenteil behauptet.«

»Ich nehme an, du glaubst, man solle rausrennen und auf den kleinsten Impuls hin einfach alles tun, worauf man gerade Lust hat«, sagte Hermann.

»Schwerlich, lieber Hermann. Wir sprechen hier von Eros und Liebe.«

»Wir reden auch von dem höllischen Willen, der uns zum Tode treibt. Ein Wille, der nur verneint werden kann durch Entsagung.«

»Hach je, der trübsinnige Schopenhauer wieder. Hermann, ich bitte dich! Und er war doch so ein hübscher Bengel, der Giuseppe. Und so viel mehr schon als ein Knabe.« Lüstern schielte er nach Hermann, als wollte er ihm drohen.

Hermann verabscheute diese Seite Joukowskys. »Paul, ich muss dich bitten, aufzuhören mit –«

»Und dem gabst du keine Chance! Je nun, das weiß ich zwar nicht genau, aber ich nehme doch an …«, sagte Joukowsky und hob dabei die Stimme, als wollte er eine Frage aufwerfen.

»Du sprichst von Liebe, Paul – aber da kanns doch keine Liebe geben, wo man jemanden kaum kennt und einem jemand aufgedrängt wird –«

»Aufgedrängt, sagst du? Wie unzart von dir, Hermann. Wie du selbst einräumst, hast du mich eigens auf ihn aufmerksam gemacht …«

»Als einen, den ich für gutaussehend hielt, ja«, sagte Hermann. »Nicht als einen, von dem ich wollte, dass du ihn an mich verkuppeln würdest.« Er hoffte, seine theatralische Aussprache des Wortes »verkuppeln« würde das Gespräch zu einem raschen Ende bringen.

»Und doch stand er da als ein hinreißendes Ebenbild des venezianischen Gondolieres – bettelte um Bewunderung – flehte uns an, ihm Aufmerksamkeit zu schenken«, sagte Paul. »Was wir auch taten.«

»Was du tatest«, korrigierte ihn Hermann. »Ich blieb ein unschuldiger Zuschauer.«

»Mir war klar, dass er dir kolossal gefiel«, sagte Joukowsky. »Weswegen ich mit ihm eine Verabredung traf.«

»Von der du mir nichts verrietest«, sprach Hermann. »Kannst du dir nicht vorstellen, wie bestürzt ich war, als der Bursche an meine Tür klopfte?«

»Ich hätte gedacht, es wäre ein angenehmer Schrecken. Aber du hast ihn nicht von der Schwelle verjagt, stimmt's, Hermann?«

»Es war alles furchtbar peinlich. Und ich hatte ja keine Ahnung, was du mit ihm abgesprochen hattest. Ich war so außer Atem, dass ich glaubte, ich –«

»Abgesprochen war gar nichts. Ich hatte ihm erzählt, du seiest ein berühmter deutscher Musiker, *un maestro di cappella famosissimo da Monaco in Bavaria*. Da er Musik verehrt, interessierte ihn das sehr. *Davvero? A me piace tanto la musica.*« Joukowsky sprach den venezianischen Dialekt mit tadelloser Intonation.

»Wann hast du je einen Italiener kennengelernt«, scherzte Hermann, »der nicht behauptet hätte, er verehre Musik?«

»Stimmt. Und er sagte, er fände, du sähest sehr distinguiert aus, und deine Mantilla und dein Hut seien *molto eleganti.*«

»Du bist unmöglich. Du weißt sehr gut, wie du mich beschämen kannst!«

»Schlicht eine Sache der Erziehung, lieber Hermann. Und du musst erzogen werden. Also erzähl' mir jetzt, was passiert ist«, forderte Joukowsky in Erwartung der schmutzigen Details.

»Ich hab dir doch schon gesagt, da gibts nichts mehr zu erzählen«, sagte Hermann im vergeblichen Versuch, resolut zu klingen.

»Unsinn. Du erzählst mir jetzt alles! Dein Italienisch ist gut genug dafür, dass du eine vernünftige Konversation mit dem musikliebenden Giuseppe zustande gebracht hast. Worüber habt ihr euch unterhalten?«

Hermann wollte die Geschichte kurz halten. »Über unsere Namen. Er sagte mir, ich hieße also Ermanno.«

»Hat dich folglich gleich richtig einsortiert. Als einen, der auf Formlosigkeit anspringt. Gut gemacht, Giuseppe! Fort mit den Formalitäten!«

Joukowsky frohlockte. Er war in seinem Element.

»Dann bot ich ihm ein Glas Wein an«, fuhr Hermann fort, »und dann unterhielten wir uns über Musik. Über Oper natürlich. Ich sagte ihm, ich hätte Rossinis *Othello* dirigiert, was ihm Eindruck machte, da das Stück in Venedig spielt.«

Hermann wandte den Blick von Joukowsky ab.

»Paul, du weißt, wie beschränkt mein *italiano parlato* ist. Viel hatte ich nicht zu sagen.«

»Und dann?«

»Und dann sagte er, wie gern er schon immer einem *maestro di capella* begegnet wäre. Dass er, wenn ich es wünschte, mein Freund sein könne.«

»Hochgradig professionell, der Bursche. Vernünftig gesprochen.«

»Was ich, in meiner Unschuld und Blödigkeit, nicht erkannte als Vorspiel zu …, zu … einer Ouvertüre«, stotterte Hermann. »Was war ich doch für ein Idiot! – Und du! Wie konntest du nur!« Er zeigte mit dem Finger auf Joukowsky.

»Ich stelle nur fest, dass du deinen Bericht noch nicht beendet hast.«

»Sei gewiss, da gibts nicht viel zu beenden«, sagte Hermann. »Giuseppe wurde amourös …«

»Auf welche Weise?« Joukowsky gierte nach jedem Wort.

Hermann raffte seinen ganzen Mut zusammen. »Wenn du's unbedingt wissen willst: Er fing an, sich das Hemd aufzuknöpfen, während er mir in die Augen sah. Dann nahm er meine Hand und drückte sie sich an die Brust.«

»Wie süß! Und fandest du das nicht angenehm? Er schien doch im Besitze eines recht gutgeformten Torsos zu sein.«

»Es war eine lächerliche Situation, Paul. Das heißt, ich fand mich selbst lächerlich. Er wollte sogar noch weitergehen«, sagte Hermann gequält. »Das war der Moment, wo ich ihn bat zu verschwinden.«

Joukowskys seufzte hörbar auf. »Hermann, wie du mich enttäuschst!«, schmollte er. Er drückte seine Zigarette aus und erhob sich, um sich einen Digestivo einzuschenken. »Möchtest du auch einen Amaro? Das ist doch das Beste: sich seine Hoffnungen in einem Meer aus köstlicher Bitternis zu ertränken.«

Hermann brachte es nicht über sich, die Geschichte zu Ende zu erzählen – selbst vor Joukowsky nicht –, und brannte weiter vor Scham über diese Begegnung mit Giuseppe in der vergangenen Nacht. Tatsächlich hatte er sich zu dem Gondoliere heftig hingezogen gefühlt und konnte sich die ungewollte Lust nicht erklären, die ihn gezwungen hatte, aller Vernunft zu spotten. Giuseppe hatte kaum begonnen, sich ihm zu nähern, da schmolz schon sein Widerstand dahin. Anziehung und Abstoßung verstärkten sich in gleichem Maße, momentane

Freude über eine Selbsterkenntnis und Ekel vor seinem Mangel an Selbstbeherrschung. Er wusste ja, dass Menschen zuweilen so tief sanken, einer Versuchung so erlagen wie Amfortas, aber noch nie zuvor hatte er die triebhafte Macht dieser Empfindung so stark erlebt.

Gnädigerweise endete der Besuch ohne eine Opernszene. Und solche Verführungen führen ja nicht immer zu tödlichen Wunden wie im *Parsifal*.

Giuseppe sagte Arrivederci; er habe jetzt eine Tour zu machen mit seiner Gondel. Hermann lag auf dem Bett, während ihm der Reueschmerz durch die Adern pulsierte. Sicher würde irgendeine schreckliche Strafe erfolgen. Solch ein Versagen, schwor er sich, durfte nie wieder vorkommen. Das war nicht sein höheres, besseres Ich gewesen, das so gehandelt, sondern ein innerer Dämon, dem er – vorübergehend – erlaubt hatte, von ihm Besitz zu ergreifen, ihn auf einen Irrweg zu führen. Und Joukowsky, so eindeutig seine Versuche auch waren, ihn umzudrehen, war ja nur der Mittler von Hermanns eigenen Begierden gewesen.

Die Schuld lag allein bei ihm selbst.

»Paul, ganz gleich, was du sagst – ich werde nie so fühlen wie du. Ich bin für Freundschaft geschaffen, nicht für Zügellosigkeit«, sagte Hermann nach einer Weile des Schweigens.

Joukowsky zündete sich eine neue Zigarette an.

»Da haben wir jetzt ein gutes Wort: Zügellosigkeit«, sagte er. »Weißt du, Hermann, du erinnerst mich an einen Amerikaner, den ich in Paris kennenlernte. Der war ein aufstrebender junger Schriftsteller. Und gebrauchte mir gegenüber genau diesen Ausdruck. Zügellosigkeit. Ich erzähl' dir mal was. Wir lernten uns bei Madame Viardot kennen, als Turgenjew mir eine Einladung zugeschanzt hatte. Ein galanter Gentleman, dieser Henry. Ganz ehrfürchtig, als er Turgenjew begrüßte. Offensichtlich ein Mann der – wie soll ich sagen – sympathischen und freundlichen Art. Sein Französisch war exzellent und seine Konduite tadellos, wenn auch ein bisschen steif. Um die Wahrheit zu sagen: Ich war angetan von ihm. Wir verbrachten innige Abende miteinander, sprachen von Freundschaft, von Liebe zwischen Männern. Daran, ihn zu kompromittieren, war nicht zu denken. Dazu war er viel zu zart. Und ermangelte der Erfahrung, die ich mit Pjotr in Russland gemacht hatte. Jedenfalls schrieben wir uns ein paar Monate lang und planten ein Treffen in Rom, wenn er zu Besuch käme.«

»Und? Kam er?«, fragte Hermann.

»O ja. Unsere Korrespondenz hatte sich kräftig aufgeheizt. Wir führten schöne Debatten über Dichtung, die er leidenschaftlich liebte, und über Musik, die ihm gleichgültig war. Also dachte ich, es wäre doch, um mal zu sehen, wie er reagieren würde, keine schlechte Idee, ihn nach Neapel einzuladen, wo ich mich damals aufhielt. Meine Schwester und mein Schwager waren gerade zu Besuch, aber bei denen konnten Peppino und ich ganz offen treiben, was wir wollten – wenn du verstehst, was ich meine.«

»Wie abstoßend, wirklich!«, sagte Hermann empört. »Du hast also tatsächlich diesen naiven Amerikaner in dein dekadentes Boudoir geschleppt. Mit voraussagbarem Ergebnis zweifellos.«

»Wie hast du das erraten? Ja, dieser Henry James – so hieß er – reiste nach zwei Tagen, tief aufgewühlt, wieder ab. Wie zog er her über mein »zügelloses« Leben! Weißt du, Hermann, selbst die gebildeten und wohlhabendsten Amerikaner sind Puritaner. Aber genauso schwierig wars für mich, über Wagner zu sprechen, dessen Musik gerade angefangen hatte, mich zu verzaubern. Henry war Antiwagnerianer, und zwar einer von der fanatischen Sorte. Schien sich aus Musik generell nichts zu machen. Was, wie ich fand, kein allzu gutes Omen war *pour sa vie amoureuse*«, sagte Paul.

»Schon sehr merkwürdig, dass er die Musik des Meisters nicht mochte.«

»Ich bin noch nie auf einen Urning gestoßen, der so eine Abneigung gegen sie hatte. Üblicherweise sind diese Uranisten wie kleine Hündchen, die noch den letzten Tropfen des Wagnerschen Elixiers aufschlabbern.«

Hermann brach in schallendes Gelächter aus. »Deine Indiskretion, mein Freund, wird nur noch von deiner Geschmacklosigkeit übertroffen.«

»Aber ich bin doch überaus diskret, wie dir gut bekannt sein dürfte, Hermann. Ich frage mich nur, was aus dem hochmütigen Mr. James geworden ist. Ob er einen wahren Freund gefunden hat. Einen für die Liebe.«

»Jetzt bringst du verschiedene Arten von Attraktion durcheinander«, bemerkte Hermann nachdenklich.

»Aber ganz und gar nicht! Es macht bisweilen nur Spaß, das Wort Liebe zu missbrauchen. Zu ironischen Zwecken.«

»Eine Ironie, die bei mir nicht ankommt, fürchte ich.« Hermann blickte hinüber zum Fenster über dem dunklen Kanal.

»Hermann! Du bist ja nahe daran, eine Beichte abzulegen!«, sagte Joukowsky. »Also gab es da mal eine echte Liebe, darf ich vermuten?«

»Es fällt mir schwer, darüber zu reden«, sagte Hermann. Er war sich nicht sicher, ob Paul für solche Bekenntnisse überhaupt der richtige Beichthörer war.

»Wann war das, Hermann?«, fragte Joukowsky.

»Vor einer halben Ewigkeit«, antwortete Hermann und senkte plötzlich die Stimme. »Ich wusste nie, ob meine Zuneigung erwidert wurde. Es gab Zeiten, da wars der Fall – und dann wieder …«

»Wie hieß er denn?« Joukowsky war ganz Ohr.

»Der Name tut nichts zur Sache. Ich war jahrelang mit ihm verbunden. Mein einziger Gedanke war immer der, in seiner Nähe zu sein, selbst wenn er mich manchmal abwies. Zeitweise kamen wir uns näher, als ich je hätte ausdrücken können …«

Ein lautes Pochen am Eingangsportal warf jählings ein dröhnendes Echo durch den Palazzo. Beide Männer schreckten hoch.

»Kaum zu glauben, dass jemand noch so spät zur Nacht herkommen sollte«, mäkelte Joukowsky. »Pfui, wie ungelegen!«

»Der Meister –«, keuchte Hermann und schluckte krampfhaft.

Das Pochen wurde nachdrücklicher. Stimmen wurden laut vom Kanal drunten, doch die Worte, wahrscheinlich im Dialekt, waren nicht zu verstehen. Hermann und Joukowsky blickten sich an, nahmen je eine brennende Kerze zur Hand und stürzten aus der Wärme des *salotto* hinaus und die Treppe hinunter zum Portal im Parterre.

Es schien eine Ewigkeit zu dauern, bis sie das eiserne Schloss entriegelt hatten. In der ausgekühlten Halle schwebte ihr Atem über den Kerzen sichtbar als ein feuchter Dunst.

Das Pochen hatte aufgehört, und jetzt herrschte nurmehr Stille. Gemeinsam stießen sie die schwere hölzerne Pforte auf und erblickten draußen den venezianischen Leibdiener Wagners in einer Gondel, der noch ganz außer Atem war, nachdem er die weite Strecke vom Palazzo Vendramin hergerudert war.

»Signori, signori! Venite subito! Il Maestro è morto!«

Joukowsky packte ihn am Arm. Hermann versuchte zu sprechen, brachte aber keinen Laut hervor. Die Nachricht erfüllte ihn mit Grauen. Er hatte ja schon befürchtet, dass dies geschehen könnte.

In der vergangenen Nacht war er verführt worden von einem Ritter Klingsors.

Und jetzt war der Meister tot.

Hermann bohrte sich der scharfe Schmerz in die Seite. Es war eine Wunde, die nie heilen würde, denn nun, da Wagner dahingegangen war, würde kein anderer Heiland ihn je erlösen.

1885

Es war ein brillanter *coup de théâtre* gewesen, den München so bald nicht vergessen würde. Nach dem dritten Aufzug der *Walküre* sollte, auf Anweisung Hermanns, die Saalbeleuchtung ausgeschaltet bleiben. Der Applaus dünnte sich zu einem unbehaglichen Geplätscher aus, und im Publikum hatten schon einige, vom Dunkel verwirrt, sich angeschickt, ihre Plätze zu verlassen – als Hermann plötzlich die Arme reckte, um eine unangekündigte Zugabe zu dirigieren. »Sakrileg!«, schalt eine Stimme aus den oberen Rängen, »Schluss mit der Musik!« Aber die Musik setzte ein – und wie aus dem Nirgendwo auftauchend, intonierte ein geheimnisvoller Chor aus Wagner-Tuben einen tragischen Trauergesang. Ernstes Gewisper machte im Königlichen Opernhaus die Runde – Hermann hatte den Platzanweisern eingeschärft, wann sie das Geheimnis lüften sollten –; man raunte sich zu, dieser feierliche Klagegesang sei eine Hommage zum Eingedenken an den Bayreuther Meister von seinem österreichischen Verehrer Anton Bruckner. Das Stück stammte aus einer Passage des langsamen Satzes seiner 7. Symphonie, den der Komponist gerade skizziert hatte, als ihm eine Vorahnung von des Meisters Tod in Venedig gekommen war. Unmittelbar darauf hatte er das cis-Moll-Thema entworfen. *Requiescat in pace!*

Sie klang verdächtig melodramatisch, diese Enthüllung – aber Bruckner war zu Lug oder Trug ja gar nicht fähig – und als Mottl später bestätigte, Bruckner habe ihm nur eine Woche vor jenem ominösen Februartag von seiner Vorahnung geschrieben, stellte sich die Geschichte als wahr heraus. Das verwirrte Publikum, zumindest diejenigen, die neugierig genug waren, um zu ihren Plätzen zurückzukehren, saß stockstill und lauschte den Trauerklängen, während das Gerücht umging: Der Komponist sitze leibhaftig neben dem Herrn Hofkapellmeister im Orchestergraben! Als Hermann den Taktstock niederlegte, brach aus dem Publikum im Saal ein Schwall ungebremster Begeisterung hervor. Statt sich vor dem Applaus zu verbeugen, wies Hermann auf Anton Bruckner, der eingeschüchtert und außerstande, seinen Tränen zu wehren, neben ihm saß. Kläglich schlicht gekleidet, zog Bruckner auf bizarre Weise den Kopf zwischen die Schultern, unschlüssig, wie er die Ovationen annehmen sollte. Doch dann sprang er auf und begann, sich nach allen Richtungen hin zu verneigen wie ein errötender Schulknabe.

Bruckners Symphonien waren zweifellos eine unerwartete Weiterung der Ideen Wagners und ganz und gar nicht das, was sich dessen Adepten als echt wagnerisch vorstellten. Erkennbare Motive oder Themen, die offenkundig auf dramatische Ideen verwiesen, wie etwa im *Siegfried-Idyll,* gab es nicht. Auch nicht die mühelose Fortspinnung eines ausgedehnten Gewebes aufeinander bezogener Melodien, in welcher der Meister so exzellierte. Der Kontrapunkt hatte eine abstrakte, akademische Faktur, weit entfernt von Wagners sinnlich verwobener Lineatur, doch die männliche Kühnheit der harmonischen Kombinationen wetteiferte mit der Originalität des Meisters. Vielleicht war die Zeitlosigkeit in einer Bruckner-Symphonie zu einem Teil der Selbstsicherheit in Wagners »Längen« geschuldet. Doch während Wagner welterschütternde Höhepunkte schuf, die ewig zu währen schienen, pflegte der Österreicher seine Crescendi bis zu einer fiebrigen Klimax zu steigern – nur um die Musik zu einem abrupten und krachenden Halt zu bringen: natürlich mit atemberaubender Wirkung.

Die Gesten, die da dem Wagnerschen Fundus nachgebildet schienen, waren oft nicht mehr als ein Mischmasch aus disparaten Momenten, nicht achtend dessen, was sie dem *Tannhäuser, Lohengrin, Ring* oder *Parsifal* verdankten. Es war, als hätte Bruckner bewusst die riesige poetische Kluft ignoriert, welche die Ideen, die dem Wagnerschen Kanon entborgt waren, untereinander differenzierte. Für Bruckner bewohnten sie alle denselben Monumentalbau, ohne Rücksicht auf ihren dramatischen Kontext. Es war Musik, die, wenn man so wollte, den Meister aller Meister, wie Bruckner ihn nannte, missverstand. Zugleich prangte sie mit einem brillanten neuen Arsenal von Techniken, die niemand, nicht einmal Wagner, hätte voraussehen können.

Alles in allem, dachte Hermann, war Bruckner eine Art frommer Narr, ein reiner Tor wie Parsifal, der nolens volens seinen Weg wandelte ins Reich des Grals. Und dennoch war er hineingestolpert ins Königreich – und dort verdiente er es, gesalbt zu werden.

Wagner hatte Bruckners Begabung rasch erkannt, als er vor Jahren die Widmung der 3. Symphonie annahm – auch wenn ihm neue Instrumentalwerke nicht sonderlich am Herzen lagen. Immerhin wars ein Zeichen höchster Anerkennung, dass der Meister sich alle Bruckner-Symphonien anhören wollte, die eines Tages zur Aufführung kämen, und sogar einwilligte, sie selber zu dirigieren. Jetzt konnte Hermann das Versprechen einlösen, das in seiner Rolle als Wagners Großsiegelbewahrer, als sein Alter Ego lag. Ganz so, wie er den Willen des Meisters in seine Wiedergaben des *Parsifal* übertrug, würde er nun für Wagner handeln, indem er die Sache Bruckners verfocht.

Gewiss sah Bruckner in Hermann einen solchen Wegbereiter und bestand darauf, ihn – was ihm überaus peinlich war – »meinen künstlerischen Vater« zu nennen, wiewohl er fünfzehn Jahre älter war als Hermann. Die altösterreichischen k.u.k. Höflichkeitsfloskeln, mit denen Bruckner seine Briefe garnierte, waren rührend, aber immer auch leicht komisch. Leider war es nicht möglich, mit dem Mann, der sich in völlig anderen Sphären zu bewegen schien, richtig befreundet zu sein. Hermann konnte ihn nicht mal überreden, in seinem Gästezimmer in der Arcisstraße Quartier zu nehmen. Oh, das sei viel zu großartig für seinesgleichen, schrieb Bruckner. Er habe schon ein bescheideneres Logis anderswo gefunden. Davon abgesehen, möge sich der hochwohllöbliche Herr Hofkapellmeister doch nicht mit solchen Nebensächlichkeiten abgeben!

Es war Hermanns Einsatz zu verdanken, dass Bruckners Erfolg in München befestigt stand, zumal die 7. Symphonie – deren Adagio vom Komponisten dem Andenken Richard Wagners gewidmet war – am Abend zuvor im Odeon aufgeführt worden war. Hermann hatte Heinrich Porges einen Wink gegeben, der für die *Neuesten Nachrichten* eine positive Besprechung schrieb. Beim festlichen Empfang hernach, in der Künstlerversammlung, brachte Hermann einen bewegenden Toast auf den Komponisten aus: Bruckners Prachtwerk, sagte er, sei das bedeutendste symphonische Werk seit Beethovens Tod, womit er natürlich meinte, dass seit Beethoven kein anderer fähig gewesen sei, die symphonische Gattung mit so echt wagnerischem Geist zu erfüllen.

Erst als er in jener Nacht im Bett lag und über die Erfolge im Odeon und im Opernhaus nachsann, kam es Hermann mit abgrundtiefem Entsetzen in den Sinn, dass irgendwer in der Presse bestimmt anmerken würde, seine Bruckner-Feier in München sei ein öffentlicher Schlag ins Gesicht Brahmsens gewesen.

Zwar war der Affront ohne Vorbedacht erfolgt – dennoch war eine eklatantere Zurschaustellung von Treulosigkeit, ja von Verrat kaum denkbar.

Wetzlar an der Lahn, 22. März 1894

Liebe Frau Meisterin,
Danke für Ihren Brief, der mich beträchtlich aufgemuntert hat. Dass Sie weiterhin unverrückbar an Ihren Major-Domo glauben – und dies trotz aller Anwürfe derjenigen, die meinen Fehlern weniger tolerant gegenüberstehen –, ist mir ein großer Trost. Ich muss jedoch auf zwei Punkte eingehen, die Sie aufwerfen. Zum einen ist es höchste Zeit, dass ich den Mantel Parsifals weiterreiche, damit jetzt jüngere Leute diesem lebensverändernden Werk ihren Stempel aufdrücken. Die Kämpfe der vergangenen Jahre haben mich zermürbt; ich habe nicht länger die Kraft, mich gegen die Angriffe der Kniese & Co. zur Wehr zu setzen. Die endlosen Versuche dieser Leute, meine Autorität zu untergraben, sind nicht spurlos an mir vorübergegangen, sodass ich, ohne doch vor ihrem fanatischen Hass auf mich kapitulieren zu wollen, um meiner Gesundheit willen Ihnen (nicht ihnen) verkünden muss: *Genug ist genug.*

Sie werden Ihre eigenen Ansichten haben, wer mein Nachfolger sein sollte. Mottl ist uns lieb & teuer, trotz seines Versagens anno '87, und stünde auf meiner Liste ganz oben. Beizeiten möchten Sie vielleicht wünschen, Strauss zu engagieren, der über beachtliche Konzentrationsstärke verfügt. Oder – wenn Sie mir gestatten, liebe Frau Meisterin, würde ich mich gern unserem Siegfried widmen, um dafür zu sorgen, dass er das erforderliche Handwerk erwirbt – das Verständnis hat er ja schon –, mit dem er die große Aufgabe selber in die Hand nehmen könnte. Stellen Sie sich die Freude vor, die diese Begebenheit uns allen machen würde!

Um friedlich schlafen zu können, bedürfte es lediglich eines einzigen Wörtleins von Ihnen: eines, das klarstellte, dass mein Abschied von Bayreuth Ihren Segen hätte. Ich flehe Sie an: keine weiteren Wenns & Abers mehr! Lassen Sie uns übereinkommen: Die Zeit ist da! Und so bitte ich Sie denn nochmals, verehrte Frau: Lassen Sie mich ziehen!

Der nächste Punkt, den Sie aufwerfen, ist eine alte Sache – eine, die uns beide seit langem beschäftigt hat: ob nur ein Christ die Botschaft des Parsifal erfassen könne. Mit Ihren Argumenten habe ich mich seit vielen Jahren herumgeschlagen, finde aber, dass ich letztlich nur teilweise dem zustimmen kann, was Sie sagen.

Erlauben Sie mir eine Abschweifung. Gestern war ein heiterer Morgen, und vor Sonnenaufgang spazierte ich von meinem Sanatorium in das reizende Tal unterhalb der Stadt hinab und genoss die Stille. Ich dachte über das nach, *was die misstönende Welt mir, dem »Unerfahrenen und Verwirrten« (wie Goethe in* Dichtung und Wahrheit *sagt), aufgezwungen hat. Für mich drückt diese Wendung in nuce den Sinn von Kunst, ja von Religion aus. Kunst ist undenkbar ohne die Sehnsucht nach Erlösung von der Wirrnis und dem Leid dieser Welt. Die Freude an einem künstlerischen Blickwinkel liegt einzig darin, die »ewig widersprüchliche Welt« in einem blitzhaften Aufleuchten in Friede und Harmonie gebracht zu sehen. Diese Harmonie empfinden wir beim Tod eines tragischen Helden ebenso wie in den lyrischen Versen des »Über allen Gipfeln ist Ruh'«.*

Aber dann stellt sich die Frage: Wird die Sehnsucht nach Erlösung nicht gestillt durch das Beispiel und das Leiden eines Erlösers? Und ist solch ein Heiland nicht Richard Wagner selbst? – Für mich repräsentiert **Parsifal** *nicht nur die höchsten Ziele der Kunst, sondern ist selber die Verkörperung jener himmlischen Sphäre – nicht lediglich ein sinnliches Scheinen der Idee, also eine Repräsentation des Übersinnlichen, sondern dieses Übersinnliche selbst. Und wenn Sie sagen, nur christliche Kunst könne dies ins Werk setzen, dann kann ich beipflichten, sofern Sie zugeben, dass die Wahrheit der Evangelien nur die höchste Zusammenfassung dessen ist, was diejenigen, welche von Gott begnadet waren, der Welt, über viele Kunstwerke verstreut, in Worten, Bildern oder Tönen verkündet haben.*

Gedanken über Kunst und Religion sind mir oft durch den Kopf gegangen, als ich mich unlängst mit Erzählungen von Anatole France beschäftigte. Kennen Sie seine Schriften? Bei meinem letzten Besuch in Paris gab mir meine Schwester einen Band seiner letzten récits *mit. (Wiewohl das Französisch Ihrer Kinder ausgezeichnet ist, habe ich, auch zum Zweck einer angenehmen Ablenkung im Verfolg meiner Kaltwassertherapie, zwei Erzählungen von ihm übersetzt, die ich ihnen zuschicken will. Beide sind meines Erachtens absolute Meisterwerke der französischen Erzählkunst.) Wenn auch stilistisch verschieden, wirft doch jede ihr eigenes ernüchterndes Licht auf den Sinn von Religion. Erlauben Sie mir, Ihnen je einen Extrakt der Handlung zu geben, damit Sie beurteilen können, ob Ihr Freund noch klar im Kopf ist oder Unsinn schwätzt.*

Die erste, eine kurze Parabel, spielt im Mittelalter und heißt »Le jongleur de Notre-Dame«. Barnabé, ein armer Gaukler, wird in einen Mönchsorden aufgenommen, wo er Ursache hat, seine Unwissenheit zu beklagen. »Hélas! Hélas!«, jammert er. »Ich bin ein roher, ein kunstloser Mann, der nichts hat, mit dem er Dir, Heilige Jungfrau, aufwarten kann: weder erbauliche Predigten noch kunstreiche, nach den Regeln verfasste Traktate.« Wenngleich sein vergangenes Leben mühsam gewesen war, hatte er sich doch immer seiner ausgezeichneten Jongleurskünste erfreut – jetzt aber treibt ihn das Wissen um seine Unzulänglichkeit zur Verzweiflung. Eines Tages hört Barnabé die Geschichte von einem unwissenden Mönch, der zu nichts anderem imstande war, als ein schlichtes Ave Maria zu sprechen. Bei seinem Tod sprossen ihm fünf Blumen aus dem Mund, eine jede zu Ehren der fünf Buchstaben des Namens ‚Maria'. Die Geschichte erfreut Barnabé, der fortan, wann immer die anderen Mönche über ihren Studien sitzen, sich in die Kapelle schleicht. Die Mönche können sich keinen Reim darauf machen, was er tagaus, tagein in der Kapelle tut, und schicken einen Priester und zwei Ältere aus, dies zu erkunden. Sie beobachten ihn durch Spalten in der Kapellentür und erspähen, dass Barnabé vor dem Altar der Heiligen Jungfrau – Kopf zu Boden, Beine in der Luft – mit sechs Messingbällen und zwölf Messern jongliert. Die alten Mönche schreien »Sakrileg!«, während der Abt glaubt, Barnabé sei verrückt geworden. Schon wollen sie ihn aus der Kapelle entfernen – da steigt die Heilige Jungfrau höchstselbst langsam zum Altar hernieder. Sie nimmt ein Stück ihres blauen Gewandes und wischt, unendlich sanft, dem Jongleur den Schweiß von der Stirn. »Gesegnet sind die Sanftmütigen«, spricht der Abt und wirft sich vor ihr nieder. »Amen«, sagen die alten Mönche.

Diese Geschichte fand ich rührend. Ist meine Rolle im Parsifal nicht ähnlich derjenigen dieses frommen Gauklers, der auf seine ganz eigene Weise eine Huldigung darbringt?

Die zweite Übersetzung gilt der Erzählung »Le procurateur de Judée«. (Meine Schwester sagt mir allerdings, der originale Titel habe, umso provokativer, »Conte pour le jour de Noël« gelautet.) Sie spielt um das Jahr 57 in einem luxuriösen Heilbad Süditaliens, keine zehn Kilometer entfernt von Pompeji. Aelius Lamia – so heißt die Hauptperson – ist aus seinem Exil in Palästina heimgekehrt, in das ihn Kaiser Augustus zur Strafe für einen Ehebruch verbannt hatte. Im Heilbad läuft er einem älteren Freund, Pontius Pilatus, über den Weg, der mit seiner verwitweten Tochter einen Alterssitz in Sizilien bewohnt. Lamia hat Pilatus seit zwanzig Jahren, als sie sich zuletzt in den syrischen Provinzen begegnet waren, nicht mehr gesehen. Pilatus erinnert sich seiner Tage als Statthalter von Judäa und all der Schwierigkeiten, die ihm die Juden aufzwangen. Sie seien die geborenen Feinde der Menschheit, sagt er, und nie könne er die städtischen Unruhen in der Bevölkerung vergessen, die Aufstände, sogar die Sabotage am Bau eines Aquädukts, mit dem Jerusalem moderne sanitäre Anlagen erhalten sollte. Die Juden, entgegnet Lamia, stünden halt unterm Joch ihrer alten Gewohnheiten und seien immer misstrauisch, wenn man ihre Gesetze antaste oder ihre Bräuche ändere.

Pilatus erwidert, die Juden missverstünden das Wesen der Götter. »Sie beten Jupiter an«, sagt er, »aber ohne ihm einen Namen oder einen Körper zu geben.« Lamia verrät Pilatus, dass er, während er nie irgendeine Sympathie für die Juden gehegt, an ihren Weibern doch Gefallen gefunden habe. Er finde sie höchst anziehend. Insbesondere habe es ihm eine Jüdin angetan, eine Tänzerin aus Jerusalem, doch dann sei sie entschwunden ins Labyrinth der Durchgänge und Gassen der Stadt. Er habe überall nach ihr gefahndet, doch vergebens. Als er sie schließlich nach mehreren Monaten zufällig wiedersah, habe sie sich einem Trupp Männer & Frauen angeschlossen, welche einem jungen Wunderheiler aus Galiläa nachfolgten, der sich Jesus der Nazarener nannte und für irgendein Verbrechen ans Kreuz geschlagen wurde. Eigentlich müsse sich Pontius an den Fall erinnern, da er doch die Kreuzigung verfügt haben musste. Lamia fragt ihn, ob er sich des Mannes entsinne. Pilatus runzelt die Brauen und legt seine Hand auf die Stirn, wie jemand, der sein Gedächtnis durchforscht. Dann, nach einigen Momenten des Schweigens, murmelt er: »Jesus? ... Jesus der Nazarener? ... Nein, an den erinnere ich mich nicht.«

So endet die Geschichte mit einer bissigen Pariser Pointe. Aber bei allem Zynismus trifft der Autor doch auf erstaunliche Weise ins Schwarze damit, dass aus einem strikt historischen Blickwinkel betrachtet alle Religionen Kuriositäten sind, Zufälle der Vergangenheit. Aus der Perspektive des frühen römischen Reiches war das Judentum ein lästiges Ärgernis, während das Christentum nicht einmal wert war, dass man sich mit ihm befasste. Insofern ist es letzten Endes nur die transzendentale Botschaft der Religionen, die ihre Gründungsumstände überlebt und auf die Nachwelt Einfluss ausübt. Somit obliegt es uns, herauszuarbeiten, was an jeglicher Überlieferung von Wert ist – aber nicht den Religionen, diese Werte zu diktieren.

Und deswegen war ich erfreut, im *Procurateur* einen kleinen historischen Lapsus zu entdecken.

Anatole France schreibt: »Am fernen Horizonte konnte Lamia aus dem Vesuv Rauch aufsteigen sehen.« Natürlich ist das unmöglich, da der Ausbruch des Vesuvs erst anno 63 stattfand und der Vulkan bis dahin kein Anzeichen gegeben hatte, dass er aktiv sei. »Künstlerische Freiheit«, könnten Sie sagen, und ich würde antworten: »Genau!« Das ist es, was man dem Autor zugestehen darf. Historische Korrektheit ist ja nur ein schwacher

Ersatz für eine künstlerische Botschaft und kann eine künstlerische Darstellung der Welt nie ersetzen.

Inzwischen werde ich Sie mit meiner Begeisterung ermüdet haben – hoffe aber, mit Verlaub, liebe Frau Meisterin, dass Sie der Richtung meiner Gedanken gefolgt sind. Die historischen Fakten der Religionen verblassen neben den erleuchteten Schöpfungen der Künstler, die, indem sie den Kern theologischen Denkens – das Sanctum der Hinfälligkeit des Menschen – erfassen, uns weit mehr schenken als jene Hoffnung auf ein ewiges Leben, wie es die religiösen Institutionen versprechen. Solange mir noch ein Atemzug bleibt, werde ich dankbar sein dafür, dass ich teilhaben durfte an dem Wunder, das Richard Wagner gewesen ist – teilhaben durfte an der Erkenntnis meines eigenen Seins, meines eigenen Lebens.

Für diese Gelegenheit entbiete ich täglich Dank nicht nur seinem Eingedenken, sondern auch Ihnen, liebe Frau Meisterin, dafür, dass Sie mich so viele Jahre lang gefördert und unterstützt haben.

Ich verbleibe
Ihr über die Maßen getreuer und liebender Freund
Hermann Levi

7. Tag

Anna bereitete sich auf das Ende ihres Besuches vor. Hermann war zwar so liebenswürdig wie immer gewesen – wenngleich er eine gewisse Enttäuschung nicht verhehlte, dass Anna seine Ansicht, insbesondere was ihre Glaubensgenossen betraf, nicht teilte. Indes entging ihr nicht, dass eine Woche lang alte Erinnerungen auszugraben doch seinen Tribut gefordert hatte. Wenn er es auch nicht sagte, schien Hermann sich doch auf Annas Abreise am kommenden Tag zu freuen – und das Gefühl, ihm den Seelenfrieden geraubt zu haben, bekümmerte sie sehr. Ihre Kameradschaft war – zumindest äußerlich – so unbeschwert wie immer, aber irgendetwas Unklares war zwischen sie getreten. Es kam ihr so vor, als ginge es Hermann auf, dass Annas Vorhaben, sein Leben in journalistischer Prosa nachzugestalten – und sei diese noch so einfühlsam –, ihn erniedrigte und das Geben-und-Nehmen ihrer Freundschaft infrage stellte. Ihr Gefühl gemahnte an eines, das sie, seit Jahren schon, öfter gehabt hatte: dass, nachdem sie gegenüber einem bewunderten Mann sich als freimütig sprechende Frau behauptet hatte, sein erotisches Interesse im gleichen Maße nachließ, in dem sein intellektueller Respekt wuchs.

In ihrem Zimmer betrachtete sie sich im Spiegel und sah, dass ihre Bemühungen, sich präsentabel zu machen, nicht gänzlich erfolglos gewesen, und dass sie mit einem Lächeln, das ihre Züge vorteilhaft zur Geltung brächte, einen Charakter sowohl von betonter Weiblichkeit wie von Energie präsentierte. Zwar konnten lose Haarsträhnen nicht länger als jugendliche Sorglosigkeit durchgehen – aber sie war doch noch weit entfernt von einem altjüngferlichen Schulfräulein, dem die Liebe schon lange abhanden gekommen. Sie war eine Frau, die sich jederzeit mit Leidenschaft in vernünftige Erörterungen stürzte, ohne deswegen je leidenschaftliche Umarmungen zu verschmähen. Denn es war immer Liebe gewesen, oder zumindest eine Sehnsucht nach Liebe, was ihr Schreiben, sogar ihr Unterrichten beflügelt hatte. Liebe war es, was sie für den großartigen Schwung der Tolstoischen Charaktere, für diese seine unvermutet wagnerische Seite empfand, und deswegen hatte sie über ihn geschrieben. Und weil ihr Herz gerührt wurde von den Arbeiterinnen in Karlsruhe, die sich etwas zur Anregung ihres Geistes erhofften, wünschte sie diese Frauen aus ihrer Dürftigkeit zu erheben, mit Kultur zu verwöhnen. Und letzten Endes war es doch ihre beständige Liebe zu Hermann Levi gewesen, die sie hatte aufspringen lassen, als sie die Gelegenheit erhielt, seine Biographie zu verfassen. Doch was war nun ihr Lohn? Entfremdung und Geringschätzung – wenn auch verborgen im Gewand freundschaftlicher Zusammenarbeit.

Anna streifte sich ihren Morgenmantel über und kämmte sich das Haar aus. In der Halle hörte sie die Stillers miteinander reden, als sie die Treppe empor zum Dachgeschoss stiegen, in dem ihre Zimmer lagen. Sie hatte geglaubt, Hermann sei schon schlafen gegangen, als sie gedämpfte Töne einer Musik vernahm, die aus der Bibliothek drangen. Um was für ein Stück es sich handelte, war schwer auszumachen, da sie den Stil nicht erkannte. Es war ungewöhnlich für Hermann, zu dieser nachtschlafenen Zeit noch Klavier zu spielen. Aus der Harmonik konnte Anna nichts rechtes schlussfolgern – und gerade das reizte ihre Neugier. Das Stück war in langsamem Tempo gehalten und stand in einer friedlichen Dur-Tonart, aber die Melodik war ohne besondere Eigenart. Hermann würde nichts dagegen haben, wenn sie ihn störte. Doch gerade, als Anna ihre Zimmertür schloss und das elektrische Licht einschaltete, um zur Bibliothek hinunterzugehen, brach die Musik ab.

Sacht klopfte sie an die Tür. Sie wusste, dass Hermann drinnen war, aber er rührte sich nicht. Die Klinke niederdrückend, öffnete sie die Tür und sah, dass er aufrecht vor dem Kamin stehend ein Blatt Papier in der Hand hielt. Beim Schein des Feuers prüfte Hermann das Blatt, seine Miene geprägt von einem gehetzten Ausdruck, als hätte man ihn bei einer verbotenen Tat ertappt. Mit gerunzelter Stirn sah sie ihn an.

»Du willst es verbrennen, nicht?«, sagte sie, ohne zu überlegen.

»Unnützes Zeug«, knurrte er. »Hätte schon vor Jahren vernichtet werden müssen. Könnte missverstanden werden.«

»Gib's mir!«, bat sie. Sie schritt auf ihn zu und griff sich den Brief, als wär' er ihr Eigentum.

Er wehrte dem nicht. Stand nur da, beschämt. Sie blickte auf die Unterschrift. Es war die von Brahms.

»Wie konntest du nur erwägen, dies zu vernichten?«, außer sich vor Ärger über seinen Mangel an Achtung vor der Nachwelt.

Hermann ließ sich in den Sessel am Kamin fallen. Der Kopf sank ihm auf die Brust. »Bitte, gib ihn mir wieder!«

»Den Deubel werd ich tun«, antwortete sie und begann die hastig gekritzelte Handschrift zu entziffern.

… Bist nicht Du es, der die Vertraulichkeit zwischen uns zerstört hat? Goethes Regenbogen tröstet um dessentwillen, was unwiderruflich verloren ist. Du kennst meinen Widerwillen gegen das Briefeschreiben, daher will ich mich hier kurz fassen. Ich bitte dich: Hör auf, dich aufs Vergangene zu beziehen, damit das wenige, was an Erinnerungen bleibt, nicht auch noch befleckt wird.

Wenn Du mir Ehre erweisen willst, wie Du sagst, dann sei so gut und vernichte diesen und jeden anderen Brief von mir unverzüglich. Wir waren über dieses Procedere schon vor Jahren einig und haben uns geschworen, Spuren unseres Privatlebens den neugierigen Augen derjenigen zu entziehen, die nichts lieber täten, als …

»Tsss! Meine Güte!« Anna reichte Hermann den Brief zurück.

»Es war ein feierlicher Eid. Den ich gebrochen habe«, sagte Hermann müde.

Anna hatte nichts entdeckt. Zumindest nichts, das sie nicht schon geargwöhnt hatte. »Goethes Regenbogen?«, fragte sie ruhig, nach kurzem Abwarten.

Er erhob sich langsam, nahm sie bei der Hand und führte sie zum Flügel, wo ein Band mit Brahms-Duetten stand, aufgeschlagen beim *Phänomen* von Goethe.

Wenn zu der Regenwand
Phöbus sich gattet,
Gleich steht ein Bogenrand
Farbig beschattet.

»Sing's mit mir, Anna«, bat er. Er setzte sich an den Flügel und begann mit dem nachdenklichen Seufzer, der das H-Dur-Vorspiel eröffnet. Und so sangen sie denn: Anna mit ihrer vollreifen Chorvereinsstimme – Hermann die Altstimme krähend, eine Oktave zu tief. Im Verein mit erlesener Harmonik und Hermanns kundiger Begleitung erfuhr das Lied eine Wiedergabe, wie sie erfüllter nie gewesen war.

So sollst du, muntrer Greis,
Dich nicht betrüben:
Sind gleich die Haare weiß,
Doch wirst du lieben.

Im Nachspiel verlangsamte Hermann das Tempo so, als sollte das Lied nimmer enden. Dann verharrten sie stumm. Bei allem lyrischen Optimismus Goethes wurde schmerzhaft offenbar, dass das Glück der Liebe sich ihrem Freunde Brahms entzogen hatte – ja, ihnen allen dreien.

»Er sandte dieses Lied, um mir Hoffnung zu machen«, sagte Hermann. Er schob den Hocker vom Flügel fort, schloss den Deckel über der Tastatur und atmete tief aus. Anna legte ihm ihre Hand aufs Haupt und strich mit ihr über seinen Hinterkopf hinunter bis in den Nacken, ging dann zur Tür, drehte den Schlüssel im Schloss und sperrte sie beide in der Bibliothek ein, in der so viel Vertrauliches zwischen ihnen entsperrt worden war. Alsdann führte sie ihn an der Hand zum Kamin zurück, wo sie den Brief nahm, um ihn in die am kräftigsten lodernden Flammen flattern zu lassen. Beide sahen zu, bis nur noch verkohlte Fetzen übrig blieben.

Zart küsste sie ihn erst auf die Stirn, dann auf jedes seiner feuchten Augen, und dann legte sie sich, während sie ihn zum Sofa hinzog, seinen Arm um ihre Schultern. Er hatte einen anderen gefunden: den Bayreuther Meister, der die Macht seiner Sehnsüchte anspornte, dieweil er ihn mit der Schönheit seiner verstörenden Ideen umgarnte. Allein, mit diesem Wissen war auch der Schrecken des Verlangens gekommen, seine Versklavung, das Erkennen der Liebesqual.

Parsifal hatte ihn verführt.

Er ließ es zu, dass sie ihn umschlang, und Schauer überliefen sie. Zärtlich küsste sie ihn auf den Mund, erstaunt ob der innig sinnlichen Empfindung. Auf irgendeine seltsame Weise verwandelte ihr Mitgefühl sie in eine Frau, die sie nicht wiedererkannte. Er kann meine Avancen nicht zurückweisen, dachte sie, während sie ihn streichelte wie einen unschuldigen Heranwachsenden.

Es wäre ein flüchtiger Lohn für ein Leben in Einsamkeit: eine Liebesnacht mit dem einzigen Mann, den sie immer begehrt hatte. Er fügte sich und blickte aus seinen trauerumwölkten Augen zu ihr auf. Scheinbar wie aus eigenem Entschluss ermahnte ihr Leib sie, die

Anstifterin zu werden, die Erstbewegerin. Sie knöpfte sich ihren Morgenmantel auf, legte sich seine Hand auf ihre Brüste, und er lehnte sich vor, diese zu liebkosen und zu küssen. Ruhig ging ihr der Atem, da sie sich sicher war, dass die Nacht ihr Geheimnis wahren würde. Im Zwielicht rührten sich Schemen des gutaussehenden Jünglings, der ihr vor Jahren das Herz bewegt, ein junger Mann, der, wie sie jetzt wusste, einen anderen geliebt hatte.

Anna zog Hermann an sich. Ihr Haar fiel ihr über die Stirn und hüllte so ihre Köpfe in eine dunkle, süß duftende Grotte ein.

»Hermann«, flüsterte sie ihm ins Ohr, »verzeihst du mir?«

Sie war nicht imstande, den Küssen zu wehren.

Seine Lippen liebkosten ihre Ohrläppchen.

»Aber Anna«, sagte er trauervoll, »da gibts doch nichts zu verzeihen.«

Sein verschattetes Antlitz, tränennass, zeigte keine Überraschung, keine Reue.

Seine Ehe, das sah sie jetzt, war ohne Belang. Bildete sie sich den Seufzer der Erleichterung nur ein, bevor sie beide in einen Tumult aus Leidenschaft stürzten? Ihr Verlangen war blind für alles Hinderliche. Mit Jubel im Herzen drückte sie ihre Lippen auf die seinen.

8. Tag

Die Droschke aus Garmisch sollte in weniger als einer Stunde eintreffen. Stiller konnte sie nicht zum Bahnhof bringen, da er Hermann zu einem Mittagessen bei Pastor Stöckel fahren musste. Auch Frau Stiller war schon in der Frühe zu einem Besuch ihrer Tante in Murnau aufgebrochen, konnte Anna also nicht beim Packen helfen. Immerhin würde noch Zeit bleiben für ein Wörtchen mit Hermann. Anna legte die Hand auf ihr Notizbuch und strich mit den Fingern über den Einband. Fürs erste gab es nichts mehr zu notieren.

Es war eine denkwürdige Nacht gewesen. Ein Ineinander von Lachen und Tränen des Kummers. Hermann zu umarmen hatte sich ganz natürlich ergeben. Sie konnte nicht erwarten – und hatte auch nicht erwartet –, dass die Inbrunst der Jugend ihn wieder ergriffe. Und doch hatten sie sich geliebt, als hätten sie eine Szene aus einem griechischen Mythos nachgespielt und aus einem imaginären Jungbrunnen geschlürft.

Heiter und gelassen steckte sich Anna das Haar auf und prüfte ihre Haut. Sie war weich und feucht. Nur mit einiger Mühe gelang es ihr, sich aufs Packen zu konzentrieren.

Hermann war in seinem Zimmer, unten in der Halle gegenüber, wo Stiller ihn frottierte. Der war gelernter Masseur, ausgebildet in einem Sanatorium am Tegernsee, wo ihn, der damals noch jung gewesen, Hermann kennengelernt hatte. Für Hermann war es viel besser, daheim behandelt zu werden, als wenn er ein Sanatorium aufsuchte. Jahrelang hatte er sich übelriechenden hydrotherapeutischen Kuren unterziehen müssen, die seinen Zustand letztlich kaum verbesserten. Sein gestörter Blutkreislauf plagte ihn weiter wie eh und je. In den Sanatorien musste er sich mit herrschsüchtigen Ärzten und starrköpfichten Krankenschwestern herumstreiten, die ihm sogar das Briefeschreiben untersagten, während seine Mitpatienten kläglich daran scheiterten, ihre geradezu wollüstige Fixierung auf ihre Symptome zu verbergen. Zuhause hatte Hermann wenigstens seine Bücher, seine Noten, seinen Bechstein, seine Gemälde, allen Komfort, den er rechtens verdiente – ganz zu schweigen von der Behandlung, die ihm die Schmerzen linderte.

Zum Frühstück war Hermann nicht heruntergekommen. Er hatte Stiller geschickt, der Anna ausrichtete, Hermann wolle seinen Kaffee in seinem Zimmer allein zu sich nehmen. Sie hatte nichts dagegen. Es hätte peinlich werden können, an diesem Morgen miteinander zu sprechen, während Stiller in Hörweite werkelte.

Dem innigen Lebewohl, mit dem Hermann Levi sich kurz vor Tagesanbruch verabschiedete, wobei er die Melodie von Brangänes Wächtergesang summte, hatte Anna entnommen, dass alles in Ordnung sei, dass man keine Beschuldigungen jeglicher Art befürchten müsse.

Das Alter, in dem gefährliche Anziehungskräfte walten, hatten sie beide ja wohl hinter sich: Daran erinnerte sie sich nun.

Ein neues Zeitalter, das zwanzigste Jahrhundert, kündigte sich an, und eine Epoche des Wandels und der Erneuerung war ihr willkommen.

Noch vor zehn Jahren, vor all den von der Frauenemanzipation erkämpften Fortschritten, hätte sie sich kaum träumen lassen, was sie letzte Nacht getan hatte. In ihrer Affäre mit Gerhard hatte sie erwartet, dass er ihr den Hof machte, und ihn jeden Schritt entscheiden lassen. Diesmal waren ihre Wünsche die höchste Instanz gewesen. Überdies fühlte sie sich frei von jeglichen Schuldgefühlen gegenüber Mary Levi, deren Oberflächlichkeit sie mit Verachtung ansah. Ihre kurze Wiedervereinigung mit Hermann hatte auch keinen Kindern wehgetan: was mehr wog als irgendeine Sorge über Untreue. Im Gegenteil, es war eine Bekräftigung der Loyalität gewesen, ein Zeichen generösester Freundschaft. Außerdem waren Frauen nicht lediglich Werkzeuge für das Vergnügen der Männer, sondern durften die Befriedigung ihrer eigenen Wünsche fordern.

Vor einigen Jahren hatte Dr. Obstfelders Klinik vor den Toren Heidelbergs ihr unabsichtlich diese Botschaft übermittelt, als der gute Doktor persönlich ihre Neuralgie mit seiner – inzwischen berühmten – Stimulationstherapie behandelte. Die Verbesserung ihres Zustands bewies die Wirksamkeit dieser revolutionären Methode – wenn auch der medizinische Pionier nicht hatte absehen können, wie einfach die Behandlung sich privatim, im Schlafzimmer der Frauen, wiederholen ließ.

Sie musste mit Hermann kein langes Gespräch mehr führen. Ein paar Worte würden alles sagen, ein einziger wissender Blick.

Eine Umarmung, ein gemurmeltes Lebewohl: Das waren die Zeichen, nach denen sie sich sehnte. Auch wenn ihre Vereinigung nie wieder sich ergeben würde, fühlte sich Anna versöhnt und nahm an, Hermann empfände ebenso. Gewiss, vielleicht machte er sich Sorgen, er könnte den Argwohn der Stillers geweckt haben, so dass diese ihn an Frau Levi verrieten oder ihm sonst wie Unannehmlichkeiten bereiteten. Nein, entschied sie, das war undenkbar. Die Stillers schliefen im Dachgeschoss und hatten keinen Grund, mitten in der Nacht zu erwachen. Überdies waren sie Hermann viel zu ergeben, selbst wenn sie sich ausmalten, es sei etwas vorgefallen. Von einer Indiskretion hätten sie keinen Gewinn. Sie fasste sich an die Stirn, die warm und feucht war.

Als sie im Korridor gedämpfte Stimmen hörte, ging sie zur Tür, öffnete sie einen Spaltbreit und spähte quer durchs Treppenhaus hinunter zu Hermanns Zimmer. Dort sah sie Stiller und Hermann in einem sonderbar unbewegten Sotto-voce-Gespräch miteinander. Irgendetwas daran kam ihr ungereimt vor. Anna war kurz davor, Hermann etwas zuzurufen, hielt sich aber zurück, da ihr der Moment ungelegen schien. Er würde ja sein Schwätzchen im Nu beenden, wenn sie ihn heiter begrüßte und um ein paar Worte im Parterre bäte, bevor der Wagen einträfe. Doch ungeachtet dessen, dass Annas Tür einen Spaltbreit offen stand, setzte Hermann sein Tête-à-tête fort, wobei er die ganze Zeit lächelte und seine Hand Stiller auf die Schulter legte.

Alle Worte konnte sie zwar nicht verstehen, glaubte aber zu hören, dass sie einander mit dem traulichen »Du« ansprachen.

Das war sonderbar, da sie in Annas Gegenwart immer das formelle »Sie« gebraucht hatten.

Frau Stiller sollte noch vor dem Frühstück fort sein, hatte man ihr gesagt. In Annas Kopf kreiselten die Gedanken in wirrer Folge. Sie wagte sich nicht einen Schritt von der Stelle, an der sie stand – knarrende Dielen hätten ihre Anwesenheit verraten können.

Stiller, um etliches größer als Hermann, streichelte ihm den Arm und beugte sich dann ohne weitere Umstände zu seinem Dienstherrn nieder, um ihn in die Arme zu schließen. Oder hatte er Hermann auf die Wange geküsst? Schwer zu sagen. Wahrscheinlich hatte sie die Geste fehlgedeutet. Nach einer physiotherapeutischen Sitzung mochte Stiller sehr wohl …

Hermanns Gesicht hatte, wie ihr auffiel, seine fahle Blässe eingebüßt; jetzt sah er aus wie mit Röte übergossen.

Anna zehenspitzelte über ihre Schwelle zurück und setzte sich benommen aufs Bett. Sie lachte laut, unterdrückte aber den Drang zu schreien. Indem sie sich die Szene im Kopf ein ums andere Mal nachspielte, malte sie sich die Sinnesempfindungen dieser Intimität aus. Solche gefühlvollen Bindungen waren unter Männern ja weniger üblich, und immer achtete man sehr darauf, sie zu verbergen. Heimlichkeit als solche zeigte zwar noch keine unnatürlichen Zuneigungen an, machte es der Welt aber auch nicht leichter, sie zu verstehen.

Diese Umarmung schürzte einen letzten Knoten in Hermanns Geschichte und befriedigte damit immerhin ihre Neugier. Seine Erwerbung von Feuerbachs *Tod des Pietro Aretino* erhielt damit zum Abschluss eine neue Bedeutung: Der Zotenreißer Pietro, dieser flamboyante Dichter und Liebhaber der Männer, kapituliert, nach einem langen Leben voller Kapitulationen, endgültig vor seinen lasziven Neigungen; seine Laute liegt umgedreht und ist verstummt. Weit mehr, als nur ein Memento mori zu sein, diente das Gemälde als ein erregendes Schaustück ebenso wie als eine moralische Lektion. So weit wie Pietro würde Hermann sich nie verirren.

Stiller klopfte an ihre Tür.

»Doaf ich Eahnan den Koffer nunterbring'n, Fräul'n Ettlinger?«, fragte er. Wahrscheinlich hatte er gesehen, dass die Tür offen stand. »Der Wagen sollte in etwa zwanz'g Minuten okummen.«

Anna bedachte Ewald Stiller, den Intimus Hermann Levis, mit einem langen, aufmerksamen Blick. »Das ist sehr freundlich von Ihnen, Herr Stiller«, sagte sie. »Ich habe nur noch ein paar Sachen zu packen. Könnten Sie bitte Herrn Levi ausrichten, dass ich in der Bibliothek warten werde, um ihm Lebwohl zu sagen?«

»Jo freili, Fräul'n. Ist mir ein Vergnügen.«

»Apropos, auf dem Nachtkastel liegt ein kleines Geschenk für Frau Stiller. Sie vergessen doch bitte nicht, es ihr zu geben?«

»Dös is sehr freundli von Eahnen, Fräul'n«, sagte Stiller. »Bin in weng Minuten wieder do, für den Koffer.«

Er wandte sich um und verließ, indem er die Tür hinter sich schloss, das Zimmer. Sie fragte sich, ob Stiller wusste, wessen sie Zeuge geworden war. Befangen wirkte er nicht. Sein leichtherziger bajuwarischer Charakter zweifellos.

Er schien ein guter Kerl zu sein, und dafür war sie dankbar. Überdies sah sie zum ersten Mal etwas, was sie zuvor an ihm noch nie bemerkt hatte. Sein sonorer südbayerischer Tonfall hatte sie abgelenkt.

Wenn er sich zur Rechten wandte und dabei seine flache Nase und das runde Kinn zeigte, erinnerte Ewald Stiller an niemanden so sehr wie an den jungen Johannes Brahms.

1901

Anna betrat das fast schon voll besetzte Damencoupé im Expresszug nach Garmisch und nahm unwillig wahr, dass da eine Mutter mit ihren beiden Töchtern in lebhaftem Gespräch saß. Das Trio verstummte – nur um Anna, die ganz in Schwarz gekleidet war, mit argwöhnischen Blicken zu mustern. Verdrossen war sie, weil sie sich allein auf das konzentrieren wollte, was sie in Partenkirchen erwartete. Es war ein böiger Februartag, und ihr Mantel war, seit sie der Droschke entstiegen, von Schneeflocken bestäubt. Den gestrigen Tag hatte sie bei Emilie verbracht und wollte heute nach München mit einem Spätnachmittagszug zurückkehren.

Ein eisiger Luftstrom war durch den Münchner Hauptbahnhof gekrochen, und Anna zitterte vor Kälte.

Sie wollte sich auf ihr Treffen mit Mary Levi vorbereiten und würde nun kaum in der Lage sein, bei all dem Geschnatter einen klaren Gedanken zu fassen.

Die Meldung von Hermanns Ableben hatte sie wie ein tödlicher Schlag getroffen, und bis ins Mark verletzt fühlte sie sich, da sie die Nachricht erst aus der Zeitung erfuhr. Kein Fernschreiben, welches die Trauerfeier in München anzeigte, hatte ihr Frau Levi gekabelt. Auch zu der Gedenkfeier, mit der das Mausoleum auf dem Gelände von Haus Riedberg eingeweiht wurde, war sie nicht eingeladen worden. Es war mehr als herzlos von seiner Witwe, Anna zu missachten, die, wie Mary ja wusste, ihrem Gatten so nahegestanden hatte.

Alle alten Freunde aus seinen vorwagnerischen Zeiten, darunter Allgeyer, waren auf ähnliche Weise ignoriert worden. Kurz nach Annas denkwürdigem Besuch vor zwei Jahren war auch Rabbi Levi dahingegangen. Nur gut, dass dem alten Mann das Leid erspart blieb, seinen Sohn vor ihm sterben zu sehen, wovor Hermann sich all die Jahre über gefürchtet hatte.

Es war kein glücklicher Anlass, der Anna nach Partenkirchen zurückführte.

Vielmehr wars ein bitterer Briefwechsel mit Hermanns Witwe gewesen, der sie veranlasst hatte, um ein persönliches Gespräch zu ersuchen, damit sie Zugang erhielte zu seinen Papieren. Nur auf diese Weise konnte sie ihren Zeitungsaufsatz zu einer vollgültigen Biographie erweitern. Frau Levi war nicht willens, dies zu gestatten, gab für ihre Weigerung aber keine Gründe an. Anna glaubte, ihre einzige Chance läge darin, die Dame persönlich aufzusuchen, um sie von ihren untadeligen Absichten zu überzeugen. Ihr Artikel, der postum im *Wochenblatt* erschienen, war in einem weiten Bekanntenkreis, bei Freunden und Kollegen, günstig aufgenommen worden, und Mary Levi würde es, wenn sie erst einmal aus ihrer Trauer wieder herausgefunden hätte, sicher begrüßen, die Reputation ihres Gatten in dauerhafter Gestalt befestigt zu sehen.

Anna hatte einen bequemen Termin am frühen Nachmittag vorgeschlagen und beabsichtigte, in Garmisch eine Mietdroschke zu nehmen, die sie nach Partenkirchen brächte. Mary würde dankbar sein dafür, dass sie Anna nicht bitten musste, zum Essen zu bleiben, und Anna ihrerseits hatte keine Lust auf seichtes Alltagsgeplauder.

Wichtiger war es, auf Hermanns letzter Ruhestätte Blumen abzulegen.

Der Zug dampfte ab und Anna unterdrückte ihre Wehmut. Beim Tod enger Freunde musste man stoisch bleiben. Sie blickte auf das goldene Uhrgehänge, das Vater ihr geschenkt hatte, und nachdem sie sich versichert, dass die Mutter und die jungen Damen nicht hersähen, drückte sie sich die Uhr unauffällig an die Lippen. Als sie auf die kahlen Bäume und zugefrorenen Seen im Dunst hinausstarrte, fand sie in der Winterlandschaft wenig Trost. Die Fahrt ging in einem zeitlosen Nebel dahin, während Anna im Geist die Sätze übte, die sie an Hermanns Witwe richten wollte. Oder, genauer gesagt, an die Witwe des Herrn Generalmusikdirektors, wie sie Hermann nennen wollte, um nicht allzu vertraulich zu wirken.

Auf dem Perron im Bahnhof drängten sich livrierte Bediente aus den Grandhotels, die sich bereithielten, ihre Gäste zu begrüßen. Wie hochauf würde ihr Herz jetzt schlagen, sähe sie Stillers gebräuntes Gesicht unter den Männern, die das Gepäck und die Ski-Ausrüstungen ausluden! Auch wenn er's nicht gewusst hätte – aber Ewald Stiller und sie umschlang ja ein gemeinsames Band. Seine Anwesenheit würde mildern, was immer an Unannehmlichkeiten sie erwartete, wenn sie Mary Levi gegenübertrat, die, wie sie sich ausmalte, nicht willens war, ihr mehr als einen kühlen Empfang zu bereiten.

Doch niemand war ausgeschickt worden, sie abzuholen. Das war in gewisser Weise ein Glück, da sie erst noch gegenüber vom Bahnhof einen Strauß Blumen kaufen wollte, ehe sie einen Mann anheuerte, der sie nach Partenkirchen brächte.

Einige Minuten vergingen, nachdem die Klingel geläutet hatte, bis Frau Stiller über den beschneiten Gartenpfad heruntergestapfte, um das Gatter aufzuschwingen. Für sie allein war es zu schwer, und so sprang der Kutscher von seiner Droschke ab, um Hand anzulegen.

Frau Stiller vermied es, Anna offen ins Auge zu schauen. »Frau Levi erwartet Sie, Fräulein«, nuschelte sie.

»Herr Stiller ist nicht da?«, fragte Anna.

»Der arbeitet wieder am Tegernsee«, erwiderte sie knapp. »Jetzt, wo Herr Levi nicht mehr da ist ...« Sie sprach in einem seltsamen Stakkato, als hätte sie die Worte einstudiert, um sie harmlos klingen zu lassen. Verheiratetes Personal riss man ja nicht ohne Grund auseinander.

Vielleicht war Stiller schon vor Hermanns Tod entlassen worden.

Frau Stiller schloss das Gatter mit Hilfe des Kutschers, welcher die alte Mähre sodann behutsam auf den Pfad lenkte, der zum Hause führte, und die Droschke neben einem crèmefarbenen Automobil haltmachen ließ. Das war der »Promenadenwagen mit aufklappbarem Verdeck«, mit dem Hermann sie vor zwei Jahren geneckt hatte.

Ein sechseckiges Mausoleum aus hellgrauem Sandstein stand unheilverkündend und, wie Anna fand, geschmacklos außerhalb des Gartens zur Linken. Nachdem Mary keinen geringeren als Adolf Hildebrand angeheuert, ihre Villa zu entwerfen, hatte sie es für stilvoll gehalten, ihn erneut einzuladen: diesmal zum Bau einer Gruft für ihren Eigentümer. Es war nur zu offenkundig, weshalb Hermann hier auf dem Gelände seines Anwesens ruhte. Wiewohl er vor einigen Jahren formell aus der Gemeinde seiner Mitgläubigen ausgeschieden war, hatte seine Witwe sich die unangenehme Entscheidung ersparen wollen, ob seine sterblichen Überreste nicht doch auf einem jüdischen Friedhof bestattet werden sollten. Anna würde sich dem Bauwerk nicht ohne Beklommenheit nähern, im Bewusstsein eines fundamental Unvereinbaren, eines dem Mann, den sie so gut gekannt, Fremden.

Sie konnte sich nicht vorstellen, dass Hermann selber sich freiwillig einen so abgeschiedenen Platz ausgesucht hätte – es sei denn natürlich, dass Mary darauf bestanden hätte. Sein Vater war in der Jüdischen Abteilung des Neuen Städtischen Friedhofs zu Gießen beigesetzt worden. Diesen hatte sie letztes Jahr besucht und war so froh gewesen, dass in ihm keine Trennmauern standen, sondern dass nur niedrigwachsende Hecken die Toten verschiedener Konfessionen voneinander schieden. Der Pietist Rambach aus dem 18. Jahrhundert ruhe nur ein kurzes Stück entfernt vom alten Levi, hatte Hermann in seinem letzten Brief angemerkt. Bei einer recht vergnügten Gedenkstein-Enthüllung hatte eine ökumenische Gruppe aus Rabbinern, Pastoren und katholischen Priestern ihren Dank jenem Mann abgestattet dafür, dass er die Bürger der Stadt vereinigt. Diese waren es denn auch, die darauf bestanden hatten, aus einem besonderen Stiftungsetat die Kosten für das Grabmal zu übernehmen.

Hildebrands – wenn auch imposantes – Mausoleum trug nichts dazu bei, Hermanns Anmut und Wärme auszudrücken. Annas Blumen konnten die Aura des Bauwerks nur verbessern. Sie legte sie seitlich der Haustür auf einem steinernen Piedestal ab, da es ihr lieber war, Frau Levi sähe nicht, dass sie sie mitgebracht hatte. Es war schon eine ironische Fügung, dass Joseph Rubinstein, auf der Flucht vor seinem Judentum, dank Cosima Wagner auf dem Jüdischen Friedhof von Bayreuth ruhen sollte, während Hermann auf Geheiß seiner nichtjüdischen Witwe in diese Bergeinsamkeit verbannt wurde.

Anna wurde in die Bibliothek geleitet, deren Mobiliar umgruppiert war, indem das Sofa und ein Sessel jetzt vor den Erkerfenstern standen, der Flügel in eine entfernte Ecke geschoben und Lenbachs Porträt von Rabbi Levi nirgendwo mehr zu sehen war. Neben Mary Levi, die aufrecht zu seiten eines hochlehnigen Ledersessels stand, saß auf dem Sofa eine eingeschrumpfte Frau in Schwarz, der ein Schleier die Stirn beschattete. Anna erkannte die markanten Züge Cosima Wagners.

»Willkommen auf Riedberg, Fräulein Ettlinger«, sagte Mary, blickte aber Anna kaum an, als sie ihr die Finger zum Gruß entgegenstreckte. »Ich nehme an, Sie hatten noch nicht die Ehre, Frau Wagner kennenzulernen?«

»Doch, aber es ist schon Jahre her, dass ich in Wahnfried eingeführt wurde.«

Marys *Froideur* ignorierend, ging sie hinüber, um der alten Dame die Hand zu reichen. Es gab keinen Grund, warum sich Frau Wagner an sie hätte erinnern sollen. Cosima nickte ehrwürdig; ihr Gesichtsausdruck verriet einen gewissen Unmut über Annas Erscheinen.

»Ich hoffe, Sie hatten eine gute Fahrt?«, fragte Mary.

»Sehr angenehm, danke. Bevor ich herfuhr, war ich zu einem Tagesbesuch bei meiner Schwester in München.«

»Ich bin mir sicher, dass ich Ihre Schwester nie kennengelernt habe«, sagte Mary. In Wahrheit war ihr Emilie – als Marys erster Gatte, der Kunsthistoriker Conrad Fiedler, noch am Leben war – bei zahlreichen Gelegenheiten vorgestellt worden.

»Hermann sagte mir, sie mache irgendwas mit Dirigieren«, sagte sie und verzog dabei den Mund, wobei sie Frau Wagner ansah, die die Augenbrauen hob.

»Ja, sie leitet einen gemischten Chor«, sagte Anna.

»Es ist sehr tröstlich, dass Sie gekommen sind, Fräulein Ettlinger. Dies ist zwar unsere erste Begegnung – trotzdem habe ich das Gefühl, als kennte ich Sie schon eine Ewigkeit. Dem, was mir mein verstorbener Gatte erzählt hat, entnehme ich, dass Sie einer der wenigen Freunde aus seinen frühen Jahren waren, die ihm treu ergeben blieben.«

»Das ist sicher übertrieben.«

»Aber ich bitte Sie! Keineswegs.«

Mary läutete nach Tee und erzählte Anna, während Frau Stiller die Tassen auftrug, von Hermanns letzten Tagen.

»Es war so rührend, als mein Gatte mich zum Schluss bat, die Frau Meisterin holen zu lassen«, sagte sie, indem sie mit der Hand auf Frau Wagner wies. »Er hat sie nie anders als so genannt.« Mit einem Air von Wichtigkeit schniefte sie einmal kurz auf.

»Ich wäre ja gekommen«, knarrte Cosima, »wenn wir in Bayreuth gewesen wären. Aber wie der Zufall so spielt, war ich in Florenz, und dort hinderte mich meine eigene Erkrankung daran, nach Deutschland zurückzufahren.«

Anna schauderte es beim Gedanken an eine Szene an Hermanns Sterbelager mit Cosima als Krankenwärterin.

»Ich habe noch seine Worte im Ohr«, sagte Mary affektiert. »Mein liebstes Weib, sei nur getrost, ich werde anständig sterben. Dafür habe ich genug Schopenhauer gelesen.«

Es lag auf der Hand, dass Mary Hermann wörtlich verstanden und seinen leisen Humor nicht erfasst hatte. Als hätte man von Arthur

Schopenhauer sterben lernen können! Cosima schüttelte den Kopf in Übereinstimmung mit Mary Levi, zum Zeichen ihrer gemeinsamen Resignation.

Anna hatte derweil auf einen Band gestarrt, der auf einem Seitentisch unter der elektrischen Lampe lag, und erkannt, dass es sich dabei um Houston Stewart Chamberlains *Grundlagen des neunzehnten Jahrhunderts* handelte. Hatten die Damen vor Annas Ankunft hierüber debattiert? Das Buch, verfasst von einem prominenten Wagnerianer englischer Abstammung, enthielt ein abscheuliches Gefasel. Für Anna war Chamberlain nichts anderes als ein geistiger Brandstifter.

»Sehen Sie, Fräulein Ettlinger, und dies macht es mir nun umso leichter, den Faden dort wieder aufzunehmen, wo mein verstorbener Gatte ihn losgelassen hat. Um in seiner Hingabe an die Sache fortzufahren.«

Frau Levi hielt inne und wartete die Wirkung ihrer Worte auf Anna ab.

»Entschuldigung«, sagte diese, »aber ich verstehe nicht ganz, was Sie damit meinen.«

Sie versuchte, geduldig zu lächeln.

»Sie wären sicher die Erste, die mir beipflichten würde, dass Hermann Levi weit mehr als nur ein Musiker war. Daher kann ich ihn nun mit meinem Entschluss, seine Biografin zu werden, in einen größeren Kontext stellen. Frau Wagner wird mir dabei zweifellos als unverzichtbarer Leitstern leuchten.«

Anna spürte, wie ihr Körper sich verkrampfte, zwang sich aber, Haltung zu wahren. Wie hatte dieses Frauenzimmer es wagen können, ihr bis jetzt nichts von ihren Absichten zu schreiben! Anna hatte kein Blatt vor den Mund genommen, als sie um die Erlaubnis bat, Hermanns Papiere einzusehen, während Mary ihre Weigerung in vage Ausflüchte gekleidet hatte.

»Es versteht sich von selbst, liebste Mary, dass ich dir zu Diensten bin«, säuselte Cosima.

Also waren sie eine verschworene Gemeinschaft. Und Mary polsterte zweifellos die Festspiele mit großzügigen Spenden aus.

»Ich hatte … ja keine Ahnung, dass –«, stammelte Anna.

»Ich kann nicht behaupten, dass ich über die Sache sehr lange gegrübelt hätte«, sagte Mary überheblich, »aber mir will scheinen –

und Frau Wagner wird mir, glaube ich, aus ganzem Herzen zustimmen –, dass es, da die Korrespondenz meines Gatten mir vollständig vorliegt, höchst sinnvoll wäre, wenn –«

»Ich nehme an, Sie hatten noch keine Gelegenheit, einen Blick in den Aufsatz zu werfen, der letztes Jahr vom *Berliner Wochenblatt* in Auftrag gegeben wurde«, warf Anna ungeduldig ein. »Den hatte ich Ihnen gleich nach Erscheinen zugeschickt …«

»Niemand bewundert Ihre Bemühungen mehr als ich«, flötete Mary. »Wie Sie Hermann Levis frühe Jahre abgehandelt haben, war bewundernswert, fand ich.«

»Ach, das war doch erst nur ein Entwurf. Und ich hatte gehofft, Sie würden sehen, dass ich fortfahren und die Biographie mit viel mehr Tiefe und Substanz ausstatten könnte.«

»Verzeih, liebe Mary, es geht mich eigentlich nichts an«, sprach Cosima. »Aber es ist Ihre Darstellung der späteren Jahre, Fräulein Ettlinger, die nicht immer den richtigen Ton traf – auch wenn Sie das, was Levi erreicht hat, positiv würdigen. Ich will hoffen, dass Sie den Gedenkartikel unseres Freundes Chamberlain in den *Bayreuther Blättern* gelesen haben?«

»Der schwerlich eine Biographie ist«, hielt Anna dawider. Es fiel ihr nicht leicht, ihren Ärger zu verhehlen.

»Stimmt«, sagte Cosima, »auch wenn eine starke biografische Komponente in ihr vorherrscht. Hermann Levi war jemand, der der Sache Richard Wagners auf einzigartige Weise ergeben war. Nachdem er dem Aufruf erst einmal gefolgt war, ließ seine Loyalität nie nach. Außerordentlich! – Vor allem, wenn man seine jüdische Abstammung bedenkt. Weswegen Chamberlains Artikel nahelegt, dass dieser Fluch, wie er es so poetisch formuliert, am Schluss Levis Kraft untergraben hat.«

»Nach endlosen Jahren des Kampfes«, ergänzte Mary.

»Beim Schreiben über den lieben Levi muss man die richtige Balance treffen, meinen Sie nicht auch, Fräulein Ettlinger?«, sagte Cosima.

Anna fand keine Antwort auf eine so tendenziöse Frage. Mary selbst hatte den Sohn eines Rabbiners geheiratet, und Cosima wusste, dass Anna Jüdin war. Sie war schon lange nicht mehr einer solchen Herablassung begegnet, die jede Aussicht auf einen freimütigen Austausch von Meinungen im Keim erstickte. Chamberlains Text hatte

Hermanns Erbe im schlimmsten antisemitischen Jargon gewürdigt. In der dem Nachruf beigefügten Darbietung der Briefe des Meisters an Hermann war Anna überdies auf eine frappierende Auslassung gestoßen.

Die Anrede *Liebes Alter Ego!*, die er ihr in Wagners außerordentlichem Brief gezeigt hatte, war bezeichnenderweise gestrichen.

Sie zweifelte nicht daran: Die Verantwortung für diese Auslassung lag auf seiten der verschleierten Frau in Schwarz, die vor ihr saß.

»Ich hab jetzt nicht nur die Briefe gelesen«, sagte Mary, »sondern außerdem entdeckt, dass mein verstorbener Gatte von jedem Brief, den er eigenhändig seinen Empfängern schrieb, äußerst gewissenhaft Abschriften angefertigt hat. Von seinen Briefentwürfen wussten Sie wahrscheinlich nichts, Fräulein Ettlinger?«

Es hatte wenig Sinn, darauf zu antworten.

»Sie können sehen«, fuhr Mary fort, »warum es am sinnvollsten wäre, wenn jemand aus diesem Hause einen Gedenkband schriebe.«

Es wäre zu unhöflich gewesen, zu fragen, ob Mary Levi in ihrem Leben schon jemals ein Wort publiziert habe.

»Natürlich hätte niemand etwas dagegen, wenn Sie Ihr eigenes kleines Büchlein herausbrächten«, sagte Mary. »Tun Sie sich damit keinen Zwang an!«

»Sehr liebenswürdig«, sagte Anna frostig.

»Und, bitte, schreiben Sie mir! Ich meine, wenn Sie irgendwelche Fragen haben. Ich hoffe, das versteht sich von selbst«, sagte Mary.

Anna erhob sich, um zu gehen. Zugang zu Hermanns Papieren stand nicht mehr zur Debatte. Während sie Mary und Cosima die Hand reichte, warf sie verstohlen einen letzten Blick auf die Bibliothek und wandte sich dann zur Tür. Sie fühlte die Woge von Unzufriedenheit aufwallen, die ihren Abschied begleitete.

Frau Stiller hatte den Kutscher im Vestibül warten lassen, damit er sich draußen nicht zu Tode fröre. Anna bat ihn, noch ein paar Minuten länger zu verweilen.

Sie wollte hinausgehen und allein sein.

Die alte Mähre warf ihr einen Blick zu und stampfte mit dem rechten Vorderhuf auf. Dies war keine gute Jahreszeit, um einem Toten Ehre zu erweisen. Aber Anna hatte keine Eile. Ihre Stiefel knirschten auf dem gefrorenen Gras, als sie sich auf den Weg durch den Garten machte. Der Schnee hatte das Mausoleum mit einer dünnen Puderschicht bestäubt, die es noch altersgrauer und unwirtlicher aussehen ließ. Als sie zwischen zwei steinernen Säulen das Hexagon betrat, spürte sie die stille Würde des Bauwerks, das wenigstens ein bisschen Schutz vor den Elementen bot. Sie wickelte die Lilien, die sie gekauft hatte, aus dem Papier und kniete sich nieder, um sie unter einem gut getroffenen Konterfei Hermanns abzulegen, das droben in den Stein gemeißelt war. Hildebrand hatte das Relief zwar nach der Totenmaske geschaffen, Hermanns Geistesadel und unumwölkten Idealismus aber schön wiedergegeben – nicht jedoch seinen Humor und seine Großherzigkeit.

Sie wünschte so sehr, sie könnte zu ihm sprechen.

»Ich bin jetzt da«, wisperte sie.

Sie zog sich den Handschuh aus und reckte den Arm, so weit sie konnte, um über das steinerne Antlitz Hermanns droben sacht mit den Fingern zu streichen. Ein kalter Windzug stob durch das Mausoleum und zauste heftig die Blütenblätter der weißen Lilien. Da konnte sie den Tränen nicht mehr wehren und ließ sie über ihre Wangen rinnen. Anna wartete, bis ihre Atemzüge in Hermanns Gegenwart allmählich wieder sich beruhigten.

Die Kränkungen in der Bibliothek musste sie ignorieren.

Sie waren bedeutungslos im Angesicht all dessen, was Hermann ihr geschenkt hatte – und was sie ihm nun so gern wiedergeben wollte.

Ihr war immer klar gewesen, dass es schwer sein würde, über einen Dirigenten zu schreiben. Anders als etwa Tolstoi, dessen Werke sie nach seinem Tod zur Rate ziehen konnte, hinterließ ein ausübender Musiker keine Spuren. Man könnte fragen, was denn daran sei, einen Musiker zu verehren, den man nicht mehr hören könne, dessen Künstlertum nicht mehr greifbar sei? Vielleicht ginge es um Erinnerungen an gemeinsame Erfahrungen: für diejenigen, welche an den Aufführungen teilgenommen hatten – doch für alle übrigen wärs nur eine Auflistung dessen, was seine Reputation ausmachte.

Leere Worte mithin.

Kein Dokument, mit dem sich auch nur der Hauch eines Sinneseindrucks festhalten ließe.

Doch dann kam ihr ein Gedanke.

Wie sympathetische Saiten beim Gesang eines andern mitschwingen, so waren jene Menschen, dachte sie, die widerhallenden Gefäße, durch welche die Musen sprachen. Sie waren gewissermaßen die selbstlosen Wesenheiten, die ihre Seelen den Himmlischen, den Genien überantwortet hatten zum Dank für die Gabe, ihre Melodien singen zu dürfen. Indem sie einen geweihten Quell aus dem Allerheiligsten besetzten, waren sie die Sänger, die nicht nur die Schönheit des Gesangs, sondern auch sein Entzücken und sein Leid, sein Hoffen und seinen Schmerz einfingen: ein Glaubensakt, könnte man meinen – aber einer, der auf Überzeugung beruhte. Und indem sie so handelten, erreichten sie eine weit tiefere *unio mystica* mit denen, die sie liebten, als man sich vorzustellen wagte. Was sie erlangten, war Klarheit und Tiefe.

Auch Hermann, dachte sie, hatte sich den Seelen der Komponisten anverwandelt, denen er eine Stimme gegeben hatte, und nicht *einem* von denen war seine Hingabe gleichgültig gewesen. Für Menschen wie Anna, die Hermanns Gesang als Wohltat empfingen, war er mehr als ein psalmodierender Levit, mehr als nur ein Priester, der fromme Gesänge anstimmte.

Denn Hermann lehrte sie, diese Gesänge zu entziffern – zu verstehen, was sie sagen wollten.

Wie kryptische Runen verrieten die schwarzen Punkte auf dem Notenblatt wenig von ihrem Bedeuten. Es brauchte Propheten wie Hermann – erkühnt von schwärmerischer Liebe und demütig aus Ehrfurcht –, um ihren Gehalt divinatorisch zu deuten und ihren Sinn zu enthüllen. Und um diesen Stand zu erlangen, schwur er Treueeide, die belohnt wurden von flüchtigen Momenten der Transzendenz, ein paar wenigen Stunden des Glücks. Hatte er Erfolg, war niemand glücklicher als er. Wenn er versagte, war die Qual unerträglich. Manche erkannten das Opfer und waren dankbar für seine Mühen. Andere blieben geblendet wie Kinder, die glitzernde Kiesel ungeschliffenen Diamanten vorziehen.

Da Hermann all seine Aufmerksamkeit auf diejenigen verschwendete, denen er huldigte, konnte er solche Blickschärfe nie auf sich selbst lenken. Vielleicht hatte er nicht die Energie – so verzehrend war sein *Brennen*, seine Glut bei der Wiedergabe dessen, was andere wollten. Nicht, dass es ihm an Selbsterkenntnis gemangelt hätte – aber seine Einsichtsfähigkeit bereitete ihm dort das meiste Vergnügen, wo er sie bei jemand anderem gewahrte. Das verringerte nicht im mindesten sein Künstlertum, sondern machte ihn auf eigentümliche Weise zu einem sogar noch generöseren Künstler. Denn wenn

Kunst dazu beitrug, der *conditio humana* Trost zu spenden, hatte Hermann sich als Meister des Mitgefühls gezeigt. Sein Beispiel stärkte Annas Entschluss nur umso mehr, weiterzuwandeln auf ihrem Pilgerweg und das Vermächtnis zu offenbaren, das sie geerbt hatte und mit anderen teilte.

Der Wind legte sich, und Anna begann wie in Trance, eine vertraute Melodie zu summen. Es war der Schlusschor im *Parsifal*, der *Erlösung dem Erlöser* singt. Es waren Worte, von denen Anna nicht glaubte, sie würde sie je verstehen. Zu den Tönen des Abendmahlsthemas kreiselte eine endlose Folge absinkender Harmonien in Spiralen eines ekstatischen *Amen!* – steigend und fallend ineins, wie nur Musik es vermag. Dies waren die letzten Klänge, die Richard Wagner auf Erden hinterlassen hatte. Amfortas' Wunde war geheilt. Kundry fand ein Ende ihres irdischen Leidens.

Anna stellte sich vor, wie Hermann dem Chor und Orchester Zeichen gab, die Augen fest geschlossen, er selbst im Gleichmaß des Taktgebens unerbittlich eintauchend in die erhabenen Kadenzen des Schlusses. In Augenblicken wie diesen wusste sie genau, warum Hermann dem Bayreuther Meister gefolgt war.

Doch während sie diese wogenden Melodien summte, stieß sie auf eine unerwartete Modulation. Statt der Wagnerschen Apotheose hörte sie plötzlich das Nachspiel zum *Schicksalslied*, Brahms' Nachsinnen über Hölderlins düsteren *Hyperion*. Der Dichter sprach – nicht von Sünde, sondern von Schicksal als der Wurzel allen Übels, der Art, wie Herzen miteinander schlagen und die leidenden Menschen taumeln und stürzen. Von Missklang befreit und zu einem Klagesang marschierend, träumte Johannes' Musik von einer idealen Welt, an die glauben zu dürfen man hoffte.

Ach, dachte Anna, wenn es unsterbliche Gottheiten gibt, die ein Reich unschuldigen Friedens bevölkern, müssen sie gewiss mit unauslöschlicher Trauer auf uns herniederschauen.

Vielleicht weilte Hermann jetzt unter ihnen. *O Seele!* ruft Hyperion aus. *Schönheit der Welt! du unzerstörbare! du entzückende! mit deiner ewigen Jugend! du bist; was ist denn der Tod und alles Wehe der Menschen?*

Es fiel schwer, diese hoffnungslos romantischen Zeilen ernst zu nehmen. Und doch boten sie Trost, wenn Anna über Hermann Levi nachsann, seine Triumphe und seine Erniedrigungen, die Klarheit seines Blicks wie auch das Lähmende seiner Illusionen.

Ihr lieber, großartiger Freund war dahingegangen – nicht jedoch sein hartnäckiger Glaube an den Supremat der Kunst. Eine Spur davon sollte bleiben, fand sie, wie eine feine Staubschicht, die nicht aufgewirbelt wird. Es wäre ein Leichtes, ihn fortzuwischen, diesen unerschütterlichen Glauben an die Macht der Musik. Allein, es gab wenig, was sie im Herzen inniger hegte als diesen Traum von einem Leben, welches befreit wäre von dem, was ihm von den Parzen verhängt ist – den Traum von einer Welt, die sich dem Verhängnis entrungen hätte.

Hélène Jousse
Die Hände des Louis Braille
Roman
Aus dem Französischen von Christine Cavalli
und Michael Hohmann
Hardcover mit Schutzumschlag
und Lesebändchen
ISBN 978-3-86730-138-1

Constance, eine erfolgreiche Dramaturgin, erhält den Auftrag, ein Drehbuch über den Erfinder der Blindenschrift zu schreiben. Voller Faszination für Louis Braille stürzt sie sich in die Recherchen über dieses Genie.
Die Autorin erkundet die Kraft der Großzügigkeit und feiert die Bescheidenheit eines einfachen Helden, der aus seinem Leben ein Schicksal gemacht hat.

Raymond Federman
Der Pelz meiner Tante Rachel
Roman
Aus dem Französischen von Thomas Hartl
und mit Illustrationen von Hartwig Ebersbach
Halbleinenband mit Lesebändchen
ISBN 978-3-86730-147-3

Der fiktive, atemlos erzählte Monolog inauguriert die Gespräche des Autors mit seinem Freund Samuel Beckett in Pariser Cafés. 1928 als Jude in Paris geboren und als Kind vor dem Zugriff zur Deportation und schließlichen Vernichtung versteckt, blieb es das einzige Buch, das der nach Amerika ausgewanderte Autor in seiner eigentlichen Muttersprache geschrieben hat.

Copyright für alle deutschsprachigen Ausgaben
und Bearbeitungen 2022
by Faber & Faber Verlag GmbH Leipzig
Alle anderen Rechte beim Autor

Gestaltung
Thomas Walther, BBK, Dresden

Motiv Umschlag und Frontispiz
Alexander Polzin, Berlin

Satz
Ö GRAFIK, Dresden

Schrift: Le Monde Livre Std
Papier: Munken Premium Cream

Druck und Bindung
CPI, Ulm
Printed in Germany

Aus Gründen des Umweltschutzes
schweißen wir unsere Bücher nicht
mehr ein.

ISBN 978-3-86730-226-5

Dieses und weitere Bücher
finden Sie auch im Internet unter
www.verlagfaberundfaber.de